현직교사 엄마의 4–7세 아이주도 육아법

육아, 처음이라 어렵지만 괜찮아

- 현직교사 엄마의 4-7세 아이주도 육아법 -

육아, 처음이라 어렵지만 괜찮아!

명정은 지음

프로방스

아이의 말과 행동에 담긴 의미를 들여다 보는 것의 의미

육아, 나는 이 한 단어가 어쩌면 세상에서 가장 창의적인 단어가 아닐까 생각한다. 우리는 이 세상에 백 프로 의존적 존재로 태어나 '육아'라는 단어를 거쳐 혼자 살아갈 수 있는 독립된 존재로 성장한다. 독립된 존재 안에는 단순히 '나 엄마 아빠 도움 없이 입고 먹고 잘 수 있어!' 같은 생활 습관 만을 의미하는 것이 아니다. '나는 어떤 능력과 어떤 감정, 생각을 가지고 어떻게 살아갈 수 있을까?'에 대해 스스로의 답을 찾고, 자신을 둘러싼 환경과 끊임 없이 관계하며 스스로의 세상을 넓혀 나갈 수 있음을 의미한다.

잠자기 싫다고 떼를 쓰다가 겨우 엄마 품에 안겨 잠이 든 아이를 바라보자. 이 아이가 곧 자신에 대해 자신의 세계에 대해 고민을 시작하고 더 넓은 세계로 나아가기 위한 도전을 시작한다고 생각하면 정말 대견하고 또 대견하지 않은가?

'육아'는 바로 이런 일이다. 한 아이가 살아갈 건강한 세상이 만들어지는 일 말이다. 잘 먹고, 잘 자고, 잘 놀고 안에서 아이들은 자신을 알아간다. 나의 신체가 가진 감각을 탐구하고, 나의 감정의 미묘한 변화들에 귀기울인다. 다른 사람과 함께 살아가기 위해 필요한 공감 능력을 기르고, 규칙을 정하고 따라 보기도 한다. 그 과정에서 부모인 우리는 '흘리지 말고 먹어.' '조용히 좀 해.' '엄마가 다 해 줄게.' '아빠가 시키는 대로 해.' 같은 말이 아닌 '세상엔 정말 다양한 맛이 있어.' '오늘은 우주 비행사가 되셨네요.' '너도 할 수 있어. 우리 함께 해 볼까?' 같은 말로 아이의 하루하루를 더욱 의미 있고 가치 있게 만들어 줘야 한다.

그런 측면에서 명정은 선생님의 이 육아서는 아이와 부모가 함께하는 하루하루가 한 아이의 성장에, 삶에 있어 어떤 의미를 지니는지를 매우 흐뭇한 마음으로 지켜볼 수 있는 책이었다.

　아이가 어떤 이유로 이런 행동을 하는지 아이의 마음을 이해하고, 그 행동이 가진 성장의 의미를 바르게 이해할 수 있도록 돕는다. 거기에만 멈추지 않고 아이가 더욱 즐겁고 건강하게 성장할 수 있도록, 혹은 쉽게 지나칠 수 있는 중요한 성장의 순간들을 놓치지 않고 함께 응원할 수 있도록 도와준다.

　현직 유치원 교사가 아이와 함께하는 시간들을 생생한 에피소드를 통해 함께하며 나는 이미 지나가 버린 내 아이의 유아기를 떠올렸다. 그때 아이가 했던 말, 행동, 함께 했던 놀이들, 함께 나누었던 대화들. 그 모든 것이 차곡차곡 쌓여 지금의 아이가 있구나 싶다. '그때 조금 더 신나게 함께 놀 걸.' 같은 후회보다는 '그때 그렇게 좋아했던 놀이가 지금은 이런 모습으로 발전되었구나.' 하며 그때의 행동이 가져온 지금의 모습을 더 꼼꼼히 살펴 보게 된다.

　정은 쌤의 책은 부모의 눈과 마음을 아이에게 집중하게 만드

6

는 매력이 돋보인다. 아마도 오랜 시간 어린이들과 함께 했던 그 시간들의 힘이겠지 싶다. 아이 한 명 한 명, 이 아이가 가진 능력과 가치를 고운 눈으로 바라보고 있는 교실 속 정은 쌤도 자연스레 떠올랐다.

아이들은 스스로 성장할 수 있는 힘을 가지고 있다. 그리고 그 힘을 자기만의 방식으로 이리저리 사용해 보며 자신과 가장 잘 맞는 방법을 찾아낸다. 그 과정 속에서 이 모든 도전과 실패, 과정들이 모두 네가 너답게 살아가기 위해 꼭 필요한 순간들임을 아이 곁의 부모님들이 끊임없이 이야기해 주었으면 좋겠다. 한 아이의 성장을 가장 가까이에서 지켜보며 지지할 수 있는 일 육아, 정은 쌤과 같은 시선이라면 매우 행복한 일이 되지 않을까?

《엄마의 어휘력》 저자, 그림책 전문 잡지〈라키비움J〉 편집장

표유진

우리 아이가
'삶을 주도하는 어른'으로 자라나게 하려면

"내가 할래! 내가 할 수 있어!"

유아기는 자율성과 주도성이 형성되는 시기이다. 이런 특성으로 인해 아이를 양육하며 벌어지는 좌충우돌의 상황들은 부모를 당황시키기도 한다. 그리고 많은 인내를 감수하기도 한다.

결혼 전과 후에 여자의 삶은 완전히 바뀐다.

그리고, 아이를 낳기 전과 후는 180도 달라진다.

나는 아이를 낳고 세상에 대한 관점이 바뀌었다. 출산 후 잠깐의 육아휴직은 나를 다시 돌아보고 재충전하는 시간이자 성장의 디딤돌이 되는 기간이기도 했다. 거의 10년을 몸담고 있던 교육 현장에 있던 전문가라지만, 막상 현장을 떠나 제삼자의 시각으로 나를 살피니 부족한 게 너무나 많았다.

아이가 영아기를 지나 유아기를 들어서면서부터, 아이의 자아가 성립되며 자기주장과 고집이 생기면서부터 나는 점점 육아의 매운맛을 경험하기 시작했다. 영아기에는 그저 아이의 기본 욕구를 채우기 위해 몸이 고달팠지만 정신은 풍요로웠다. 반면, 유아기의 시작은 나의 정신력을 시험받는 기분이 들었다.

유치원 현장에서 수많은 아이들을 경험했지만, 내 아이를 육아하는 것은 차원이 달랐다. 엄마인 내가 '나'라는 사람의 밑바닥까지 들여다보며 마주 하는 순간이 빈번했다. 아이의 행동으로 인해 화가 치밀어 오르고, 소리를 지르고 그야말로 난리육아가 달리 없었다. 내가 전문가라는 것이 부끄러울 지경이었다.

그렇게 좌절을 맛보다 '나'를 돌아보고 아이의 특성을 살펴보기 시작했다. 난리육아는 이제 그만하고 싶었다. 나는 아이의 발달 시기 특성을 간과하고 있었다. 아이는 자율성과 주도성이 발달하는 시기에 들어섰는데, 아직도 아기처럼 키우려고 했던 것이다.

아이는 당연히 부모의 말을 한 번에 듣지 않았다. 그리고 생활습관형성도 당연히 한 번에 만들어지지 않았다. 아이와의 신뢰 회복과 반복적인 훈련, 시간, 노력이 필요했다. 그 과정 속에서는 부모의 인내와 노력이 들어가야 했다. 아이를 양육하는 과정이 곧 나를 변화하고 성장시키는 과정이었다.

아이의 특성을 고려하니 보다 접근이 수월해졌다. 본질적으로 아이에게는 부모의 존중과 사랑이 필요했다. 이 시기의 발달 특성을 존중하여 아이의 건강한 발달을 돕고, 궁극적으로는 아이가 삶을 주도해 나가는 사람으로 성장하는 목표가 생겼다. 그러기 위해서는 여러 발달 과업을 아이가 스스로 해낼 수 있도록 기회와 시간을 줘야 했다.

자기 주도적인 성향이 강한 아이에게 부모의 간섭과 조급증은 늘 독이 되었다. 그렇게 '나'를 돌아보는 계기도 빈번히 생겼다. '나'의 특성을 돌아보지 않으면 '내 육아는 왜 이리 힘들까' 하는 생각만 들었다. 이런 과정 속에서 문득 전공자인 나도 이렇게 육아에 어려움이 있는데, 일반 엄마들은 더 많은 어려움이 있을 수 있겠다는 생각이 들었다. 도리어 전공자보다도 더욱 훌륭한 엄마들도 많지만, 나처럼 처음 엄마가 되어 서툴고 실수가 많은 엄마가 어려움이 있다면 나의 이야기가 도움이 되길 바랐다. 그렇게 아이의 사례를 수집하고 글을 쓰기 시작했다.

나는 불안과 걱정이 많은 내향적인 사람이다. 불안과 걱정이 많다 보니 아이를 바라보는 관점도 넓은 아량으로 바라보지 못했다. 그걸 깨닫지 못하고 있다가 제주도 여행을 가서 아이와 아빠가 흔들 다리를 건너는 모습을 보며 깨달았다. 아이는 스스로 위험을 감지하고 해낼 수 있는 힘이 있는데, 그 힘을 나는 기다려주지 못했고, 아빠는 묵묵히 뒤에서 아이가 가는 길을 지켜봐주었다. 그때 나는 머리를 한 대 맞은 기분이었다. 나의 불안감으로 아이의 힘을 지켜주지 못했음을 깨달았다.

내가 나의 성향을 인지하고 나자, 조금은 아이에게 여유를 가지게 되었다. 이전엔 불안 때문에 더욱 조급함이 많았다. 이 조급함은 시간에 쫓기는 상황이 벌어지면 여실히 드러났다. 그러면 출근시간에 맞춰 나가야 하는 시간까지 아이의 등원 준비가 되지 않으면 다그치기 일쑤였다. 이런 악순환은 계속되었고 그 고리를 끊어내야만 했다.

나의 특성을 알고 아이의 특성을 아는 것은 정말 중요하다. 이를 지금까지 몰랐다면 나는 지금도 매운맛 육아의 늪에 빠져 스트레스만 받고 있었을 것이다. 종종 매운맛에 빠질 때도 있지만 순한 맛으로의 전환이 빨라졌다. 빠른 전환은 아이에게도 엄마에게도 건강한 육아를 위해 꼭 필요하다.

아이의 자율성과 주도성을 키워주려면 어떻게 해야 할까? 유아기는 놀이가 삶의 전부이다. 놀이를 빼놓고는 아이를 이해할 방법이 없다. 영유아기 아이들은 놀이를 하며 자라나기 때문이다. 놀이를 하며 상상력을 키우고, 호기심을 충족하며, 세상을 알아 가고, 언어를 습득하고 활용한다. 놀이를 하면서 자율성과 주도성을 경험한다. 이 모든 것을 학습시키려고 한다면 하나도 되는 것이 없을 것이다.

안타깝게도 많은 부모들이 아이들의 놀이보다는 유치원에서 어떤 외부 활동을 하는지, 한글 교육, 수 교육, 영어 교육의 진행 여부를 더 중요하게 생각하는 경우가 많다. 매번 상담요청이 들어오면 "우리 아이 한글은 언제쯤 뗄 수 있을까요?", "유치원에서 영어 교육은 어떻게 진행하나요?" 등 학습에 관한 질문이 대부분이다. 물론 아이가 친구들과 잘 어울리는지, 유치원 생활을 묻기도 한다. 하지만 그게 전부다. 아이의 잠재력에 대해서 깊은 관심을 갖고 묻는 사람은 많지 않았다.

아이들에게 놀이는 삶이다. 놀이로 이 세상을 이해하고, 어려움이 닥쳤을 때 이겨낼 수 있는 힘을 기른다. '학습'이라는 형태로 진행하기보다 놀이를 하다 보면 자연스럽게 수학, 과학이 내 것으로 체화된다. 그리고 놀이 속에서 아이는 주체적으로 놀기 때문에 자연스럽게 삶을 주도하는 태도를 배운다. 나는 그런 교육이 진정한 교육이라고 생각한다.

아이는 스스로 하고자 하는 힘을 가지고 있다. 뿐만 아니라 수많은 잠재력을 가지고 있다. 아이의 미래는 부모가 결정할 수 없다. 하루에도 수십만 가지의 일들이 생겼다 없어졌다 하고, 세상이 급변하는 현시대에 아이가 어른이 된 미래에는 감히 변화를 예측할 수조차 없을 것이다. 그렇다면, 아이가 스스로 자신의 일을 찾고, 좋아하는 일을 만들어 가는 어른이 되려면 어떻게 해야 할까? 아이에게 스스로 선택하고 주도적으로 해낼 수 있는 힘이 필요할 것이다. 이러한 힘은 바로 유아기부터 길러낼 수 있다. 자기 주도적인 생활습관과 주체적인 삶의 기초를 만들어 가는데 아주 중요한 시기다.

유아기 아이가 아직 어리다고 느껴지지만 많은 것을 해낼 수 있는 힘을 가지고 있다. 상상 속에서 생각한 것을 현실로 펼쳐낼 수 있는 힘, 웃긴 말을 찾아낼 수 있는 힘, 어른들 눈에는 보이지 않는 작은 생물을 찾아내는 힘, 부모에게 받은 사랑을 더 많이 베풀 수 있는 힘 등등이 있다. 그 밖에 부모가 생각지도 못한 잠재적인 힘은 무궁무진하다.

아이들의 잠재력은 무진장 크지만, 역시나 발달 특성상 아직 미숙한 것들도 많다. 자기 중심성이 강해 타인을 조망하는 능력이 형성되지 않은 유아기에는 타인을 배려하고, 자신의 감정을 인식하고 조절하는 등 자기 조절력은 부족하다. 하지만, 이러한 특성을 가지고 있다고 그대로 수용만 해서는 안 된다. 자기 조절력을 길러야 앞으로의 성장에 기초가 되는 힘을 기를 수 있다.

자기 조절력을 기르는 것을 도우려면 부모가 허용과 제한을 적절히 해야 한다. 뿐만 아니라 감정 수용과 조절을 돕기 위해 인내심도 장착해야 한다. 어쩌면 자기조절력을 돕는 과정에서 부모가 함께 새롭게 태어나는 기분이 들지도 모르겠다. 나에 대한 변화도 필요하기 때문이다.

아이가 나와 비슷하다면 참 좋겠다는 생각도 가끔 한다. 물론, 내 아이이기에 나와 닮은 점도 많다. 하지만, 아이의 감정을 수용하고 받아들이면서 그 순간만큼은 감정노동을 하며 괴로운 내 마음이 보인다. 때론 내 컨디션에 따라서는 받아줄 힘이 부족해 버거울 때도 많다. 이런 일련의 과정들을 경험하며, 결국 내가 더 좋은 사람, 좋은 부모가 되기 위한 과정으로 받아들이게 되었다.

아이에게 미래에 어떤 직업을 가지라고 로드맵을 쥐어주고 이대로 하라고 하는 것이 제일 쉬운 방법일지 모른다. 하지만, 반

육아, 처음이라 어렵지만 괜찮아

대로 생각해 보자. 나의 부모가 나에게 그렇게 하라고 한다면 과연 그게 나를 위한 길일까?

어떤 부모도 아이가 잘못된 길을 가길 바라지 않는다. 아이가 올바른 길로 가고, 공부도 잘했으면 좋겠고, 좋은 직업도 가졌으면 좋겠다. 아이가 잘 되길 바라는 건 어느 부모나 같은 마음이다.

아이를 양육하는 현실이 녹록지 않을 것이다. 매 순간 부딪히는 과정에 나 자신의 밑바닥을 처참히 바라봐야 하는 일도 생긴다. 하지만, 유아기의 특성을 이해하고 그 과정을 존중하며 차근차근 나아간다면 아이의 미래를 아이가 주도할 수 있도록 힘을 길러줄 수 있을 것이다. 이 시기에 놀이와 그림책을 만나 숨겨진 아이의 역량을 마음껏 발휘할 수 있기를 바란다. 내 아이의 미래를 위해 우리 함께 힘을 내어보자.

차
례

추천사 … 4
프롤로그 … 8

— 제1부 —
4-7세 아이는 놀이로 자란다

1장 아이는 상상력을 먹고 자란다
1. 공연을 시작할게 ··· 26
2. 온 세상과 이야기를 나누어요 ································· 30
3. 내가 만든 집을 소개할게 ·· 34
4. 우리, 맛있는 음식 준비해서 소풍 가자 ················ 40
5. 우리, 신발에 로켓 달고 유치원 가볼까? ············· 46
6. 그림책으로 충분히 상상하기 ································· 50

2장 아이는 호기심을 먹고 자란다
1. 이건 뭐야? 저건 뭐야? ·· 58
2. 이 나무는 ○○나무야 ··· 64
3. 우리 이거 검색해 보자 ·· 70
4. 자연은 호기심 천국 ·· 75
5. 그림책으로 호기심을 채우자 ································· 80

3장 아이는 온몸으로 세상을 알아간다

1. 놀이터 가자 ··· 90
2. 숲에서 놀자 ··· 95
3. 물감으로 놀이하자 ·· 101
4. 그림책은 바로 나! 주인공과 동화되어 놀이하기 ············ 107

4장 아이는 말놀이를 하며 자란다

1. 이상한 말, 재미있는 말 창작자 ···································· 114
2. "왜요?" 나는야 궁금한 말 수집가 ································ 121
3. "안 재미있어!" 반대로 말하기 ···································· 127
4. 말놀이 그림책으로 문해력 키워볼까? ·························· 132
5. 한글, 당장 몰라도 괜찮아요 ·· 138

― 제2부 ―
스스로 하는 아이, 주체적인 삶을 향한 첫 발걸음

1장 스스로 해낸 아이는 자율성과 책임감이 싹튼다

1. 내가 할 거야, 내가 할 수 있어 ··································· 148
2. 아침메뉴와 자기 전 읽고 싶은 책 고르기 ···················· 154
3. 아이를 움직이는 힘, 긍정의 말 ··································· 160
4. 실패해도 괜찮아, 무너져도 괜찮아, 다시하면 되지 ········· 166

2장 존중받은 아이는 스스로 성장하는 힘이 자란다

    1. 엄마, 커피 내가 만들어줄게 ···················· 174

    2. 이 꽃의 색깔은 '이' 분홍색이야 ················· 180

    3. 엄마 꽃 선물 사러 왔어요 ···················· 186

    4. 내 멋진 옷을 봐봐 ·························· 191

    5. 내가 만든 책이야 ························· 197

    6. '아이의 작품' 존중하기 ······················ 201

— 제3부 —
사회 적응과 관계 맺기의 기초 역량, 자기 조절력 기르기

1장 감정을 인식하고 조절하는 능력 기르기

    1. 마음대로 안 되면 발을 동동 굴러요 ············· 210

    2. 소리 지르면서 울면 대화를 할 수 없어요 ·········· 217

    3. 진정할 수 있는 시간과 공간을 주세요 ············ 223

2장 시간을 예측하고, 미리 준비할 수 있도록 하기

    1. 우리 10분 뒤에 '○○' 할 거야 ················ 230

    2. 우리 밥 먹고 나서 양치하자 ·················· 235

    3. 오늘은 ○○○ 다녀올 거야 ··················· 241

3장 제한점과 허용점 알려주기

1. 이 기구는 위험할 수 있는 데, 엄마 아빠 도움 받고 한번
   해볼래? ·· 248
2. 건널목에서는 멈추고 기다렸다가 엄마랑 손잡고 건너는
   거야 ·· 254
3. 엄마가 운전하고 있을 때는 원하는 걸 들어주기 어려워. 빨간
   불일 때 도와줄게 ······································· 258
4. 여기는 올라갈 수 없는 곳이야. 크게 다치거나 위험할 수
   있어 ·· 264
5. 오늘은 애니메이션 두 편만 볼 거야 ···················· 269

— 제4부 —
기본생활습관은 건강하고 행복한 성장을 위한 밑거름

1장 기본생활습관 기르기

1. 배변훈련, 어떻게 해야 할까? ························· 278
2. 자기 물건 스스로 정리하는 습관 기르기 ··············· 283
3. 손 씻기 싫어요! 이 닦기 싫어요! ····················· 289
4. 내 옷은 내가 스스로 입어요 ·························· 296
5. 혼자서도 잘 자요 ···································· 301

― 제5부 ―
엄마도 함께 성장하는 육아

1장 엄마도 엄마가 처음인지라

    1. 엄마도 엄마가 처음인지라 · 310

    2. '좌절'은 엄마의 성장 영양분이 된다 · · · · · · · · · · · · · · · · · 316

    3. 워킹맘의 불안함, 어떻게 잠재울까? · · · · · · · · · · · · · · · · · 321

    4. 오늘도 아이에게 화를 냈다 · 325

    5. 내향적인 엄마의 외향적인 육아 · 330

    6. 화가 날 땐 '알아차리기' · 334

2장 엄마의 성장이 아이의 성장을 이끈다

    1. 엄마도 엄마이기 전에 '나'이다 · 340

    2. 불안이 많은 엄마가 어떻게 유치원 교사가 되었을까? · · · · · · 345

    3. 10초 감사하기로 삶의 태도를 바꾸자 · · · · · · · · · · · · · · · · 349

    4. 엄마가 성장하면 아이도 성장한다 · · · · · · · · · · · · · · · · · · · 354

에필로그 · · · 358

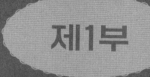

제1부

4-7세 아이는
놀이로 자란다

1장

아이는
상상력을 먹고 자란다

1

공연을 시작할게

'쿵짝 쿵짝 빠바밤바 빠바밤바'

아이는 음악이 나오면 몸부터 반응한다. 음악의 종류와 상관없이 음악에 몸을 맡기듯 춤을 춘다. 때론, 발레를 하는 사람처럼 보이기도 하고, 때론 아이돌 춤을 추는 것처럼 보이기도 한다. 음악만 나오면 춤을 추던 아이는 어느새 춤만 추지 않고, 극 놀이로 자신의 상상력을 뽐내며 통합 예술을 보여준다.

"엄마! 지난번 그 음악 틀어주세요."

오늘도 엄마가 바로 알아듣지 못하는, 아이의 세계에 있는 음악을 아이는 요구한다. 제목을 몰라 아이의 언어로 말하다 보니 묻고 또 묻는다. 스무고개가 아닌 마흔 고개쯤 되면 그제야 어제 들었던 동요, 그저께 들었던 가요라는 걸 알게 된다. 아이가 경험한 음악은 한정되지 않는다. 신생아 때부터 내가 듣고 싶은 음악부터 클래식까지 다양하게 들려주었기 때문일까? 최근에는 지역 축제에서 경험한 가요 배경음악을 듣고는 그 음악을 틀고 신나게 춤을 추기도 했다.

아이는 머릿속으로 다양한 공간과 모습을 구상한다. 그리고 상상 속 공간을 현실로 이끌어온다. 스카프는 '텐트'가 되어 공간 구성의 한 부분을 만들었고, 이불은 천장과 벽이 된다. 아이가 좋아하는 꽃은 꾸미는 소품으로 재탄생했고, 의자는 공연장 입구가 되고, 소파는 무대가 되었다. 상상 속에서 현실의 물건은 그 무엇이든 될 수 있다. 이미 아이의 머릿속에는 자신만의 상상의 공간이 만들어졌기 때문에 그대로 즐긴다. 아이만의 쇼가 시작된 것이다.

어느 날, 아이와 핑크퐁 캐릭터가 나오는 영화를 보았다. 그 영화는 콘서트를 하기 위해 핑크퐁 친구들이 콘서트를 기획하고 준비하고 연습하는 과정부터 콘서트를 하는 모습과 관객의 모습까지 무대 뒷모습부터 하나하나 보여주었다. 아이는 이 영화를 보고 콘서트를 준비하는데 오랜 시간이 걸리고, 관객들은 그 노력에 빛이 나는 도구를 흔들고 음악에 맞춰 호응을 해 준다는 것을 알게 되었다. 호응을 이끌어내기 위해서 어떤 표정과 제스처, 말을 하는지도 자연스레 영화 속 간접 경험은 아이에게 '공연 놀이'라는 걸 만들어주었고, 이후 아이는 콘서트 놀이로 확장해서 놀이하기 시작했다.

"자 준비됐니? 야광봉을 흔들어봐! 우리 함께 춤추자!"

실제 관객이 없어도 괜찮다. 아이의 애착인형들이 자리 잡고 쪼르르 앉아서 아이의 공연을 감상하고 있다. 때론, 관객들은 소풍 온 듯 음식을 가지고 모여 앉아 감상하기도 한다.

아이의 세계는 그 무엇이든 될 수 있다. 별것 아닌 소품도 멋진 그 무언가가 될 수 있다. 우리 아이에게 당장 장난감이 없더라도, 바깥에서 수집한 자연물, 돌멩이, 신문지 조각으로도 아이는 상상의 나래를 펼친다. 그러니 장난감을 사주지 못했다고, 장난감이 다른 사람보다 적은 것 같다고 죄책감 갖지 말자. 아이의 세계는 무궁무진하다.

 정은쌤의 육아팁

'아이의 상상놀이를 지원하려면' 이렇게 해보세요.

아이는 놀이를 할 때에 나름대로의 계획이 있고 이야기가 담겨 있답니다. 상상 속 세계를 현실로 연결 짓는 엄청난 사고도 함께 하지요.

아이가 놀이를 하고 있을 때, 가만히 관찰해 보세요. 겉보기에 잘 보이지 않는다면, 사진이나 동영상, 필기 기록 등으로 기록을 남겨놓는 것도 방법입니다. 당장 몰랐더라도 돌이켜 아이의 기록을 살피다 보면 어떤 놀이의 흐름이 이루어졌는지 알 수 있는 단서가 됩니다. 그러면 아이의 놀이를 확장시킬 수 있는 소품이나 연결할 수 있는 다른 놀이를 제안해 볼 수 있어요. 또는 아이가 먼저 놀이를 위한 자료나 소품을 부모님께 필요하다고 요청할 수도 있지요.

이렇게 놀이 확장을 위한 지원은 아이의 놀이가 어떤 놀이인지 무슨 이야기를 하고 있는지 관심을 가지는 것부터 시작입니다.

2

온 세상과 이야기를 나누어요

"새들아 반가워! 너희도 즐거운 시간 보내!"

"꽃아, 넌 참 예쁘구나!"

"나무야, 너도 잘 잤니? 새랑 재미있게 놀아!"

아침마다 아이는 등원 길에 만나는 새들, 꽃과 나무들에게 인사를 건넨다. 기분 좋게 시작한 아침은 아이의 하루일과에도 긍정적인 영향을 준다.

유아기는 '물활론적' 시기이다. 물활론적 시기란 쉽게 말해 사물을 의인화하여 움직이지 않는 사물도 살아있다고 생각하는 것을 말한다. 이 시기 아이들은 주변에 있는 모든 사물들과 친구가 될 수 있다. 예를 들어, 밥을 잘 먹지 않는 아이에게 "밥이 시

육아, 처음이라 어렵지만 괜찮아

우 입 속 세상을 여행하고 싶대."라고 했을 때 그것을 믿고 밥을 한 숟가락 뜨는 것과 같다.

가을이 무르익어 갈 무렵, 유치원 가는 길에 여러 색깔의 나무들이 반겨주었다. 그때, 커다란 나뭇잎이 아이 앞에 뚝 떨어졌다. 마로니에 나뭇잎이었다. 가지 채로 떨어져 아이 얼굴보다 큰 나뭇잎 다섯 개가 거인의 손처럼 놓여있었다. 아이는 보물을 찾은 양 나뭇잎을 들고 마치 춤추듯이 신나게 흔들며 걸어갔다.

"엄마! 저 나무가 나한테 선물 줬나 봐! 낙엽선물!"

"그러네, 시우 유치원 가는 길에 즐거운 하루 보내라고 선물 줬나 보네! 나무한테 고맙다고 인사해 주고 갈까?"

"응! 나무야! 멋진 선물 줘서 고마워! 너도 즐거운 하루 보내!"

"(엄마의 복화술) 응! 시우야! 즐거운 하루 보낼게! 고마워!"

아이가 온 세상과 이야기를 나눌 때, 엄마가 나무가 되어 복화술을 하듯 나무의 말을 전하면 아이는 더욱 기뻐한다. 물론, 아이도 나무가 진짜 말하지 않은 것을 안다. 그럼에도 진짜 나무가 그렇게 얘기한 것처럼 기쁘게 받아들이고 더 대화를 하고 싶어 한다. 이때, 엄마가 하고 싶은 이야기를 대신 전해주는 것도 좋은 방법이다.

"단풍나무야! 친구들하고 재미있게 보냈어?? 엄마 나무 이야기 해줘."

"(엄마의 복화술) 응, 시우야. 나는 오늘 고양이들이 놀러 와서 재미있는 이야기를 들려줬지."

"정말? 좋았겠다. 나도 고양이 좋아하는데. 엄마 또 해줘."

"(엄마의 복화술) 고양이는 밤 산책을 좋아하는데, 오늘 나한테 와서 잘 쉬고 갔대. 이따가 밤에 산책하러 간다고 하네. 시우도 집에 들어가서 저녁 맛있게 먹고, 내일 또 만나자. 고양이가 이야기 들려주면 내일 또 전해줄게!"

"아, 아쉽다. 알았어. 단풍나무야! 나 낙엽스낵 만들어야 되니까 다음에 만나자. 안녕!"

아이는 엄마가 엄마의 말로 소리를 낸다는 걸 알면서도 이야기를 듣고 싶어 한다. 때때로, 아이가 속상한 일이 생겼을 때, 엄마와 갈등이 있었을 때, 즐거웠던 일을 자랑하고 싶을 때 아이는 동식물에게 얘기한다. 그러면 옆에서 엄마가 식물의 입을 통해 엄마의 마음을 들려줄 것을 알기 때문이다. 때로는 스스로 식물이 되어 답을 하기도 한다. 이를 통해 마음을 위로받는 것이다.

이 세상 모든 것과 아이는 친구가 될 수 있다. 유아기의 특권이다. 가로수도, 지나가는 자동차도, 구름도, 해님과 달님도 아이에게는 모두 친구다. 이 친구들과는 어떤 이야기든 나눌 수 있다.

육아, 처음이라 어렵지만 괜찮아

아이들이 좋아하는 타요버스, 슈퍼윙스 같은 애니메이션 속 캐릭터들이 사랑받는 이유는 이 캐릭터들이 실제 살아가는 세상 속의 사물들이 살아있다고 믿기 때문이다. 부모님이 여기에 좋은 말과 좋은 태도를 함께 보여준다면, 아이는 긍정적인 소통 방법을 배울 수 있게 된다.

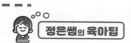
정은쌤의 육아팁

아이 주변의 장난감, 사물들을 의인화해서 이야기해 보세요.

유아기 아이들은 주변의 모든 환경과 소통할 수 있어요. 아이가 속상해할 때, 애착인형이 "시우야, 무슨 일이야. 오늘 속상한 일 있었니?"라고 말한다면 정말 이 인형이 말한다고 생각하고 자기의 속마음을 털어놓을 수 있어요.

이 닦기를 미루려는 아이에게 '입 속 세상' 이야기를 들려주며 이를 닦아야 하는 이유를 이해할 수 있도록 도와줄 수 있어요. 차 안에서 알 수 없는 이유로 짜증이 난 아이에게 가로수 나무들이 "시우야, 왜 이렇게 화가 났니?"라고 말해주면 언제 그랬냐는 듯 나무에게 말하며 금세 기분이 풀어지는 것을 볼 수 있어요. 이러한 아이의 발달 특성을 이해하고 있다면, 육아가 조금 더 수월해질 수 있답니다.

3

내가 만든 집을 소개할게

겨울옷 세탁물 택배가 배달 왔다. 덕분에 커다란 택배상자가 생겼다. 신랑은 택배상자를 보더니 눈을 빛내며 방으로 들고 왔다. 이걸로 놀이터를 만들어주겠다며 들뜬 모습이 아이 같았다. 텐트처럼 공간을 해주고 싶은 마음에 입구를 만들어 자르고 아이에게 선물해 주었다. 아이는 보자마자 "우와! 너무 멋지다! 고마워요 아빠!"라고 했다.

그런데, 그냥 상자로만 놀이를 하기엔 심심해 보였던 나는 아이에게 하나 제안을 했다.

"시우야, 여기에 물감으로 꾸며보는 건 어떨까?"

그러자, 기다렸다는 듯이 아이는 물감으로 능숙하게 그림을 그려나가기 시작했다. 자기가 좋아하는 꽃과 나무도 그려서 꾸미고, 매니큐어도 가져다가 쓱쓱 칠해보았다. 물감을 찾아 다른 색깔을 짜달라고 부탁도 했다. 그렇게 하나의 작품이 완성되었다.

"엄마, 아빠! 내가 만든 집을 소개할게! 짜잔! 멋지지?"

아이는 근사하게 꾸민 집을 소개하며 상자 안팎에 꾸민 그림들을 소개해주었다. 그곳에 좋아하는 애착인형들을 데리고 들어가 놀이를 하고, 숨어있기도 했다. 자기가 꾸민 아지트가 제법 맘에 들어 보였다. 커다란 상자는 근사한 집이자 아이만의 아지트가 되었다.

아이의 상상 속 세계는 이 집에서 다시 한번 더 펼쳐진다. 이 공간은 무엇이든 될 수 있다. 마치 마법의 성이나 요술램프 같은 곳이다. 자신의 작품을 붙여서 미술관이 되기도 하고, 동물 인형 친구들을 모두 모아 동물의 집이 되기도 한다. 때로는 조명을 가져와 공연장이 되기도 한다. 아이는 상상주머니에서 새로운 이야기가 샘솟는다.

자석블록을 이용해 아이는 다른 집을 지었다. 자석 블록을 처음 접했을 때에는 그저 쌓아 올리거나, 색깔을 탐색하는 데에 그쳤는데, 이젠 제법 그럴싸한 집을 지어 만든다. 집 안에는 수영장도 있고, 미끄럼틀도 있고, 주방도 있고, 공연장도 있다. 아이는 여러 공간들을 생각하면서 공간을 나누고 이름을 붙여 놀이했다.

이곳에는 토끼가 살고 있다. 아이와 나는 역할을 나누어 토끼와 다른 친구들이 되어 음식을 나누어 먹고, 수영장에서 물놀이를 즐겼다. 이렇게 자신이 꾸민 공간으로 엄마, 아빠, 할머니를 초대해 상상 놀이와 역할극 놀이를 즐긴다.

김리라의 그림책 《위대한 건축가 무무》에서 '무무'는 이것, 저것 만들기를 좋아하는 아이이다. '무무'는 집안의 여러 물건들과 소품들을 이용해 놀이를 한다. 놀이에 앞서 무엇을 만들지 계획을 세우고 그에 따라 놀이할 공간, 집을 만든다. 아이들이 어느 가정에서나 만들 법한 이야기가 담긴 그림책이다.

아이는 놀이 속에서 언제나 그림책 속 무무처럼 위대한 건축가가 된다. 만들고 싶은 공간, 집, 놀이터를 머릿속으로 구상하고 그것을 현실로 가져와 장난감, 재활용품, 소품 등을 이용해 재현한다. 이러한 놀이를 충분히 즐긴 아이는 무엇이든 상상하고 그것을 현실로 구현해 내며 새로운 것을 창안하는 능력을 갖춘다.

상상은 망상이나 공상과는 다르다. 어떤 현상이나 그림을 마음속에 그려내어 창조해 낼 수 있는 능력을 말한다. 자유로운 사고과정을 통하여 현실과 경험을 넘어선 상상의 세계로 향하게 된다. 순식간에 스토리가 만들어지고, 작은 집, 마을이 되어 아이의 상상이 통합된다.

육아, 처음이라 어렵지만 괜찮아

친구들과 함께 이러한 과정을 만들어 가면, 아이들은 서로가 공유된 집단적 내러티브(이야기 짓기 능력의 발달, 유아가 자신의 경험을 구성하고, 상상하며 인과관계를 이해하고, 이야기에 의미를 부여하는 과정을 의미함)가 되기도 한다. 스위스의 심리학자 장 피아제에 의하면 이러한 과정은 함께 성장하고 공동의 의미를 만들어가는 상호주관성 발달의 장이 된다고 한다.

아이의 상상력은 무궁무진하다. 놀이 속에서 현실의 제약을 구속받지 않는다. 오히려 물리적 세계와 현실을 초월하는 힘을 가지고 있다. 어른들 눈에는 보이지 않는 세계를 펼쳐나가고 그 크기는 가늠할 수 없다.

단순히 집을 만든 것처럼 보이지만 자신의 경험을 뛰어넘어 새로운 공간을 창조해 낸다. 새롭게 건축된 집 안에서는 다양한 친구들과 가족들이 살고 그곳에서 또 다른 일상이 만들어진다. 아이의 욕구가 담겨있기도 하고, 아이의 정서와 마음이 담기기도 한다. 아이는 오늘도 나만의 공간을 만들어가며 상상력을 키워간다.

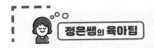

아이의 상상력은 놀이를 충분히 하면서 발달해요!

아이가 가짜 음식으로 먹는 척을 하면서 놀이를 하기 시작하면, 상징놀이가 시작되는 것입니다. 말을 하기 전부터 상징놀이를 즐기면서 인지능력이 발달하게 되지요. 점차 아이의 놀이는 '스토리'가 덧붙여지면서 아이의 상상 속 이야기가 놀이 안에 함께합니다. 이는 구체적인 모양으로 표현되는데, 이때 상상력이 폭발하게 됩니다.

라이트 형제의 아버지는 라이트 형제에게 고무동력 비행기를 선물했다고 합니다. 형제는 그 비행기를 가지고 놀다가 망가지면 다시 만들고, 망가지면 다시 만들면서 비행기에 푹 빠지게 됩니다. 그러다가 비행기를 만들고 싶다는 꿈을 갖게 됩니다. 비행기 장난감을 만들고 놀이하는 과정은 라이트 형제에게 성공을 위한 새로운 시도를 해 볼 수 있는 실험실이 되어주었고, 상상과 창조의 세계로 가는 통로가 되어주었습니다. 이처럼 놀이는 새로운 발명을 시도하는 용기를 줍니다.

충분한 놀이의 기회는 아이들에게 다양한 시도와 경험을 제공합니다. 아이들은 본능적으로 놀이를 하면서 무언가를 끊임없이 창조해 내고 이야기를 만듭니다. 이 모든 것은 아이들의 상상력에서 출발하지요. 아이의 상상력은 자유 놀이를 충분히 하면서 발달합니다. 마음껏 상상하고 이야기하고 만들어내는 과정은 놀이 속에서 흠뻑 젖을 수 있거든요. 놀이는 아이가 긴장하지 않고 어느 누구의 눈치도 보지 않으며 마음껏 해낼 수 있는 장이 됩니다. 놀이를 통해 정서적으로 완화하고 스트레스를 해소할 수 있으며, 즐겁고 기쁜 감정을 느끼고, 마음껏 시도해 볼 수 있는 용기가 생기며, 무엇이든 할 수 있다는 자신감이 키워집니다.

놀이를 하는 아이의 이야기에 귀를 기울여보세요. 겉으로는 번듯해 보이지 않더라도 그 놀이 속 이야기는 아이만의 근사하고 멋진 이야기가 기다리고 있을 것입니다.

4

우리, 맛있는 음식 준비해서 소풍 가자

"엄마! 우리 소풍 가자!"

"어디로?"

"음, 맛있는 음식 가지고 지난번 갔던 데 갈까?"

아이랑 특별히 도시락을 싸서 어딘가로 소풍을 간 경험이 없는데, 유치원에서 친구들과 소풍놀이를 했는지 소풍 가자는 말을 했다. 집에 있던 음식모형들을 가지고 와서 바구니 옆에 두었다. 그릇들도 꺼내오더니 맛있는 음식들을 차려놓기 시작했다. 그렇게 우리는 소풍놀이를 했다.

"시우야, 여기 정말 좋다! 나오니까 참 좋다!"

"응, 엄마 이것도 한번 먹어볼래?"

아이는 디저트로 아이스크림도 먹자며 아이스크림을 만들어 전해주었다. 함께 사이좋게 아이스크림을 들고 냠냠 먹는 척을 하며 즐거운 시간을 보냈다.

김중석의 그림책 《나오니까 좋다》는 도치와 릴라가 캠핑을 가는 이야기이다. 도치는 집에서 해야 할 일도 많고 나가기 별로 좋아하지 않는 친구인데 릴라가 그래도 캠핑을 가자고 조르는 바람에 할 수 없이 밖을 따라 나선다. 막상 나오니까 캠핑장에서 기분이 좋아진 도치는 나오니까 좋다고 한다.

아이는 이 그림책에서 특히 별이 쏟아지는 캠핑장에 앉아 별을 바라보며 차를 한잔하고 있는 장면을 명장면으로 꼽았다. 그 장면이 떠올랐기 때문일까? 캠핑놀이에 차가 등장했다.

마치 캠핑장 의자에 앉듯 소파에 앉아 "시우야, 우리 여기 앉아서 차 한 잔 마실까?" 물어보니 "좋아! 엄마 내가 차 만들어줄게! 잠깐만 기다려봐!"하며 차를 만든다.

아이가 만들어준 차를 들고 하늘을 바라보며 그림책 속 주인공처럼 별을 찾아보기도 하고, 바깥에 보이는 나무를 보기도 했다.

"엄마! 여기 텐트로 들어와 봐! 빨리!"

아이가 스카프로 표시를 해둔 곳으로 나를 부르고 그 안이 텐트라며 들어오라고 손짓을 했다. 들어가니 색깔 스카프에 빛이 들어오면서 신기한 공간이 되었다.

"우와! 알록달록 텐트다!"

"여긴 우리만 들어올 수 있어. 해님이 무지개를 보내줬거든."

무지개색 스카프에 알록달록한 빛이 새어 들어오자 아이는 무지개를 선물 받았다고 표현했다. 아이와의 놀이는 아이의 상상 이야기로 차곡차곡 채워진다. 상상 속 이야기는 현실 속 놀이가 되고, 현실 속 놀이는 다시 상상 속 이야기가 된다. 한 번도 가본 적 없는 캠핑이지만 책을 통한 간접경험은 아이의 상상 속 이야기로 새로 태어났다. 아이의 놀이는 상상과 현실이 경계를 허물고 왔다 갔다 할 수 있도록 교량역할을 해준다.

요시다케 신스케의 그림책 《뭐든 될 수 있어》는 나리가 엄마에게 몸으로 퀴즈를 내고 엄마가 맞추어보는 이야기이다. 나리가 몸으로 내는 퀴즈는 쉽사리 맞추기가 어렵다. 나리의 몸 모양을 보고 상상해 보고 맞춰야 하기 때문이다. 이 책을 보고 나서 아이는 나리가 낸 퀴즈처럼 똑같이 따라서 퀴즈를 냈다.

"엄마! 이거 한번 맞춰봐! 이게 뭐게?"

"대벌레?"

"아니야, 나무야."

"그럼 이건 뭐야?"

"그건 개구리?"

"아니야 팔딱팔딱 뛰는 로켓이야"

아이는 상상력을 발휘하며 상상을 먹으며 자라난다. 몸으로 퀴즈를 내며 엄마와 함께 상상해 말로 표현해 보며 아이의 어휘력도 표현력도 자라난다. 아이의 놀이는 아이의 세상이 펼쳐지는 장이다. 상상력은 아이의 자유이며, 현실에서 실현할 수 없는 욕구를 충족할 수 있는 동기를 유발한다. 놀이는 자유로운 상상이 전제되기에 놀이 속에는 자유가 담겨 있다. 놀이를 그만하고 싶을 땐 언제든 그만둘 수 있고, 놀이를 시작하고 싶을 땐 언제든 다시 시작할 수 있다. 그것이 아이들의 자유이자, 특권이다.

놀이는 자발적이고 즐겁다. 아이들의 본능이기에 더욱 놀이는 자연스럽다. 상상과 현실의 경계를 무너뜨리고 상상을 현실로, 현실을 상상으로 가져오는 놀이를 하며 아이들은 전인발달을 이룬다. 아이는 오늘도 어디로 소풍 갈지, 유치원에서는 뭘 하고 놀지, 오늘은 엄마랑 무슨 놀이를 할지 마음속에 담아두며 하루를 기대감을 가지고 보낸다.

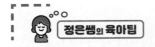

**우리 아이가 놀기만 해서 걱정이라면 걱정하지 마세요.
대신 놀이 시간을 충분히 주세요.**

취학 전 아동은 놀이를 통해 세상을 알아갑니다. 놀이를 통해 스스로 선택하고 이끌어가는 경험을 하게 되고, 주도적인 아이로 자라게 됩니다. 또, 놀이를 통해 즐거움과 만족감을 느끼고, 친구와 상호작용하면서 협력하는 경험도 나눕니다. 그저 놀면서 의미 없는 시간을 보내고 있다고 생각한다면 오산입니다.

유아기 아동들은 인지발달 과정에서 상징놀이를 하게 되면서부터 '가작화' 놀이를 시작합니다. 이는 아이가 가짜 음식 모형을 가지고 진짜로 먹는 척하는 놀이를 의미합니다. 이러한 놀이를 시작으로 아이는 점차 역할을 나누며 극화놀이로 발전해 갑니다.

단순히 먹는 척하는 놀이에서 다른 사람과 역할을 나누고 역할에 따른 대사를 말하고 역할에 맞게 연기를 하며 놀이를 하는 것입니다. 이 과정에서 아이는 놀이를 위한 계획을 하고, 놀이에 필요한 소품을 준비하며, 역할 캐릭터를 정하고, 그에 맞는 역할을 연기합니다.

아이는 놀이 과정에서 수많은 과정을 실행하고 부딪혀보고 시행착오도 겪습니다. 놀이 속에서는 제 아무리 실패하는 경험일지라도 아무도 뭐라 하지 않습니다. 그러니 실패하거나 잘못 선택한 일이라도 되돌릴 수가 있습니다. 그리고 그 무엇이든 시도해 볼 수 있는 기회를 마음껏 누릴 수 있습니다. 많은 놀이를 경험해 본 아이는 커서 겪는 좌절과 실패에도 쉽게 툭툭 털고 일어날 수 있습니다.

학습은 아이의 발달 수준이 준비가 되어야 할 수 있습니다. 그 준비는 놀이 시간을 충분히 누린 아이에게 돌아갑니다. 남들이 다 하는 것 같다고 서둘러 아이에게 학습을 강요하지 않았으면 좋겠어요. 놀이 과정에서 어휘력도 발달하고 문해력도 신장해 나갑니다. 뿐만 아니라 장난감을 셈하며 더하기, 빼기, 수세기의 과정도 경험하지요. 친구와 또는 부모와 놀이하면서 순서를 지켜 기다려야 하는 것도 배웁니다. 놀이 속에서는 다양한 것들을 경험하고 배우게 됩니다.

아이가 자발적으로 경험하고 배울 기회를 충분히 주세요. 아이가 반복적으로 놀이를 하는 시간을 많이 가지는 것이 이 시기 아이들에게 필요한 시간입니다. 놀기만 하는 것이 아니라 놀이를 충분히 누려야 다음 스텝으로 자연스레 넘어갈 에너지를 충전해 놓을 수 있습니다. 그러니 아이가 충분히 놀 수 있도록 해주세요.

5

우리, 신발에 로켓 달고 유치원 가볼까?

"엄마! 나 안아줘. 다리에 힘이 없어. 응?"

오늘도 유치원 가는 길, 낙엽을 줍느라 유치원에 가는 길이 길어질 것 같다. 몇 걸음 가지도 않았는데, 난데없이 다리에 힘이 없다며 안아달라고 한다.

"우리 저기 은행나무까지만 걸어가 보자."

"우리 저기 횡단보도까지만 걸어가 보자."

내 제안에 아이는 흔쾌히 걸어간다. 횡단보도가 보일락 말락 하자, 저기 횡단보도가 나오면 안아주는 걸 잊지 말라고 당부하기까지 한다. 횡단보도 앞에 다다르자, 어김없이 손을 뻗어 올린다. 그때 번뜩 스치는 생각!

"시우야, 우리 신발에 로켓 달아볼까?"

뜬금없는 엄마의 제안이었을 텐데도 잔뜩 신이 난 목소리로 "로켓? 좋아!" 라고 말한다. 아이의 신발은 어느새 로켓이 되어 발사준비를 하고 있다.

"로켓 발사준비! 10, 9 , 8, 7, 6 ....."

엄마의 손을 잡고 로켓이 된 아이. 신발에 로켓이 달려있으니, 어찌나 빠른지 엄청난 힘으로 달려간다. 나는 이런 순간을 놓치지 않고 아이에게 격려의 말을 건네준다.

"우와! 로켓 엄청 빠르다! 역시 시우 로켓은 힘이 세구나!"

"신발에 로켓이 달려있으니 금방 유치원에 도착할 수 있겠다!"

"조금만 더 힘내 로켓아! 우리 이제 도착한대!"

이렇게 오늘도 로켓을 장착한 아이의 신발은 유치원까지 무사히 갈 수 있게 해 주었다. 로켓을 달고 유치원에 가는 것이 가능한 일일까? 온 세상을 상상하며 상상력으로 자라는 이 시기에만 허용된 이야기일 것이다. 신발에 로켓을 달 수 있는 귀여운 아이의 상상력을 자극해 보는 것은 어떨까?

상상력은 학자마다 말하는 개념이 다 다르지만, 현실에서 실재하는 것이 아닌, 눈에 보이지 않는 어떤 것을 이미지로 떠올리는 능력을 말한다. 상상력은 대부분 실재하지 않는 것들과 관련이 있기 때문에 이를 떠올리는 주체인 아이가 느끼는 마음이나 기분과 같이 정서와도 관련이 있으며, 새로운 이미지, 의미를 창조하는 힘의 원천지라고도 볼 수 있다.

아이가 혼자 걸어가기 힘들다고 안아달라고 칭얼거렸지만, 아이의 신발이 로켓이 되어 힘이 생겼다고 상상한 순간, 아이 안에 다른 힘과 내적 동기가 생겼다. 아침에 유치원에 가는 길이, 혹은 오후에 유치원에서 돌아오는 길이 힘들고 칭얼거리고 싶었지만, 아이 스스로 로켓이 되어 빨라진다고 생각하고 느끼면서 긴장감, 불안감 등의 부정적인 정서는 금세 잊거나 떨쳐버리고 극복할 수 있었다.

아이의 상상력은 다양한 놀이를 하면서도 발현되지만, 일상생활에서도 얼마든지 그 과정 속에서 즐거움을 느끼고 긍정적 정서로의 전환으로 이끌어 줄 수 있는 마법이다.

등하원길 아이가 안아달라고만 할 때, 이렇게 해보세요.

아이가 잘 걸어가다가 안아달라고 하는 것은 왜 그럴까요? 정말 힘들 수도 있고, 걸어가는 것보다 부모님에게 안겨가는 게 편해서일 수도 있고, 부모님의 높이로 올라가면 시야가 넓어져서 다른 곳을 구경하기 위

육아, 처음이라 어렵지만 괜찮아

해 그럴 수도 있어요.

만약, 걷는 게 힘든 이유라면 아이의 신발을 빠른 교통수단이나 다른 사물로 대체해 제안해 보세요. 아이가 신발을 로켓으로 만들 수 있는 것은 상상력이 풍부한 시기이기 때문입니다. 상상력으로 이야기를 나누고 놀이할 수 있는 것은 유아기의 특권이에요. 이 특권을 충분히 누릴 수 있도록 도와준다면, 육아도 즐겁게 할 수 있답니다.

6

그림책으로 충분히 상상하기

그림책은 그림 텍스트와 문자 텍스트가 만나 이루어진 책이다. 그림책의 종류에는 여러 가지가 있다. 그중 환상 그림책은 풍부한 상상이 담긴 이야기를 통해 유아기 아동에게 흥미를 일으키고, 간접 경험을 풍부하게 쌓아주며, 상상력을 자극한다. 그림책의 간접 경험을 통해 기쁨과 행복감을 느끼고, 다른 사람의 마음을 이해하는 경험을 하고, 주인공과 동일시하며, 문제 해결 과정을 경험한다. 아이는 누가 뭐라 하지 않아도 자연스럽게 놀이를 하는 것처럼 그림책을 보면서 자유롭게 상상하고 즐긴다.

문재빈 작가의 그림책 《낭만찐빵》을 보고 나서 아이는 "우리도 낭만찐빵 먹자"라고 말했다. 《낭만찐빵》주인공 토끼들이 추운 겨울 낚시를 나갔다가 무너진 얼음바닥으로 인해 낚시를 못하게 되지만, 낭만찐빵을 만들어 친구들과 나누어 먹고 즐거운 시간을 보내는 이야기이다. 실제 낭만찐빵이라는 것은 없지만, 아이의 상상 속에 낭만찐빵의 맛이 상상되고, 주인공과 같은 맛의 찐빵을 맛보고 싶은 기분이 든 것이다. 직접 찐빵을 만들기 위해 밀가루도 반죽하고, 어떤 맛을 만들지를 고민해 보며 찐빵 요리활동도 아이와 같이 해볼 수 있다.

신복남 작가의 그림책 《휴지가 돌돌돌》은 아이가 정말 깔깔 대며 보았던 그림책이다. 배변훈련을 하며 배변, 팬티, 똥에 관심을 가지고 있는 아이들이라면 누구나 유쾌한 이 책에 빠져들 것이다.

산 아래에서 볼일을 보던 돼지가 똥을 닦으려는 순간, 휴지가 똑 떨어져 산 위에 사는 토끼에게 휴지 좀 달라고 외친다. 토끼는 바쁘다며 산 위에서 휴지를 '휙' 던졌고, 토끼가 던진 휴지가 돼지를 찾아가는 여정 속에서 벌어지는 일을 다룬 스토리이다. 휴지가 돌돌돌돌 풀리면서 일어나는 여러 여정에서 아이는 상상하고 그 상상 속에서 즐거움을 얻는다. 마지막 돼지가 휴지를 만나면서 벌어진 일은 웃음을 참을 수가 없다. 아이와 부모가 함께 읽으며 호기심 많은 휴지의 모습을 보며 상상의 세계에 흠뻑 젖어볼 수 있다.

테리펜, 에릭펜 작가의 《한밤의 정원사》는 첫 표지부터 환상적인 느낌을 보여주는 그림책이다. 밤이 지나고 나면 평범했던 나무가 멋진 모습으로 바뀌어 있는 모습을 보고 사람들이 웅성이고, 궁금해진 윌리엄은 밖으로 뛰어 나간다. 그러던 어느 날 밤, 정원사로 생각되는 할아버지를 만나고, 그를 따라가게 된다. 그렇게 한밤의 정원사를 만나고, 윌리엄은 정원사에게 손질 가위를 선물 받고 이야기는 마무리된다.

이 책을 보면서 아이는 장면이 넘어갈 때마다 그다음엔 어떤 나무로 바뀌어 있을까 몹시 궁금해했다. 몽환적이고 환상적인 그림체가 더욱 이야기에 빠져들게 했다. 이 책을 보고 나서 아이와 함께 만약 내가 윌리엄이거나 한밤의 정원사가 된다면 어떤 나무를 만들고 싶은지 함께 나누었다. 단순히 책을 읽고 끝이 아니라 상상해 보며 이야기를 주고받는 시간을 가지는 것도 아이의 상상력을 자극하는 데에 도움이 된다.

서현 작가의 《호랭떡집》은 프롤로그부터 그 궁금증과 상상을 자극한다. 그 간질간질함을 이겨내지 못하고 끝까지 웃으며 재미있게 상상할 수 있는 그림책이다. 호랑이가 '떡 하나 주면 안 잡아먹지'로 시작해 떡을 먹은 호랑이가 떡이 너무 맛있어 떡집을 직접 차린다. 호랑이가 차린 떡집인 '호랭떡집'은 지옥의 옥황상제가 생일을 맞이해 떡을 주문하면서 호랑이가 지옥으로 떡을 배달하며 벌어지는 이야기를 담고 있다. 상상 속에만 있는 '지옥', 호랑이가 떡을 만든다는 설정, 떡이 요괴가 된다는 것 등 현실에서 벌어질 수 없는 오직 그림책 속 상상 이야기 속에서만 볼 수 있는 이야기들은 대리만족을 느끼게 한다. 아이는 이런 상상하는 즐거움을 느끼면 반복해서 읽는다. "또 읽어줘. 한번만 더 읽어줘."라고 말이다. 재미있는 그림책은 무한 반복이 예약되어 있다.

아이는 충분한 상상을 하는 과정 속에서 주도권을 갖는다. 상상 속에서 아이는 누구의 제약도 받지 않는다. 이 과정에서 카타르시스를 느끼고 정서적 욕구를 해소하기도 한다. 뿐만 아니라 자신만의 이야기로 재구성하여 새로운 이야기를 꾸며낸다. 내러티브의 발달이 이루어진다.

그림책은 단순히 상상력만 키워주지 않는다. 언어, 인지 발달 등 전인발달이 고루 이루어진다. 좋은 그림책은 훌륭한 선생님이 된다.

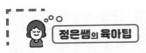

그림책을 읽고, 상상하며 놀이하는 독후활동을 함께 해보세요!

아이는 만 3세 이후 상상력이 부쩍 자라나고 상상 놀이를 즐겁니다. 언어능력도 발달하고, 상상력도 호기심도 쑥쑥 자라나는 시기이지요. 일본의 아동도서 전문가 마쓰이 다다시는 《어린이와 그림책》에서 언어가 만들어내는 공상의 세계, 이야기의 세계에서 마음껏 즐겨보는 경험은 독서생활의 기초를 닦는 매우 중요한 일이며, '책의 기쁨'을 느낀 아이는 평생 책을 가까이할 것이라고 이야기합니다.

미국의 심리학자 폴 토렌스는 "유아기는 상상력과 창의력 발달 속도가 절정을 이룬다"라고 말합니다. 또, 아이들의 상상력을 발달시키는 것은 창의적 잠재력을 극대화하는 효과적인 방법이라고 주장합니다. 상상력이 느낌과 감정을 불러일으키기 때문이죠.

독후활동이라고 해서 그림책을 읽고 곧바로 무언가를 하는 것만을 의미하지 않습니다. 그림책을 읽고 나서 그림책 속 이야기를 나누며 상호작용할 수도 있고, 아이와 미술관, 공원 등 나들이를 계획해 주말에 가볼 수도 있어요. 그림책 이야기가 극으로 표현된 뮤지컬이나 연극을 관람해 볼 수도 있지요. 분만 아니라 아이가 상상놀이를 하면서 그림책 이야기를 연극 놀이로 표현할 수도 있답니다. 이 모든 것이 독후활동이라고 할 수 있어요.

그보다 더 중요한 것은 부모님의 무릎 위에서 육성으로 듣는 그림책 이야기랍니다. 이 시간 동안 아이들은 부모님의 사랑과 정서적 교감을 누릴 수 있습니다. 상상하며 놀이하고 그림책을 마음껏 감상할 수 있는 이 시기를 충분히 누릴 수 있도록 많은 그림책을 읽어주세요. 창의적 인재로 성장하기 위한 밑거름이 되어줄 것입니다.

2장

아이는
호기심을 먹고 자란다

1

이건 뭐야? 저건 뭐야?

"엄마, 이건 뭐야?"

"아빠, 이건 뭐야?"

이제 막 말이 트고, 종알거림이 시작될 때, 아이는 질문을 하기 시작했다. 그동안 궁금한 게 많아 어떻게 참았나 싶을 정도로 아이는 늘 질문을 했다. 아이가 말을 본격적으로 시작하면서 다양한 단어들을 구사하고 습득해 나갔다.

아이가 29개월쯤 되던 때에 강릉으로 가족 여행을 떠났다. 그때까지도 사탕은 아이에게 준 적이 없어 사탕 맛을 몰랐다. 저녁 식사로 돈가스를 먹고 나서 계산을 하고 나가는 데 가게 주인이 아이가 예쁘다며 막대사탕을 하나 쥐어주셨다. 감사하다고 나서는데 아이가 막대사탕을 가리키며 무엇인지 물어보았다.

"이건 사탕인데, 우리 숙소 들어가서 먹자."라고 말해주었다. 아이는 숙소에 들어오자마자 사탕을 가지고 와서 먹고 싶다고 했다. 달콤한 맛을 알게 하는 것에 대해 고민이 되었지만 맛을 보게 해 보기로 결정을 했다. 아이는 사탕을 먹으면서 또다시 물었다.

"이게 뭐야?"

"사탕이지. 무슨 맛이냐?"

"사탕? 사탕 맛이냐."

태어나서 처음 먹어보는 맛에 아마도 아이에게는 그 맛이 '사탕 맛'으로 기억되었을 것이다. '달달하다, 달콤하다' 등의 표현법 대신 '사탕 맛'이라는 게 재미있으면서 아이다워서 좋았다. 아이의 말 한마디, 한마디가 어찌나 소중한지 모두 다 적어놓지 못한 것이 참 아쉽기만 하다.

아이가 어느 날, 쥐포튀김을 처음 맛보았다. 맛있었는지 단 한마디도 하지 않고 우물우물 입 안 가득 넣고 먹었다. 차에 타서 이동을 하려는데, 아이가 쥐포를 내어주며 말했다.

"엄마! 이거 하나만 먹어보면 '아 맛있다' 할 거야. 이거 하나 먹어봐"

"쥐포? 시우 맛있게 먹고 있던 간식 아니야?"

"먹으면 '아 맛있다' 할 거야."

"쥐포가 정말 맛있어서 엄마도 '아 맛있다'하면 좋겠구나! 그래 고마워! 한번 먹어볼게! 아 정말 맛있다!"

이제는 '쥐포 맛이 난다'라는 말은 하지 않는다. '맛있다'는 뜻을 알았기 때문이다. 아이는 경험하고 체험하고, 질문하면서 하나 둘, 새로운 지식을 쌓아간다. 아이만의 지식창고에서 여러 정보들은 결합되고 새로운 지식을 습득하고 정리되면서 이해해 나간다. 그리고 말로, 그림으로 다양한 방법으로 표현해보고 싶어 한다.

아동심리 전문가 이임숙의 저서 《4~7세 보다 중요한 시기는 없습니다》에서 배경지식과 암묵지식은 이후의 학습에 바탕이 되며, 온몸으로 경험하고 놀이하는 4~7세 시기에 이러한 지식의 확장이 매우 중요한 시기라고 말한다.

아이들은 일상생활 속에서 온몸으로 배운다. 그리고 알게 된 것은 신나서 부모에게 말해주고 싶어 한다. 이러한 과정 속에서 아이는 기존에 알고 있던 것에 비추어 새롭게 만난 세상을 이해한다. 아이가 기존에 알고 있는 것들을 '배경 지식'이라고 한다. 이 배경지식에 지식을 구성해 가는 과정을 '동화'와 '조절'이라고 한다.

아이가 지나가는 강아지를 보며 엄마에게 묻는다.

"엄마, 저게 뭐야?"

"저건 멍멍 강아지야."

이때, 아이는 '네 발 달린 동물이 강아지'라는 도식이 생겼다. 이제 길을 가다가 강아지를 볼 때마다 '멍멍'이라고 한다. 그러다가 고양이를 보게 된다. 아이는 내가 알고 있던 '멍멍이'를 엄마에게 말해줄 순간이라고 느끼며 신이 나서 소리친다.

"엄마! 멍멍이야!"

"아, 저건 야옹 고양이야."

아이는 지금 알고 있던 '멍멍이'라는 지식이 지금 알게 된 '야옹 고양이'와 달라서 잠시 불 평형 상태를 가진다. 그리고 평형 상태가 되기 위해 새로운 도식을 만들어 낸다. 기존의 도식을 조절하여 새로운 도식으로 만들어가는 것이다.

'아, 네 발이 있고 꼬리가 있다고 모두 강아지가 아니구나.'

이 과정이 조절 과정이다. 조절 과정을 통해 인지 구조에 변화를 가진다. 좀 더 나아가 네 발 달린 동물을 호랑이, 표범, 기린, 코끼리 등등 여러 동물들이 있다는 것으로 확장해 나갈 것이다. 이 과정은 동화 과정이다. 동화는 기존에 알고 있던 도식을 이용해 새로운 자극을 이해하는 것을 의미한다.

아이가 세상을 알아가는 과정 속에서 경험이 쌓여 나가는 가운데, 다양한 배경지식들이 만들어진다. 뿐만 아니라 암묵 지식도 축적되어 간다. 암묵 지식은 경험에 의해 나의 것이 되었지만 언어로는 표현하기 어려운 지식을 의미한다. 이를 노하우 또는 통찰력이라고도 한다. 특히 암묵 지식은 아이가 놀이를 충분히 즐기면서 경험한 것들에 의해 몸에 체득하는 것들로 쌓여간다.

배경 지식과 암묵 지식은 놀이 속 경험에서부터, 부모와 함께 읽는 그림책 읽기, 산책길에 만나는 동식물들을 통해 자연스럽게 체득된다. 이러한 지식은 이후 새롭게 만나는 궁금증을 해소하거나, 이해하는 데에 큰 도움을 준다.

만약 아이가 궁금해하면 이해할 때까지 설명해 주자. 그리고 아이가 스스로 탐구하고 익힐 수 있도록 기다려주자. 아이의 배경지식이 탄탄하게 쌓아 올라가면서 어느새 암묵적 지식이 형식적 지식으로 바뀌는 순간을 보게 될 것이다.

정은쌤의 육아팁

**아이가 "이게 뭐야?"라고 궁금함을 말로 표현하는
시기엔 이렇게 반응해 주세요.**

아이는 세상에 태어나 걸음마를 떼기까지 온몸을 움직이고 만지고 물고 빨며 세상을 알아갑니다. 그 속에서 부모의 말을 듣고 언어들을 습득해나가지요. 아직 말을 하진 못하지만, 언제 말을 익혔나 싶을 정도로 말을 알아듣고 행동하기 시작합니다. 그리고 한마디 한 마디씩 말을

육아, 처음이라 어렵지만 괜찮아

하기 시작하면서 단어를 결합하고 말을 만들어 표현하게 되지요. 아이는 그렇게 발달 과정에 맞게 쑥쑥 자라납니다.

어느 순간, 호기심을 표현하며 궁금함을 해소하려는 시기가 옵니다. "이게 뭐야?", "저건 뭐야?" 질문이 많아지지요. 물었던 것을 또 물어봅니다. 아이는 궁금했던 것을 부모가 알려준 말을 듣고 알게 된 것을 반복학습 하듯 만족할 때까지 물어봅니다. 이때 부모의 따뜻하고 일관된 반응이 필요합니다. 물론, 질문을 받는 부모 입장에서는 같은 말을 반복하고 단순한 반복이 이어지니 계속 반응해 주기가 쉽지 않습니다.

"아까 물어본 걸 왜 또 물어봐."라고 반응하지 말고, '아 우리 아이가 새롭게 알게 된 것에 신이 났구나. 기쁨을 느꼈구나.'라고 이해해 주세요. 그런 관점으로 바라보면 아이의 질문이 지겹게만 느껴지지 않을 것입니다. 오히려 그 순간이 사랑스럽고 놓치고 싶지 않아 질 것입니다.

2

이 나무는 ○○나무야

우리 집에서 창밖을 내다보면 커다란 은행나무 가로수가 보였다. 아이가 돌이 되기 전, 겨우 무언가를 짚고 일어나려고 할 때였다. 창밖으로 보이는 은행나무를 보며 아이는 앉았다 일어났다 하면서 즐겁고 신난다는 표현을 했다. 처음엔 아이가 잡고 일어서는 연습을 하면서 몸이 기우뚱하는 것이라고만 생각했는데, 알고 보니 나무를 보면서 좋아서 그런 행동을 했던 것이다.

아이는 나무를 좋아했다. 말을 아직 못하고 손가락으로 가리키던 시기에도 늘 나무는 아이에게 좋은 벗이 되어주었다. 어린이집을 가는 길에 만나는 나무들과 하나하나 인사를 나누었고, 바람에 흔들리는 나무는 아이에게 즐거움을 더해주었다. 등하

육아, 처음이라 어렵지만 괜찮아

원길, 산책길에 늘 아이 손에는 나뭇가지가 들려있었다.

아이가 만 3세가 되기 전까지 다니던 어린이집에서는 자연 친화교육을 특색 교육으로 하고 있어 텃밭활동과 주변 산책길에 만나는 나무, 꽃들과 상호작용할 기회가 많았다. 관심이 많은 우리 아이에겐 더없이 좋은 교육 활동이었다.

아이와 어린이집 하원을 하려고 나서는데, 평소에 가던 방향과 다른 방향으로 아이가 나가려고 했다. 따라가 보니 대추나무가 한 그루 서 있었다. 아직 말도 서툴면서 손으로 대추나무를 가리키며 무언가 말을 하려 했다.

"시우야, 대추나무네!"

"응! 대추!"

"대추나무에 대추가 많이 열렸네! 오늘 선생님이랑 대추나무 만났어?"

"응!"

선생님과 산책길에 만난 대추나무를 소개해주고 싶었던 모양이다. 대추나무에 다닥다닥 열린 열매도 신기하고, 열매가 떨어져 주워보는 것도 재미있었던 것 같다. 아이는 그날 이후에도 대추나무를 보면 아는 척을 했다. 신기하게도 아이는 한번 알게 된 나무는 잊어버리지 않았다.

"엄마! 이건 떡갈나무야!"

아이가 어느덧 자라 유치원을 다니면서는 더 많은 나무들에 관심을 가지고 이름을 궁금해했다. 어느 날은 길을 걷다가 한 나무를 가리키더니 '떡갈나무'라고 말했다. '떡갈나무'를 알려준 적이 없었는데 어떻게 알았을까 궁금했는데, 공원에 숲 체험을 갔을 때 선생님이 알려준 나무라고 말했다. 아이는 새롭게 알게 된 나무의 이름을 하나씩 하나씩 마음에 새겨가고 있었다.

나무들이 알록달록 색깔 옷을 갈아입는 가을이 되자, 낙엽이 하나둘씩 떨어지기 시작했다. 마침 강은옥 작가의 그림책 《낙엽 다이빙》은 아이의 호기심과 상상력을 충족해 주었다. 이 그림책에서는 은행나무, 떡갈나무, 산딸나무, 핀참 나무, 단풍나무, 잣나무가 나오는데 각 나무들의 잎들이 낙엽 다이빙 경기를 하는 이야기이다. 낙엽이 떨어지는 것을 다이빙 대회로 표현한 것도 재미있는데, 1등 한 낙엽에게는 특별한 선물이 주어지는 건 또 다른 즐거움이었다. 그림책은 아이에게 살아있는 낙엽을 보는 것 같은 기분을 선사한다.

이 그림책을 보고 나서 이사한 집 앞에 '산딸나무'가 있다는 것을 아이가 알게 되었다. 나도 유심히 보지 않아 잘 몰랐는데, 아이는 떨어져 있는 낙엽만 보고도 단번에 나무이름을 알았다.

낙엽이 떨어지는 가을은 나무를 좋아하는 우리 아이가 제일 행복한 계절이다. 종류별로 낙엽들을 손에 가득 쥐고 집에 들어오는 것이 일상이다. 마치 꽃다발을 안고 오듯 아이 손 안에서 낙엽다발이 된다.

　나무에 관심이 많은 아이를 위해 집에는 지식 그림책과 도감을 구비해 두었다. 궁금한 나무는 잎사귀를 그림과 비교해 보며 이름을 알아보았다. 아이는 새롭게 알게 되는 나무의 이름을 외며 정말 기뻐했고, 알게 된 이름은 아빠와 할머니를 만나면 소개하며 알게 된 기쁨을 나누었다.

　나무에 있는 잎사귀뿐만 아니라 열매 또한 아이에겐 호기심을 자극하는 요소가 되었다. 유치원 교재원에 떨어져 있던 빨간 열매를 우연히 발견하고 주워온 아이는 그 열매가 무슨 열매인지 궁금해했다. 마침 나무의 이름이 붙어 있어 바로 알 수 있었다. 바로 '산수유나무'였다.

　산수유 열매를 알게 된 지 얼마 지나지 않아, 이모할머니 댁에 놀러 갔다가 산책을 간 대모산에서 같은 빨간색의 열매 나무를 보게 되었다. 나도 처음 보는 나무라 이름을 알지 못했다. 구글 이미지 검색을 해도 딱히 어떤 나무인지 알기가 어려웠다. '가막살나무'일 것이라는 추측만 하고 집에 와서 책을 다시 한 번 찾아보기로 했다.

　아이는 열매가 터지면서 빨간 물이 나오는 것을 보고 같이 빨간 물로 그림을 그려보았다. 나무는 그렇게 아이의 호기심을 불러일으키기도 하고, 놀잇감이 되기도 한다. 미술놀이로 확장했던 나무의 이름이 궁금해서 집에 가자마자 책을 찾아보니 가막살나무가 맞았다. 집 주변에서는 보기 어려운 나무인지라 그 이후엔 만나진 못했지만 아이는 또 하나의 지식을 습득했을 것이다.

아이가 그리는 그림의 대부분은 나무 그림이다. 나무를 그리면서 눈으로 보고 익혔던 모습을 떠올려가며 그림으로 표현한다. 아이는 정말 나무를 사랑하고 좋아한다. 아이의 호기심은 확대되어 나무를 구분하고, 나무 이름을 알아가는 것으로 채워가고 있다. 나는 아이의 호기심을 놓치지 않고 계속해서 흥미를 가질 수 있도록 들어주고 질문을 하며 함께 책을 읽을 뿐이다. 그것만으로 충분하다.

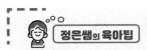

아이가 한 가지에 빠져 호기심이 많다면 아이의 관심사를 지지해 주세요.

한 가지 놀이를 반복해서 하는 아이들을 보면 걱정하는 부모님들이 있습니다. 우리 아이가 너무 하나에만 빠져있는 것은 아닌지, 다양하게 접해야 하는 건 아닌지 걱정이 이만저만이 아닙니다.

그런데, 그거 아세요? 사실, 엄마가 보기에는 같아보일지 모르지만 한

육아, 처음이라 어렵지만 괜찮아

가지 관심사와 놀이는 1~10까지 같은 놀이가 아니랍니다. 겉으로 보기에 같은 소재와 주제의 놀이로 보여서이지 아이는 그 안에서 점점 확장해나가고 정교화하며 성장하고 있어요.

저희 아이는 '나무'에 빠져 있는 아이입니다. 나뭇가지만 줍고, 나뭇잎만 줍고, 민들레 홀씨만 찾아다니던 아이는 그림으로 표현하고, 점토로 만들고, 이야기를 만들며, 나무 종류와 이름에 관심을 갖고 알아가려고 합니다. 아이의 그림도 끄적임에서 점차 형태가 나타난 나무, 나무 가지의 모습 등으로 디테일하게 확장해 나가고 있습니다.

아이의 호기심은 아이의 관찰력을 신장할 수 있습니다. 호기심으로 인해 계속 관심을 갖고 보게 되고, 더 많은 것을 알게 됩니다. 아이가 궁금한 것이 생겨 계속 알아가려고 한다면 아이의 관심사를 지지해주세요. 아이마다 관심사가 다르고 호기심이 다르기에 개별 특성에 따라 좋아하는 놀이도 다 다릅니다. 그리고 알아가려는 지식 확장의 관심사도 다르지요. 부모가 아이의 호기심을 지지하고 지원해 주면 아이는 알아가는 기쁨을 누리고 더 많은 성장의 발판을 마련할 수 있습니다.

3

우리 이거 검색해 보자

"엄마! 이 꽃 이름 뭐야? 핸드폰으로 찾아줘."

아이는 아가 때부터 늘 꽃과 나무를 좋아하고 관심이 많았다. 말이 트고 언어적 상호작용이 가능해진 때부터 아이는 궁금한 것들의 이름을 물어보기 시작했다. 봄이 되면, 봄꽃들을 보러 나가고, 여름이 되면, 여름 꽃들을 보러 산책하고, 가을이 되면, 가을 단풍과 가을꽃들을 보러 나가고, 겨울이 되면, 겨울나무가 겨울을 알리는 모습과 겨울 꽃을 찾으러 나갔다.

자주 보는 봄 꽃, 개나리, 진달래, 철쭉 정도는 누구나 알고 있을 것이다. 그 정도는 충분히 대답해 줄 수 있다. 그런데 정말 모르는 꽃을 보며 이름을 묻는 게 아닌가? "이 꽃 이름이 뭐더라"하며 난감한 표정을 짓자 아이는 지금 당장 알고 싶다는 눈빛을 보냈다. 그 눈빛에 차마 모른다고 말할 수가 없었다. 그때 '다음' 사이트에서 꽃 검색을 하는 것이 떠올랐다.

"시우야, 엄마가 꽃 이름 찾아볼게!"

그렇게 핸드폰으로 꽃을 사진으로 찍어 검색하고 이름을 알아보았다. 아이는 알려준 이름을 여러 번 곱씹어보며 활짝 웃었다. 그렇게 드문드문 들었던 꽃 이름도 다시 한번 찾아보며 익혔다. 여기서 그치지 않고, 모르는 꽃들을 하나하나 가리키며 이름을 물어보았다. 마치 온 세상 꽃 이름은 다 알고 싶다는 듯이 끊임없이 물었다.

그렇게 꽃 이름을 하나, 둘 외우더니 이번엔 나무 이름으로 넘어가는 것이 아닌가? 내가 알고 있는 동네의 나무는 몇 개 없었다. 기껏해야 은행나무, 단풍나무, 중국단풍, 메타세쿼이아 나무 정도였다. 이사를 왔더니 산책로에 전에 살던 단지보다 새로운 나무가 많이 보였다. 어디선가 본 나무였는데 이름은 잘 몰랐다. 아이는 어떤 나무인지 궁금해 했지만, 나는 알 수 없어 "엄마도 잘 모르는 나무가 있어. 집에 가서 찾아보자"고 말했다.

집에 있는 도감으로 찾아보아도 애초에 잘 모르는 나무라 알려주기란 쉽지 않았다. 그러다 알게 된 '구글 이미지 검색' 구글에서 검색을 하니 100% 정확한 것은 아니지만, 어느 정도 맞춰 검색을 해주었다. 그렇게 하나, 하나 검색하며 모르는 나무들의 이름을 알아갔고, 알게 된 나무는 집에 있는 도감과 그림책으로 다시 한 번 잎의 모양을 찾고 알아보았다.

궁금함으로 가득 찬 세상 속에서 알아가고 싶은 탐구심이 샘솟는 시기. 매번 검색해달라는 것이 때론 귀찮게 느껴지기도 했지만, 호기심을 채워 나가려는 그 의지가 대단하게 느껴졌다. 나도 잘 몰랐던 것들을 아이와 함께 알아가는 것이 흥미롭고 재미있는 과정이다.

계절의 변화는 아이에게 더욱 호기심을 불러일으킨다. 변화하는 과정을 관찰해 가며 어제와 오늘의 다른 점을 찾게 된다. 이 나무와 저 나무의 모습을 보며 같은 점과 다른 점을 찾아간다. 아이의 호기심은 관찰력과 탐구심을 증진하는 엔진 동력과도 같다. 아이가 호기심을 채우면서 알아가는 기쁨을 누리고, 알게 된 지식을 재구성하는 그 과정을 경험하면 이전에 쌓아온 여러 지식들이 통합되면서 더 많은 지식들이 만들어진다. 하나를 알게 되면 열을 깨우치는 셈이다. 아이는 내 안의 궁금함을 채우면서 아는 것들이 많아지고 다른 사람들과 상호작용하며 자신감이 생기고 자존감도 덩달아 높아진다. 이 모든 과정은 아이의 내적 동기로부터 출발한다.

교육학자 비고츠키는 부모와 교사의 역할을 아이가 마음의

육아, 처음이라 어렵지만 괜찮아

도구를 갖도록 도와주는 것이라고 했다. 마음의 도구는 아이가 자발적으로 원하는 놀이, 활동을 즐겁게 하면서 주의를 기울이고 기억하며 문제를 해결하는 과정을 의미한다. 이러한 비고츠키의 이론을 기반으로 수많은 심리학자와 교육학자들은 효과가 있는 교육방법을 연구해 왔고, 마음의 도구 프로그램은 2001년 유네스코에서도 혁신적인 교육프로그램으로 평가된 바 있다. 마음의 도구 프로그램에서 주요한 시사점은 아이가 스스로 자기 행동의 주인임을 깨닫고 자기 조절력, 언어 표현력, 실행 기능을 발달할 수 있도록 한다는 점이다.

아이가 주도적으로 놀이를 계획하고 알고자 하는 호기심을 채우며 성취감을 느낄 수 있도록 하려면, 아이가 놀이의 주인이 되어 생각한 대로 놀이를 할 수 있도록 부모는 지원해주어야 한다. 궁금증이 많고 호기심이 많은 아이가 대상에 대한 탐구를 하고자 한다면, 아이가 궁금해하는 주제에 부모도 관심을 갖고, 함께 알아보는 과정을 통해 다양한 지식을 쌓아갈 수 있다. 이렇게 쌓인 지식은 또 다른 지식을 습득하는 데에 연결고리가 될 것이다. 나아가 아이가 만들어 가는 연결고리들은 다른 연결고리들을 만들고 결합하면서 다양한 관심사를 만들고, 확장해 나가는 토대가 될 수 있다.

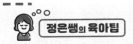

아이가 궁금한 것이 생겨서 물어볼 때 이렇게 해보세요!

아이의 궁금증을 바로 해소할 수 있는 방법은 부모가 가지고 있는 스마트 폰을 이용하는 방법입니다. 스마트 폰을 활용하면 다양한 궁금증을 해소할 수 있는 정보의 바다를 이용하는 것이지요. 하지만, 미디어를 활용할 때에는 주의할 점이 있습니다. 궁금증이 생길 때마다 검색을 해보는 것은 편리하지만 매번 활용하기 어려울 수도 있습니다. 그리고 때로는 바로 알게 되는 것보다 궁금함을 가지고 궁금증이 풀릴 때까지 생각하는 시간을 가지는 것도 아이의 사고를 확장하는 데 도움을 줄 수 있습니다.

여러분들도 공부를 하다가 혹은 궁금한 게 생겼을 때에 바로 찾아서 해소했던 것보다 더 고민을 많이 하고 곱씹어 생각했던 것이 기억에 오래 남는 것을 경험한 적이 있을 것입니다. 이와 마찬가지로 아이들도 궁금한 것이 생겼을 때에 바로바로 해결하는 것보다 궁금함을 가지고, 생각해 보고 곧바로 알지 못하는 것에 대한 불편함도 경험하면서 오래 기억될 지식을 만들어 갈 수 있습니다.

아이가 호기심과 궁금함이 생겨 탐구하는 태도를 가졌을 때에 부모는 지혜를 발휘할 수 있어야 합니다. 바로 해소해서 알아보는 것이 좋을지, 조금 궁금함을 안고 책이나 다른 방법으로 궁금함을 탐구해볼지 말입니다.

자연은 호기심 천국

　자연 속에는 아이들의 호기심을 자극할 만한 것들이 참 많다. 바닥에 작은 개미부터 나비, 벌, 살랑이는 바람, 나뭇잎이 부딪혀 나는 소리, 꽃과 나무는 아이들의 오감과 호기심을 자극한다.

　도심에서 살고 있는 아이들이라고 자연이 없는 것이 아니다. 최근에는 공원 정비를 잘하고 있고, 이 때문에 도심 속 공원들도 예쁘게 정원으로 구성된 곳이 많아졌다. 그래서인지 공원에 가면 다양한 생물들을 만날 수가 있다.

　아이들은 신기하게도 작은 개미나 공벌레를 참 잘 찾는다. 우리 아이도 아파트 화단이나 공원 산책길을 가다가 움직이는 작은 생물들을 찾아 손으로 잡아보기도 하고 눈으로 관찰해보기도 한다. 손으로 만지면 몸을 공처럼 만들어버리는 공벌레는 아이의 눈에 참 신기한 친구이다.

비가 오는 날이면 어김없이 지렁이들이 꿈틀대며 인사한다. 화단 옆 인도를 지날 때 길쭉한 몸을 꿈틀대며 움직이는 지렁이를 관찰하며 신기한 듯 아이는 한참을 앉아서 보았다. 비가 그쳐 햇살이 빗물을 모두 빨아들인 어느 오후에 몸을 피하지 못한 인도 위 지렁이를 만나면 나는 아이와 함께 나뭇가지로 화단에 옮겨주기도 했다. 아이와 같이 만난 생물들을 보호하기 위한 행동이다. 이전에는 지렁이를 봐도 피하거나 그냥 지나쳤는데 아이를 통해 생명의 소중함을 배운다.

봄에서 여름으로 가는 계절엔 참 많은 나비들이 우리 주변을 놀러온다. 하얀 나비, 호랑나비, 노랑나비, 제비나비 등등 나비 박물관을 가지 않아도 쉽게 볼 수 있다. 팔랑팔랑 날갯짓을 하며 날아다니는 나비는 아이들에게 좋은 벗이 되어준다. 때론 서울 노원구에 있는 불암산 '나비 정원'에 놀러 가면 날아다니는 나비를 만나기도 한다. '나비 정원'은 온실 정원 안에서 나비가 사육되고 있어서 나비가 꽃에 앉아 꿀을 빨아먹는 모습을 가까이에서 관찰해볼 수 있다. 자연의 신비를 직접 눈으로 볼 수 있어 자주 찾는다.

때론 인근 산에 놀러가 산책길을 걷다보면 애벌레를 만나기도 한다. 산책로에 떨어져 기어가는 애벌레를 발견한 아이는 애벌레가 있다며 흥분해 엄마 아빠를 찾는다.

"어디에서 온 애벌레일까? 이 친구는 몸이 길쭉하네."

자벌레 새끼였다. 그 작은 몸으로도 자벌레만의 독특한 움직임을 보여주었다. 생물들의 움직임은 아이에게 또 다른 호기심과 궁금증을 불러온다.

"어! 엄마! 이거 나비 애벌레야! 진짜야!"

"어디어디?"

둘레길 산책로를 지나가다가 아이가 초록색 애벌레를 발견하고 흥분했다. 정말 나비 애벌레 같았다.

"우와! 시우야! 시우가 나비애벌레를 발견했네! 어떻게 찾았어? 엄마도 너무 반갑다!"

"내가 좀 잘 찾지."

아이는 자신이 찾은 애벌레를 보며 뿌듯한 듯 한껏 잇몸을 드러내며 말했다.

어른들이 잘 찾지 못하는 생명체를 지나가며 어찌 그리 잘 찾는지 자연 속에서 찾는 보물찾기마냥 하나씩 하나씩 찾는 기쁨이 있다.

"엄마! 여기 무당벌레야!!"

아이가 무당벌레라는 소리를 말하기 무섭게 주변에 있던 아이들이 모여 들었다. 정말 놀이터에 무당벌레가 기어가고 있었다. 빨간색에 검정점박이가 박힌 무당벌레를 보며 아이들은 너도나도 만져보고 싶어 했다. 이윽고 무당벌레는 금세 날아가 버렸다. 아쉬운 만남이었지만 다음에도 또 만나기를 기약하며 아쉬움을 달랬다.

거미와 거미줄도 아이에겐 재미난 자연의 세계이다. 나무와 나무 사이에 어떻게 집을 그리 잘 지어놓았는지, 만져도 안부서질 것 같은 거미줄 집에 기다란 다리를 가지고 먹잇감을 기다리는 거미를 만난다. 때론 무서워 보이기도 하고, 때론 신기하기도 한 거미와 거미줄을 보면서 아이의 유치원 등, 하원 길에 만나는 거미를 찾는 것은 또 다른 보물찾기 놀이가 된다.

아이와 특별히 공원이나 산을 가지 않더라도 일상생활인 유치원 등·하원 길에도 늘 자연을 만난다. 시골이 아닌 도시에 살면서 나무 담장 옆 인도를 지나가는데도 거미를 만나고, 참새를 만나고, 까치를 만난다. 작은 생물인 개미도 만나고 공 벌레도 만나고 나비도 만나고 운이 좋을 땐 무당벌레도 만난다. 아이가 만나는 생명체는 아이에게 더없이 좋은 친구가 되기도 하고, 궁금해 더 알아보고 싶은 곤충, 동식물이 되기도 한다. 자연은 억지로 만들어지지 않은 장소이자, 아이가 자발적으로 언제든 궁금한 친구들을 만나며 놀이하는 제일 좋은 교육의 장이다.

호기심이 많아 곤충들을 만지고 싶어 하는 아이가 있다면 이렇게 해보세요!

아이들은 궁금한 것은 만져보고 관찰하며 직접 알아봐야 해소가 됩니다. 하지만, 곤충이나 동물 중에는 손으로 만지면 위험한 것들도 있지요. 아이에게 함께 놀이할 수 있는 생명체도 있고, 그렇지 않은 생명체가 있다는 것을 알려주는 것은 안전상 필요합니다.

관찰통을 이용해 아이가 관찰할 수 있도록 도와주는 것도 방법입니다. 특별한 관찰통을 구비하고 있지 않아도 괜찮아요! 잠깐 관찰하고 놓아줄 것이니 투명한 용기면 무엇이든 괜찮습니다. 아이와 관찰하고 나서는 집에 가져갈 수 없다는 것을 함께 나누어주세요. 아이가 먼저 이야기할 것입니다. 관찰한 곤충을 집에서 키우고 싶다고 말입니다. 하지만, 곤충들은 자연에서 살아가야 건강하게 살 수 있음을 이야기해주시면 아이도 이해할 수 있을 것입니다. 충분히 관찰하고 놓아주면서 아이와 함께 곤충에게 감사 인사말을 전하는 것도 도움이 됩니다.

우리 주변엔 생각보다 많은 생명체들이 존재합니다. 여러분도 어린 시절엔 아마도 많이 경험해보았을 것입니다. 어른이 되어 바쁘게 살면서 수많은 생명체들을 잊고 살아가다 보니 보이지 않았을 뿐입니다. 아이가 호기심을 갖고 궁금해 한다면 함께 찾아보며 보물찾기를 해보세요. 그리고 관찰해보고 인사를 나누어 보면 생각보다 많은 생명들을 만나며 자연의 소중함도 함께 느낄 수 있을 것입니다.

5

그림책으로 호기심을 채우자

　'그림책' 하면 왠지 어린 아이들을 위한 책이라고 착각하기 쉽다. 어떤 메시지를 전달하기위해 '그림'이라는 형태를 이용할 뿐, 그림이 있다고 해서 유아스러운 게 아니다. 오히려 그림책 속에서 심오한 무언가를 느끼기도 하고, 치유를 받기도 한다.

　그림책은 상상 속 이야기 혹은 픽션 문학만 있지 않다. 아이들의 지적 호기심을 채워줄 그림책으로 '지식정보그림책'이라는 것이 있다. 지식정보그림책은 논픽션 유형의 그림책으로 사실이 우선되어 정보전달이 일차적인 목적이 되고, 그림이나 사진을 명확하게 보여주는 정보와 지식을 얻을 수 있는 그림책이라고 할 수 있다.

"이게 바로 공룡이 사라진 이유~ 아주 아주 오래~ 전에~♬"

아이의 관심이 나무와 꽃에서 공룡으로 확장이 되던 때에, 우연히 들려준 동요 하나가 아이의 호기심을 자극했다. 공룡은 이제 더 이상 볼 수 없는 동물이라는 것을 아이가 알고 있었는지 모르겠다. 공룡을 접한 건 집에 있던 공룡 모형들을 가지고 놀이 하면서부터였다. 처음엔 관심도 없었고, 공룡을 가지고 놀이할 생각도 하지 않았다. 그러던 어느 날, 갑자기 공룡을 데리고 오더니 자신의 놀이에 공룡을 참여시켰다.

아이의 공룡은 늘 아빠가 역할 담당이었다.

"아빠 이거 해줘."

아빠가 이 공룡을 가지고 말을 해달라는 의미이다. 안킬로사우르스와 티라노사우르스, 브라키오 사우르스가 늘 그 자리를 차지했다. 아빠와의 놀이는 아이가 제안하는 역할로부터 시작했다. 공룡은 아이에게 장난을 치기도 하고, 맛있는 음식을 먹기도 했다. 그러다 미야니시타츠야의 그림책《고 녀석 맛있겠다》를 보고 나서는 놀이에 늘 티라노사우르스와 안킬로사우르스가 등장했다.

이 책은 픽션 공룡 그림책이다. 티라노사우르스가 아기 안킬로사우르스를 보고 "맛있겠다"라고 말을 하는 것을 시작으로 이야기가 전개된다. 아기 안킬로사우르스는 자기 이름을 '맛있겠다'라고 부른 줄 알고 그날로부터 티라노사우르스에게 '아빠'라고 부른다. 그렇게 티라노와 안킬로의 이야기가 펼쳐진다. 아이의 공룡 놀이 속에서 그림책 이야기는 새롭게 피어났다.

우리 집은 공룡 그 자체만으로 놀이가 되지 않았다. 늘 그림책 이야기가 놀이로 확장되거나, 등장인물에 하나씩 끼워주는 존재였다. 보통 공룡을 좋아하는 다른 집 아이들은 공룡인형 하나만 있어도 "크아아~"하면서 놀이를 하는데 우리 아이는 그림책과 연결해서 놀이하며 다른 양상을 보였다.

그랬던 아이가 우연히 들었던 동요로 '공룡이 사라진 이유'에 궁금증을 가지기 시작했으니 놀라운 일이었다. 나는 신이 나서 알려주었다. 아이는 내가 설명해 준 내용을 자신만의 방식으로 외워서 또래와 어른들에게 알려주기 시작했다.

"공룡이 사라진 이유는 첫 번째, 화산 폭발설, 두 번째, 운석 충돌설, 세 번째 기온 변화설 이야. 공룡은 지금 없어. 거대한 운석이 지구에 떨어져서 커다란 웅덩이가 생겼대."

어른들이 듣기에 매우 유식해 보이는 '~설'이라는 단어를 쓰며 설명을 하니 "우와! 너 참 어려운 것도 잘 아는구나!"하며 뜨거운 반응을 보냈다. 아이는 그런 반응에 뿌듯해하며 자기가 알고 있는 모든 것들을 어른들을 만날 때마다 하기 시작했다.

아이는 이 경험을 통해 논리적으로 설명하는 능력을 키울 수

육아, 처음이라 어렵지만 괜찮아

있었고, 인정받는 기쁨을 누렸다. 아마도 이 경험을 잊지 못하고 계속해서 왕성한 호기심을 키워나가며 지식을 습득할 것이다.

궁금한 것이 많은 아이에게 엄마의 지식은 한계가 있고, 아이에겐 호기심을 채워주고 지식을 확장할 수 있는 그림책이 필요하다. 이런 경우 픽션과 논픽션 사이의 그림책을 먼저 아이에게 노출하면서 점차 논픽션 그림책으로 이어가면 도움이 된다.

아이가 식물을 좋아하다보니 식물을 잘 못 키우는 엄마이지만 집에서 아이와 함께 씨앗도 심고, 모종도 키워보고, 꽃도 심어보는 경험을 했다. 아주 잘 자라지는 못했지만, 아이 덕분에 베란다 한편이 작은 정원으로 꾸며졌다. 아이는 매일 유치원을 등원하기 전에 식물에게 들러 인사를 나누고, 물을 주며 가꾸었다. 딸기 모종을 심을 때에는 딸기가 얼른 익기를 기다렸다.

"엄마! 나도 저기 정원에서 나비도 보고, 벌도 봤어! 우리 집에도 무당벌레가 놀러오면 좋겠다. 그치?"

아이는 밖에서 만난 곤충들을 떠올리며 그림책을 보았다. 그림책 속에서 만난 생물들을 만나고 싶은 마음을 간직하면서.

보이치에흐 그라이코브스키, 피오트르 소하 작가의 그림책 《나무》는 빅북이자, 세상에 있는 나무들의 종류와 나무에 대한 생태이야기가 담겨있다. 커다란 책 인만큼 페이지를 넘길 때마다 실제 나무를 보는 듯한 느낌을 받을 수 있다. 글밥이 많은 논픽션 그림책이지만, 아이와 볼 때에는 글을 다 읽지는 않고, 궁금한 페이지를 먼저 살펴보면서 나무의 이름부터 보았다. 아이는 이 그림책을 보며 '바오밥나무'를 알게 되었다. 그 밖에도 뿌리가 독특하게 생긴 나무들과 여러 나무의 나뭇잎들을 살펴보고 관찰할 수 있었다.

특히 가을 낙엽을 주워오면서 어떤 나무의 낙엽인지 궁금할 때 이 책을 찾아와서 같은 모양의 잎을 찾아보기도 하였다.

"아! 이건 백합나무 잎이 맞았네! 엄마! 이거 봐봐! 여기 똑같지?"

"응 정말 그러네. 시우가 여기에 있는 줄 어떻게 알았어?"

"내가 잘 알고 있었지. 엄마 이 나뭇잎은 이름이 뭐야?"

아이는 그렇게 나무에 대한 지식을 하나씩 하나씩 쌓아가고 있다.

아이가 꽃과 나무뿐만 아니라, 로켓과 우주에도 관심을 보였다. '누리호'가 발사할 때, 우연히 보여주었던 로켓 발사 장면을 보고 나서 로켓과 사랑에 빠졌다. 발사장면과 연관 검색되는 로켓 다큐멘터리도 보고 싶어 해서 함께 봤다. 분명 아이가 이해하기에는 어려운 용어들이 많이 나옴에도 어찌나 흥미진진하게 보던지, 다 보고나서 '엄빌리카'가 연결되고, 로켓이 발사될 때 발사체가 분리되는 그 과정을 가족들에게 마치 로켓 발사 해설가

육아, 처음이라 어렵지만 괜찮아

처럼 설명해주었다.

　이 때 아이와 함께 나누었던 그림책은 안소피 보만, Olivier Latyck 작가의 《The Ultimate Book of Space》이다. 외국도서이지만, 아이는 로켓의 종류를 알아보고 조작해보았고, 우주인의 우주복을 알아보았고, 태양계를 간접 경험했다. 아이가 직접 조작할 수 있는 플랩북이자 팝업북이라 아이가 더욱 관심을 갖고 볼 수 있었던 매력적인 논픽션 그림책이었다. 영어로 된 그림책이지만 아무래도 팝업과 플랩으로 구성되어 있어 책 그 자체를 좋아했다. 내용도 훌륭해서 우주에 대한 새로운 것들을 알아보는 데 도움이 되었다. 로켓의 모형을 조작하며 아이는 자신이 알고 있는 로켓에 대한 지식을 부모에게 이야기해주었다.

　"엄마! 이 로켓은 '나로호'랑 똑같이 생겼어. 그래서 2단 분리를 하고 우주로 가는 거야."

　유치원에서 도서대여를 하는 날이면 아이는 과학도서와 식물 도서를 항상 빌려왔다. 함께 읽어보고 반복해서 보며 궁금한 것들을 채워나갔다. 책에서 알게 된 것은 꼭 밖에서 찾아보며 자발적인 학습으로 이어져갔다.

　"엄마! 여기 나팔꽃이 있어요! 나팔꽃 보세요! 여기 이렇게 구불구불 올라가죠? 이런걸 덩굴식물이라고 한 대요!"

　유아기는 호기심이 왕성한 시기이다. 그래서 늘 질문을 달고 산다. 왜 그런지, 어떻게 된 것인지, 도대체 그게 무엇인지, 늘 궁금증을 가지고 있다. '공룡'은 아이들의 호기심을 충족해주는 소재 중 하나이다. 특히나 남자아이들은 그 어렵고 긴 공룡이름을 달달 외울 정도로 관심을 많이 가지는 동물이기도 하다. 공룡이라는 공통 주제를 가지고 또래와의 놀이 속에서도 함께 공감하고 공유한다.

아이들은 주변 환경 속에서 놀이를 하며 지식을 습득하기도 하고, 또래나 성인과의 상호작용을 통해 스스로 새로운 지식을 구성해나가기도 한다. 공룡 그림책을 보면서 잘 모르는 공룡의 이름을 알게 되고, 공룡 화석이 있다는 것, 화석은 발굴할 수 있다는 것, 육식공룡과 초식공룡이 있다는 것 등 공룡에 대해 여러 정보들을 얻기도 했다. 뿐만 아니라 공룡 동요를 들으면서도 공룡에 대해 자연스럽게 듣고 이야기를 습득해 자기만의 지식으로 구성해 알려주기도 했다. 뿐만 아니라, 유치원에서 같은 주제에 관심을 가지고 있는 친구와 이야기를 나누면서 새롭게 알게 되기도 하였고, 때로는 자기가 알고 있던 지식과 다르고, 잘못된 정보를 이야기하는 친구의 말을 들으면서 속상해하기도 했다.

이러한 과정 속에서 아이는 몰랐던 사실을 알게 되는 기쁨을 느끼고, 새로운 것에 대한 호기심을 충족하기 위해 책을 읽거나 인터넷을 통해 지식을 얻는다. 그 속에서 배움의 즐거움을 알게 되고, 나아가 다른 주제의 호기심으로 연결되기도 한다.

우리 아이는 공룡에 아주 관심이 많은 편은 아니었지만, '공룡'은 호기심의 문을 열어주는 좋은 주제이자 때때로 놀이 속에서 함께 놀이하는 친구이며, 또래와의 공감대를 형성하는 소재이기도 하다.

아이는 오늘도 세상을 호기심으로 가득 채워나간다. 그리고 알게 된 기쁨을 나누며 지식 나눔의 즐거움도 알아가고 있다.

혹시 지금 아이가 관심을 보이는 무언가가 있다면 더 확장시켜나갈 수 있도록 도와주자. 어렵지 않다. 근처 도서관에서 관련 도서를 보는 것부터 시작해보자.

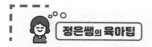

아이의 지적 호기심을 채워주려면 지식정보그림책을 활용해보세요!

유아기 아동들은 지적 호기심이 왕성해지는 시기입니다. 지나가는 개미도, 하늘에 떠있는 구름도, 산들바람에 흔들리는 나무도, 계절마다 다르게 피고 지는 꽃들도 모두 아이의 시선에서 신기하고 흥미로운 친구들이지요.

아이들은 어른과는 시선이 달라서 더 작은 생물들을 잘 찾고, 작은 생물들의 움직임에 관심을 잘 가집니다. 그래서 어른들은 볼 수 없는 것들을 찾아 궁금해 하고 더 알아가고 싶어 하지요.

이런 아이들의 궁금증을 해소하고 지적호기심을 채워줄 방법은 어른들이 이야기해주는 것도 좋지만, 지식정보그림책을 활용해보는 것입니다. 지식정보그림책은 세밀한 그림으로 묘사되어 지식정보가 담긴 그림책도 있고, 사진이 담긴 도감형식의 그림책들도 있습니다. 아이의 관심사에 따라 과학정보 도서나 도감을 활용해볼 수도 있고, 그림책을 활용해볼 수도 있지요.

최근 호기심을 바로바로 해결해줄 유튜브나 구글 검색도 훌륭한 자료의 창고이지만, 아이가 궁금한 것을 집에 돌아와서 책에서 찾아보고 비교해보는 과정을 경험하는 것은 스스로 지적호기심을 해소하는 방법을 익히는 과정이기도 합니다. 이러한 과정은 학습의 기초가 되지요. 뿐만 아니라, 궁금한 것을 바로 해소하는 것보다는 궁금해서 생각을 머금고 있다가 해소하는 것이 우리의 기억장치에 더 오래 남는다고 합니다. 왜냐하면 궁금한 것을 계속해서 물음표를 가지고 해소가 될 때까지 생각하고 있기 때문이지요.

궁금한 것이 많은 아이들과 지식정보그림책으로 함께 찾아보고 또 알아보며 아이의 지식창고도 채워가고 여러분들도 새롭게 알게 된 것을 아이와 함께 공감대를 형성하며 이야기꽃을 피워보는 것은 어떨까요.

궁금한 것을 직접 책에서 찾아보는 경험을 한 친구는 커서도 책을 통해 스스로 찾아보게 됩니다. 스스로 찾고 습득한 정보를 활용하는 경험을 하면서 문제해결능력이 향상되고, 비판적 사고와 탐구하는 태도를 기르게 됩니다. 기존의 지식에서 궁금증이 생긴 것을 책에서 찾아보면서 비교해보고 자신의 궁금증을 해소할 수 있는 것들인지 생각하는 과정을 경험하게 됩니다.

이런 경험을 한 아이는 '공부'라는 딱딱한 이미지가 아닌, 즐거운 과정으로 인식하게 될 거예요.

3장

아이는
온몸으로 세상을 알아간다

놀이터 가자

"엄마, 우리 지난번에 갔던 새로운 놀이터 가자 응?"

아이가 유치원 하원을 하고 나서 놀이터에 가자고 보챘다. 아이와 저녁마다 산책을 한다고 나섰다가 알게 된 다른 놀이터를 경험하고는 그 놀이터에 가자는 것이다. 매일 집 앞에서 놀던 놀이터와 다른 모양을 하고 있는 놀이터가 신선했던 모양이다.

새로운 모습의 놀이터에서 한참을 놀다보니 어느새 날이 어둑해졌다.

"시우야, 이제 들어가야 할 시간인데, 우리 5분만 더 있다가 들어가자."

"에이, 아쉽다. 나 조금만 더 놀고 싶은데."

그렇게 아이와 나는 다음날도, 또 다음날도 동네에 있는 여러 놀이터를 찾아다니며 놀기 시작했다. 공원마다 새로 조성된 놀이터들은 저마다의 느낌이 달라 아이도 새롭게 느끼는 것 같았다. 아쉬운 점이 보이는 놀이터들도 있었지만, 각각의 놀이터에서 아이는 자기만의 취향을 찾아 놀이했다.

그러던 어느 날, 아이는 하원 길에 집으로 가는 길이 아닌 곳으로 나를 이끌었다.

"이쪽으로 가는 거 아니야."

"엄마, 우리 여기로 가자."

아이가 이끄는 대로 따라갔다. 아이가 어린이집을 다닐 때부터 놀던 나무 놀이터였다. 길을 외우고 있다는 것에서 깜짝 놀랐다. 아이는 특별할 것 없어 보이는 나무 기둥과 나무를 올라타서 건너가는 기구가 있는 게 전부인 놀이터에서 신나게 놀이를 했다. 나무 기둥에 붙어있는 버섯들을 가리키며 "이건 먹을 수 없는 버섯이에요."라고 소개까지 해주며 그 공간을 즐겼다. 한참 놀다가 그 옆에 조성되어있는 작은 놀이터로 이동했다. 그곳엔 복합놀이시설과 모래놀이터가 있어 하원하고 들른 아이들이 제법 있었다. 아무래도 또래들이 많다보니 시우도 함께 놀고 싶어 했다. 우리는 조금 더 놀다가 들어가기로 했다. 여름 날, 우리는 땀에 흠뻑 젖어서 저녁 바람에 땀이 살살 말라갈 무렵 집으로 돌아갈 수 있었다.

또래가 있든 없든 놀이터는 온몸으로 놀이를 할 수 있는 공간이다. 비록 정형화된 공간이 많긴 하지만, 집 안에서 뛰놀지 못하는 욕구를 어느 정도 발산할 수 있어 신체놀이를 하는데 더없이 좋은 공간이다. 모래놀이를 할 때에는 특별한 도구가 없어도 주변의 자연물들이 모두 놀잇감이 된다. 다른 친구의 놀잇감을 빌려 사용하거나 우리가 준비해간 놀잇감을 나누어 사용하기도 한다. 놀이터는 동네 어린이들의 모임터다.

간혹, 모습은 놀이터이지만, 아이들이 놀기에는 맞지 않은 곳도 있다. 아이들이 많이 없어 관리되지 않은 놀이터, 낙서나 쓰레기로 가득한 놀이터, 심지어 담배꽁초로 뒤덮인 곳도 있었다. 이런 곳을 볼 때마다 아이들의 쉼터가 없어지는 것 같아 너무 안타깝다. 아파트 관리차원에서라도 놀이 공간에 대한 청소 등이 이루어지면 좋겠는데, 그게 잘 안되나 보다. 오히려 공원에 마련된 놀이 공간은 적어도 아이가 놀기에 오염되었다는 느낌은 들지 않는다.

아이들의 놀이를 방해하는 것은 환경오염도 한 몫 한다. 미세먼지가 많거나, 날이 많이 추워지거나 비가 오는 날이면 놀이터엔 아이들이 없다. 최근 공공형 실내놀이터나 키즈카페도 많이 생겼지만 비용도 많이 들고, 매일 갈 수 없다보니 집에서 놀이를 하며 지내야 하는 날도 많이 있다.

놀이는 아이의 본능이자 삶이다. 아이는 태어나자마자 놀이를 하며 세상을 알아간다. 신기하게도 아이들에게 "놀이는 이런 거란다."라고 가르치지 않아도 알아서 발달에 맞는 과업을 수행하고, 즐겁게 놀이를 찾아서 한다. 아이들의 놀이는 분명 쓸모가 있다. 아이가 성장해나가는 데에 연료가 되기도 하고, 영양분이 되기도 한다. 아이들이 놀려고 하는 것은 당연한 이치이다.

안타깝게도 아이들의 놀이가 학습지, 학원, 미디어 매체에 밀려 사라져가고 있다. 잘 노는 아이가 공부도 잘한다. 이 부분에 대해서는 어른들이 한번쯤 생각해보아야 할 문제이다.

놀이터에서 아이들은 뛰고, 오르고, 내리고, 매달리며 다양한 신체활동을 즐겨 한다. 또래를 만나면 신체 게임도 즐겨 한다. 주변의 자연물들을 모아 소꿉놀이도 하고, 지나가는 개미를 관찰하고 따라가기도 한다. 놀이터의 아이들은 웃고, 소리치며, 신나는 소리로 가득하다. 아이들의 놀이는 즐겁다. 즐겁게 놀이한 아이들은 오늘 하루 동안의 마음에 행복을 담는다. 그렇게 즐거운 하루를 만든다. 오늘도 나는 아이와 즐겁고 안전하게 놀이할 수 있는 놀이터를 찾아다닌다.

매일 놀이터에 가자고 하는 아이들이 있다면 이렇게 이해해보면 어떨까요?

놀이터에 가서 놀이를 하고 싶은 것은 아이들의 본능입니다. 놀이터뿐만 아니라 바깥에서 놀이하고 싶은 마음은 아이들이라면 누구나 가지고 있습니다.

여러분들은 부모님이 늦은 저녁에 애타게 불러야 겨우 들어갔던 기억이 있으신가요? 저는 유년기 시절, 늘 엄마가 저녁 먹으라고 불러야만 겨우겨우 집으로 들어갔던 기억이 있습니다. 낮 동안 실컷 밖에서 놀다가 날이 깜깜해져서야 집에 들어갔지요. 밖에서는 동네 또래나 언니 오빠들과 신체 게임을 하기도 하고, 모래놀이를 실컷 하기도 했어요. 그런 상호작용 속에서 새로운 놀이도 알게 되고, 내가 만든 규칙을 제안하기도 했었습니다. 그렇게 충분한 놀이를 하고 나도 늘 놀이가 고팠습니다. 내일의 놀이를 기대하고 잠이 들었지요.

놀이는 그런 것입니다. 놀이는 해도 해도 계속 하고 싶은 것입니다. 정도가 없습니다. 여러분들은 직장에 다니느라 피곤하고 지쳐있지만, 아이들은 놀아도 놀아도 충분하지 않습니다. 그리고 아직 조절하는 능력이 미숙하다보니, 몸이 지쳐도 지친 줄을 모르고 놀아요. 아이가 매일매일 놀이터에 가자고 한다면, '그래 우리아이가 정말 건강하구나.'라고 생각하고 함께 가주세요. 이렇게 충분히 마음껏 놀 수 있는 시기도 그리 길지 않답니다. 그리고 막상 일 년 중에 대기 환경이나 날씨 등을 고려해 본다면 놀이터에 갈 수 있는 날도 많지 않아요. 매일 가기 어렵다면 요일을 정해서 '놀이터에 가는 날'을 정해보는 것도 방법입니다.

2

숲에서 놀자

나무를 좋아하는 아이는 가로수, 정원의 나무들이 변화하는 모습이 늘 신기하고 재미있다. 아직 말도 잘 구사하지 못하는 갓 24개월이 지난 아이는 낙엽이 떨어지는 나무를 보면서 온몸으로 표현하며 이야기 한 적이 있다.

"나무가 이렇게 흔들리면 뚝 떨어져."

"나무가 바람에 이렇게, 이렇게 흔들려"

휴직기간에 봄을 맞아, 부모님을 모시고 아이와 함께 광릉 숲에 갔다. 아직 돌도 안 된 아기가 나무를 보면서 소리를 질렀다. 나무 길을 지나면서 그렇게 좋다는 표현을 했다. 소리를 지르며 온몸으로 행복함을 표현하는 모습을 보면서 숲에 오길 잘했다는 생각을 했다.

아이와 산책하는 길은 늘 공원을 빼놓지 않았다. 아이를 유아차에 태워 다니면서 아이에게 늘 나무와 꽃 이야기를 들려주었다. 그렇게 산책길을 걷다보면 아이는 스르르 잠이 들었고, 나도 잠깐의 휴식시간을 가졌다.

문득, 어릴 때 아빠와 함께 산에 갔던 일이 떠오른다. 산에 올라가면서 느껴지는 숲의 냄새, 비 온 뒤 올라오는 계곡의 물안개, 산 정상에 오르면 보이는 서울의 전경, 오르락내리락하며 느꼈던 내 몸의 유능감, 산에 올라가서 컵라면을 먹으며 느낀 별미 등 좋은 추억들이 많다. 숲에서 만난 동물들도 때론 신기한 경험이었다. 늘 책에서만 보던 작은 동물들을 산에서 만나면 그렇게 기쁠 수가 없었다. 내가 알고 있던 작은 생물들을 산에서 만나면 내가 마치 탐험가나 과학자가 된 기분이 들었다. 아빠가 어떤 활동을 준비해 나와 놀아준 것이 아님에도 그저 숲 속에 가면 재미있는 놀이터가 되었다.

숲은 자연이 살아 숨 쉬는 장이자, 아이들에게는 놀이터다. 숲 속에는 이야기를 나눌 친구들이 참 많이 있다. 들려오는 소리도 관심을 가지고 들으면 여러 가지 소리를 찾아볼 수 있다. 숲 속 놀이터에서 내 몸을 움직여 오르기도 하고, 조심조심 몸을 조절해 내려오기도 한다. 바위를 올라가기도 하고, 때로는 내리막길을 내려가기도 한다. 그러다 애벌레를 만나기도 하고, 계절마다 피는 꽃들을 만나기도 한다. 숲은 변화무쌍해 궁금증을 절로 불러일으킨다.

우리 주변의 숲은 꼭 산과 들이 아니어도 괜찮다. 도시에서는 공원도 숲이 될 수 있다. 공원에도 정원을 잘 가꾸어놓거나, 다양한 식물들이 살고 있다. 때론 식물들과 함께 곤충, 동물들이 살아가고 있다. 계절의 변화를 함께 느끼며 아이들은 그 속에서 재미를 찾는다. 계절에 따라 색깔의 변화, 잎이 무성해지는 모습, 잎이 떨어지는 모습을 만날 수 있다. 그리고 때에 따라 숲에 남겨진 자연물들을 모아 자연스레 소꿉놀이도 하게 된다.

사계절 중 단연 가을은 색깔의 아름다움과 함께하는 계절이다. 게다가 떨어진 낙엽은 언제든 아이들의 장난감이 된다. 백유연의 그림책《낙엽스낵》은 '낙엽'과 자연물들을 이용해 동물 친구들이 햇빛에 말리고 구워서 간식을 만들고, 친구들과 나누어 먹으며 즐겁게 노는 모습을 담은 그림책이다. 이 책을 보고 나면 자연스레 '낙엽스낵'놀이를 하게 된다.

우리 아이는 가을만 되면 낙엽을 주워오는 데 일등공신이다. 집 안은 금세 수집한 낙엽들로 가득해진다. 바깥에서 데리고 온 낙엽들은 집에서 또 다른 놀잇감이 되기도 한다. 각기 다른 모양의 낙엽들의 모양을 분류해 같은 모양끼리 모아보기, 같은 크기

끼리 모아 작은 것부터 큰 순서대로 놓아보기, 라이트테이블에 올려놓고 잎맥 관찰해 보기, 낙엽으로 모양 만들어 동물 만들기 등등 별 것 아닌 것처럼 보이는 낙엽들로 다양한 놀이를 해볼 수 있다.

숲은 특별한 도구가 없어도 놀이를 만들 수 있는 특별한 장소이다. 낙엽을 주워서, 떨어진 가지를 주워서, 열매를 주워서, 씨앗을 주워서, 돌멩이를 주워서, 흙을 만지면서 정해지지 않은 답이 없는 놀이를 할 수 있다. 뿐만 아니라 궁금한 자연 세계를 관찰하고 탐색해 볼 수 있다. 아이는 숲 속에서 탐험가가 되고, 과학자가 되고, 예술가가 된다. 아이를 특별하게 만들어주는 신기한 놀이터다.

산과 같이 오르막길, 내리막길이 있는 곳은 아이의 건강도 덤으로 챙겨준다. 아이의 전신을 모두 움직여 신체운동을 할 수 있도록 해주고, 숲 속의 좋은 공기를 마셔 건강해지는 시간을 가진다. 숲에서의 놀이는 아이의 발달과 건강을 함께 얻을 수 있다.

핀란드의 유치원은 영하 15도 이하로 떨어지지 않는다면 무조건 바깥에서 활동을 한다. 독일의 숲 유치원은 연중 날씨와 관계없이 주 5일 운영되며, 비가 오나 눈이 오나 바람이 부나 아이들은 매일 야외로 나간다. 아이들이 자연 속에서 보다 더 활발히 움직이고 놀고 배우며 자연과 더불어 살아가는 태도를 배우기 때문이다. 신선한 공기를 마시고 햇볕을 쬐어야 건강해지고 면역력도 높아진다. 또한 자연재료를 가지고 놀이하면서 창의성과 상상력 또한 증진된다.

숲이 아이들에게 주는 선물이다.

아이와 자연을 접하고 놀이하려면 주변에서부터 자연을 만날 기회를 찾아보세요!

대부분 도시에 살고 있다면, 아이와 자연을 접하는 것이 어렵다고 생각할지 모릅니다. 하지만, 우리 주변에는 생각보다 자연환경이 잘 조성되어 있습니다. 도시 내에서도 공원이 많이 조성되어 있고, 조금만 나서면 산도 찾아갈 수 있습니다.

굳이 멀리 특별한 야외로 나가지 않더라도, 집 주변에는 삭막한 건물만 있지는 않을 것입니다. 산책길에 만나는 나무, 작은 풀들, 지나가는 개미들도 모두 자연입니다. 아이는 그 작은 친구들의 움직임이나 변화에 모두 관심이 많습니다. 그렇게 자연과 친구가 될 수 있습니다.

아이가 뛰어놀 수 있는 자연을 찾는다면, 주변 공원이나 산을 가보는 것도 좋습니다. 지역마다 생태공원이 잘 조성되어있는 곳도 있고, 주변에 둘레길이 조성된 산이 있는 곳도 많이 있습니다. 아이와 숲에 가는 날을 정해 정기적으로 함께 간다면 아이에게는 더할 나위 없이 좋은 추억이 될 것입니다. 아이의 마음건강과 신체건강을 지켜주고 싶다면 꼭 숲에 가세요.

숲은 자연이 주는 특별한 놀이터입니다.

육아, 처음이라 어렵지만 괜찮아

3

물감으로 놀이하자

촉감놀이, 좋다는 말 많이 들어보았을 것이다. 나 또한 촉감 놀이가 아이의 발달에 좋다는 걸 이미 알고 있었기에 늘 마음 속 한편에 숙제처럼 남아있었다.

사실, 나는 아이가 어릴 때부터 촉감놀이를 꾸준히 해오지 않았던 엄마다. 마음은 늘 촉감놀이를 해주고 싶었지만, 한번 준비해서 마지막 마무리까지 하고 나면 늘 진이 빠지고 힘이 들었다. 그래서 찾은 게 욕실에서의 촉감놀이, 혹은 거실에서 하더라도 밀가루 점토놀이 같은 정리하기 수월한 놀이였다. 아이의 감각능력을 키워주고, 조금이나마 나의 마음을 위안을 줄 수 있었다. 한편으로는, 촉감놀이를 잘 준비해주는 다른 엄마들을 보며 '나는 왜 아이에게 저런 정성은 쏟지 못 하는가'하는 생각도 들었다.

다양한 촉감놀이는 충실히 해주진 못했지만, 아이가 구강기를 지나 손으로 조작을 해 나가던 시점부터 물감 놀이를 했다. 특별하게 물감으로 어떤 작품을 만든다기보다, 그냥 물감 색을 손으로 만져보고 칠해보고 벽에 문질러보고 섞어 보는 게 전부였다. 손에 조금 더 힘이 생겨 물감을 짤 수 있을 때가 되자, 아이가 정해진 공간에서 물감을 자유롭게 짜보고 섞고, 벽에 칠해보고 몸에도 칠해보며 온몸으로 색을 표현했다.

아이가 놀이할 수 있는 물감에는 종류가 많았다. 색깔 비누 거품 물감, 놀이용 워셔블 물감, 고체 물감, 분무기 물감, 슬라임 물감, 캡슐 물감까지 촉감 놀이용부터 그림 그리는 용도의 물감까지 다양한 물감이 시중에 나와 있었다. 아이가 감각적으로 색을 느끼고, 만져보면서 촉감도 경험해보는 것이 중요하다고 생각했기 때문에 다양한 물감을 구입하고 놀이했다.

욕실에 종이를 붙여놓고 손바닥 도장 찍기를 시작으로 붓을 사용해 물감을 묻혀 끼적이기 그림에 사용해보기도 했다. 만3세가 되기 전까지는 그저 끼적이는 것이 전부였기 때문에 물감으로 그림을 그리는 것은 만지고 문지르고 내 몸에 칠해보고 벽에 칠해보고 색을 섞어보며 놀이하는 것이 전부였다.

그렇게 색을 탐색한 결과인지, 아이는 색깔에 민감성을 가지게 되었다. 시각적 민감성을 가진 아이인 것은 알고 있었지만, 색에도 명도와 채도가 있다는 것을 감각적으로 구분하는 것을 보며 놀라웠다.

나무를 좋아하는 아이는 늘 종이에 나무를 그렸다. 그저 끄적이기만 하는데도 나무 형태가 나왔다. 한 가지에 집중하는 건 좋은 일이지만 사람 형태를 그리고 표현하지 않아 언제쯤 표현할까 걱정도 되었다.

그림은 아이가 관찰하고 인지한 결과물이다. 아이의 관찰력과 인지능력이 발달할수록 그림의 형태는 보다 정교해진다.

48개월이 지나자 그림의 형태는 이전보다 정교해지고 이야기가 생기기 시작했다. 이전처럼 온몸에 물감을 칠하고 벽에 문지르는 것은 줄어들고 종이에 물감으로 표현하는 것을 즐기기 시작했다. 가을을 맞이해 나뭇잎이 알록달록 색깔 옷을 입자, 자연의 모습이 아이의 캔버스 안에 물들어 갔다.

아이 아빠가 아이에게 상자를 선물했다. 택배 내용물을 뺀 박스 말이다. 패딩점퍼가 들어있던 박스라 워낙 커서 놀이터로 만들면 좋을 것 같았다. 어떻게 놀이로 승화시킬까 고민하다가 아이가 좋아하는 물감놀이와 연결하면 더 의미 있는 놀이가 될 것이라고 생각했다. "물감으로 꾸며보면 어때?"라는 나의 제안에 얼굴에 환한 미소를 지으며 "그거 좋아! 그렇게 해야겠다!"라며 물감이 있는 곳으로 향했다.

한 쪽에 고체물감을 놓고 상시 사용할 수 있도록 했더니 아이는 물만 준비해서 그림을 그렸다. 고체물감을 갖고 와서 상자를 색칠하기 시작했다. 그러다 무언가 부족하다는 느낌을 받았는지, 다른 물감을 찾기 시작했다.

"엄마! 페인트가 필요해요!"

아이가 말하는 '페인트'는 무엇일지 잠깐 생각했다. 지난번 사용했던 '템페라 물감'을 말하는 것 같았다. "이거 맞니?"라고 하자. 끄덕이며 달라고 했다. 물감을 짜려고 보니 팔레트가 없다. 나는 얼른 모아두었던 햇반 통, 플라스틱 용기를 꺼냈다. 필요한 색깔을 쭉쭉 짜서 붓에 묻혀 집을 꾸미기 시작했다. 점점 집의 디자인이 완성되어 갔다.

아이는 이제 물감을 활용해 표현하는 방법을 터득했다. 물감은 비의도적으로 작품이 나오기도 하고, 의도적으로 작품이 되기도 하는 매체이다. 의도하지 않게 우연히 나타난 작품도 아이에게는 '내가 해냈다'라는 의미를 준다. 의도적인 작품은 '내가 생각한 대로 내가 해냈다'는 의미를 준다.

물감의 촉감, 색으로 탐색하며 알아가던 시기에서 벗어나 이젠 물감이라는 매체를 활용해 세상을 표현한다. 아이는 세상을

육아, 처음이라 어렵지만 괜찮아

다양한 방법으로 표현하며 폭넓은 세계로 이해하게 될 것이라고 믿는다.

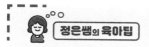

정은쌤의 육아팁

아이들에게 '물감'은 이런 의미가 있어요!

'물감'은 유아가 놀이를 하면서 참 다양한 방법으로 탐색하고 놀이를 할 수 있는 매체 중 하나입니다. 단순히 물감으로 그림을 그리고 색을 입히는 것을 넘어 '물감' 그 자체를 활용할 줄 알고, 물질로써 교감할 수 있습니다.

물감은 붓, 종이만 가지고 그림을 그리며 표현하는 매체가 아닙니다. 내 몸, 손과 발을 이용하여 놀이를 할 수 있고, 다양한 종류의 종이, 비닐, 천, 자연물, 벽과 바닥, 점토, 캔버스 액자 등 다양한 매체와 연결이 되기도 합니다. 분만 아니라, 붓 외에 스펀지, 빨대, 면봉 등 물감과 만나는 도구가 무엇인지에 따라서도 표현되는 형태와 내용이 다양해질 수 있습니다.

이러한 특성 때문에 아이들은 상상을 현실로, 현실을 상상으로 만들며 놀이를 할 수 있게 됩니다. 이 과정에서 '나'를 둘러싼 모든 것들 속에서 주체적으로 표현하고, 상호작용해 나갑니다. 구조적인 물질이 아니기 때문에 우연에 의한 작품도 탄생하고, 정답이 아닌 창작의 경험을 하게 되지요. 그 무엇을 하든 아이가 한 행위 그 자체에 의미가 있어서 창의적인 결과물이 탄생하고, 그 안에서 아이는 의미를 찾아 표현합니다.

단순히 색칠하고 색깔 탐색하는 '물감'이라고만 생각했다면 그 이상의 심오한 매체라고도 할 수 있습니다. 새로운 관점으로 바라본다면, 아이들이 가정에서 놀이하면서도 여러 가지 표현을 경험하고, 나의 세계를 표현하며 확장해나가는 매체가 될 수 있을 것입니다.

육아, 처음이라 어렵지만 괜찮아

그림책은 바로 나!
주인공과 동화되어 놀이하기

아이는 그림책을 통해 상상하고 즐기며 그림책 속 주인공과 나를 동일시하기도 한다. 이를 통해 대리만족을 하기도 하며, 주인공의 모습을 그대로 따라하고 그의 마음과 입장을 이해하기도 한다. 뿐만 아니라, 내가 하지 못하는 행동을 주인공이 하는 것을 보면서 정서적 해소감을 느끼기도 한다.

마치 자신이 주인공이 된 것처럼 몰입하면서 더 흥미를 느끼고 반복적으로 보게 된다.

"저 아이가 나랑 똑같아."라고 말하지 않지만 주인공의 행동을 보며 즐거워하고, "저 아이는 왜 그런 거야?" 하며 궁금해 한다. "나도 저렇게 놀아볼래."하며 부러워하면서도 따라 해보고 싶어 한다. 그렇게 그림책에 더 빠져들고 그 속에서 자신의 존재감을 느끼고, 자존감이 발달하며, 내면의 자아를 더욱 튼튼하게 할 수 있다.

특히 그림책 속 주인공이 아이와 비슷한 또래로 유아기 아동의 특성을 잘 살리고 있는 그림책일수록 반복해서보면서 빠져든다.

마르타 알테스 작가의 그림책《난 세상에서 가장 대단한 예술가》가 그렇다. 책 속 주인공 아이는 스스로를 예술가라고 생각하고 어질러 놓고, 당근을 먹기 싫어 '외톨이 당근'이라고 하며, 벽에 구멍을 뚫어 놓고 '세상과 통하는 문'이라고 이름 지었다. 당연히 엄마의 눈에는 그저 어지럽혀 놓은 것으로 밖에 보이지 않는다. 엄마 화장품을 엉망으로 해 놓고, 벽에 구멍까지 뚫어놓다니! 화가 날 수밖에 없다. 거기다 편식까지 하니 속상하다.

마치 우리의 모습을 그대로 보여주는 것만 같다. 아이는 그저 아이답게 놀았을 뿐인데, 엄마인 우리는 '어휴, 또 어지럽혔어'로 보이는 것이다. 이를 보다보면 내 아이의 동심의 세계가 한편 부럽다가도, 세상을 바라보는 새로운 생각에 다시 한 번 더 생각해보며 이해해볼 수 있다.

경혜원 작가의 그림책《나와 티라노와 크리스마스》도 아이와 부모가 함께 자신과 동일시하는 경험을 하게 된다. 아이는 크리스마스를 기대하며 선물을 가지고 싶은 기대감을, 부모는 아이에게 들키지 않게 크리스마스의 환상을 준비하려는 그 마음을 함께 느낄 수 있다. 뿐만 아니라, 아이가 갖고 싶었던 티라노가 살아나면서 아이의 상상 속에서 행복감을 만끽하고, 즐거운 크리스마스를 보낸다. 이를 통해 독자인 아이는 그 기대감을 함께 느끼며 만족감을 얻고, 나의 크리스마스를 기대하게 된다.

"시우는 산타할아버지한테 뭘 선물해달라고 하고 싶어?"

"난 꽃이 갖고 싶다고 이야기할래."

아이는 크리스마스에 산타할아버지가 꽃 선물을 했으면 좋겠다고 했다. 자기가 제일 좋아하는 꽃을 산타할아버지가 전해주면 정말 기쁠 것 같다고 말이다. 그렇게 기다리던 크리스마스가 되었다. 아침에 일어나자마자 선물이 세팅된 곳에서 선물을 개봉하며 크리스마스만의 행복을 만끽했다.

아이의 삼촌이 아이가 받고 싶어 하는 꽃바구니를 보내고 싶다고 크리스마스 아침에 배달을 주문해두었다. 약간의 시간 착오가 있어 아이가 일어나고 나서 한참 있다가 받게 되었지만, 꽃을 선물 받은 아이는 정말 많이 기뻐했다.

"어! 내가 좋아하는 장미꽃도 들어있네! 어떻게 알았지? 아! 엄마! 산타할아버지는 모든 것을 알고 계신대!"

"엄마, 나 목말라요. 물마시고 잘래요."

잠자기 힘들어하는 우리 아이는 잠자기 전이면 하고 싶은 게 참 많았다. 잠자기 전 책을 보고 나면, 꼭 책을 한 권 더 보고 싶거나, 꼭 물을 한잔 더 먹고 싶거나, 뭘 먹고 싶거나, 조금만 더 놀고 싶거나, 잠을 조금이라도 늦게 자고 싶어 하는 마음이 여실히 드러났다. 그러한 아이들의 마음과 행동은 비슷한 것인지, 이러한 캐릭터의 특성을 살린 그림책으로 조시 슈나이더 작가의 그림책 《모두가 잠든 밤이에요(프레드만 빼고요)》가 있다.

프레드는 모두가 잠든 밤에 혼자만 잠을 이루지 못하고 있다. 해야 할 일이 많기 때문이다. 높이 뛰어야 하고, 큰 소리도 질러야 하고, 그 밖에 프레드만의 속사정이 많다. 이런 프레드를 보면서 아이는 프레드와 동일시하게 된다. 잠을 자기 싫은 아이들을 대변하고 있기 때문이다.

이처럼 그림책은 아이들의 모습을 대변하고, 아이들만의 순수한 세계를 담아내고 있다. 여기에 재미 요소까지 담겨 있다면 아이들은 그림책에 푹 빠져 들 수밖에 없다. 나와 동일시할 수 있는 주인공을 통해 아이들은 스스로 치유가 되고, 감정이 해소되며, 자기 인식을 더불어 할 수 있다. 문제 행동이 더 이상 문제가 되지 않는 그림책 속 세상의 아이, 나를 보며 아이는 보다 긍정적인 훈육을 간접경험 할 수도 있다. 그림책은 아이의 세계가

육아, 처음이라 어렵지만 괜찮아

담긴 아이를 위한 책이다.

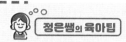

아이가 그림책을 보며 동일시 한다는 것의 의미

아이는 그림책을 읽으며 스토리의 흐름을 이해하고, 주인공의 행동을 이해하며, 주인공의 모습을 보면서 그림책마다의 익살스러운 유머코드를 발견해 냅니다. 글 텍스트를 부모가 읽어주면 아이는 이야기를 들으며 이해하고 그림을 보면서 해석하며 사고를 확장해나가지요.

그 과정에서 아이는 주인공과 자신을 동일시하면서 자신을 이해하게 됩니다. '아 이런 행동을 하는 건 당연한 거로구나!', '이렇게 해도 되는구나!'라며 위로를 받기도 하고, 치유가 되기도 합니다. 나를 이해하는 것에서 나아가 타인을 이해하고 공감하는 것까지 발달하게 됩니다.

유아기 아동은 발달 과정 상, 자기중심성을 탈피해나가는 과정에 있습니다. 그 과정에서 자신과 타인을 조망하는 능력을 경험하면 자기중심성을 탈피해 상대를 이해하고 공감하는 능력을 갖출 수 있게 되지요. 뿐만 아니라 도덕성의 발달에도 긍정적인 영향을 미칩니다.

평소 소극적이고 걱정이 많은 아이는 그림책 속 주인공이 그와 비슷한 성향이라면 위로가 되고 공감을 받을 수 있습니다. 그림책 속에서는 그런 주인공의 모습이 생생히 그려지고, 이를 극복하기 위한 지혜로운 과정이 담겨있기 때문입니다.

아이의 기질과 성향에 따라 다양한 그림책은 주인공과 동일시하며 스스로를 인식하고 행동과 감정을 조절하며 부모와 함께 공감대를 형성해 또래와의 생활에 있어서 함께 공유할 수 있는 이야기가 될 수 있습니다.

4장

아이는
말놀이를 하며 자란다

1

이상한 말, 재미있는 말 창작자

"얘는 토미에요. 토미"

아이가 애착인형을 들고 유치원에 간 날, 선생님이 이름을 물어보자, 평소 '멍멍이'로 말하던 애착인형이 '토미'가 되었다. '토미'는 어느 날 다른 이름이 되었다가 다시 '멍멍'으로 돌아왔다. 아이가 영어를 구사할 줄 아는 게 아닌데, 영어이름 같은 이름을 말하는 걸 보고 저 이름은 어디에서 들은 걸까 궁금해졌다.

그러던 어느 날, 아이와 그림책을 보고 있는데, 장 클로드 무를로바, 장 뤼크 베나제의 그림책 《이름 보따리》를 보며 여기에서 생각을 확장했을 수도 있었겠다는 생각이 들었다. 책에는 이름이 없는 늑대가 나온다. 늑대가 울고 있는데, 어떤 할아버지가 나타나 이름을 선물하겠다고 한다. 그렇게 할아버지를 따라가고 있는데, 이름이 없어 울고 있는 동물친구들을 하나 둘씩 만나게 된다. 이름이 없는 친구들이 모두 할아버지의 집으로 가게 되고, 할아버지는 이름 보따리를 두고 떠나신다. 이름 보따리에서 각자 하나씩 이름을 찾아 떠나고, 가장 마지막에 남은 늑대는 결국 빈 이름 보따리를 보고 울게 된다. 할아버지의 이름은 '이름 주는 이'였는데, 늑대에게 할아버지의 이름을 주며 늑대는 이름이 없는 친구들에게 '이름 주는 이'가 되는 이야기이다.

여기에 나오는 이름들은 평범하게 떠올릴 수 있는 이름들이 아니었다. 아이가 발음하기에는 조금 독특한 이름들이 많았다. 책에서 본 이름 때문일까? 아이는 그 밖에도 처음들을 법한 단어들을 말하며 명명하기도 했다.

"치킨 너커티"

"치킨 너커티가 뭐야?"

"저기 멀리 있는 거예요. 나무에요. 가지는 위에 있어요. 근데, 치킨이 거기에 달려있어요. 나뭇잎은 조금 밖에 없어요. 치킨이 엄청 맛있어요."

아이가 하원 길에 갑자기 내가 처음 듣는 말을 했다. 무엇인지 물으니 처음엔 웃긴 말을 하는 것이 재미있다는 듯 웃기만 했다. 그러다 어떤 말인지를 이야기를 해주었다. 이상하고도 재미있는 말을 만들고, 그 말이 무슨 뜻인지도 모르는 이야기를 지어 말하며 즐거워했다. 아이는 그렇게 말을 만들어 이야기하며 새로운 말을 창작하는 즐거움을 느끼고 있었다.

유아기 아이들도 유머를 사용한다. 어른들과는 다른 종류의 유머일 수 있지만, 발달 과정 상, 유머를 이해하고 사용할 줄 안다. 유치원에서도 유머를 즐겨 사용하는 유아들이 있다. 그 덕분에 얼어있던 상황을 전환하는 계기가 되기도 한다.

한 친구가 아토피 때문에 팔꿈치 안쪽이 잔뜩 빨개져서 유치원에 왔다. 이 모습을 보고 한 아이가 "아 팔이 못생겼어. 괴물같아."라고 말했다. 순간 어찌해야하나 당황스럽던 찰나, "하하하! 수정이 너 수박을 많이 먹어서 팔이 빨개졌구나!"라는 한 마디에 교실에 있던 아이들이 까르르 웃으며 분위기가 전환되었다.

아이들의 유머 발달은 태어나 부모의 자극에 반응하고 태내 짓으로 미소를 짓는 것부터 시작한다. 그렇게 까꿍 놀이, 간지럼 등 외부 자극에 따른 반응을 하며 웃고, 조금 더 성장하며 단어를 인식할 때, 단어를 이해하며 우습다고 생각하기도 한다. 4~6세가 되면, 자신의 신체에서 나는 소리, 금기 하는 말, 웃긴 운율, 엉뚱하게 이름 만들어 말하기, 수수께끼 등으로 말놀이를 즐긴다. 그래서 아이들은 '똥'같은 말을 재미있어 하고, 단어를 조합해 엉뚱한 말을 만들어내기도 하며, 또래나 어른들이 놀라고 재미있어 하는 말을 만들어내며 즐긴다. 이러한 발달은 아이들의 상상력 발달과 맞물려 확장되어 간다.

"엄마! 예쁘고 상쾌한 마음 가져와요!"

아이 아빠가 퇴근하면 내가 바통 터치를 하고 걷기운동을 하러 나갔다. 옷을 입고 막 나서려는데 아이가 인사말을 전했다. 운동을 하고 돌아올 때면 기분이 상쾌해지는 그 마음이 전달된 것일까? 아이의 인사는 내게 설렘을 주었다. 한편으로는 집에서 혹시나 무뚝뚝하게 말해서 속상하게 한 건 아닐까 싶어 반성도 되었다.

아이가 만들어내는 말은 신선하고 예쁜 말이 많다. 눈에 보이지 않는 마음을 표현할 때는 어디서도 듣지 못한 단어로 표현한다. 그때마다 말의 힘을 느낀다.

"우리 귀욤이 오늘은 유치원에서 제일 즐거웠던 놀이는 뭐야?"

아이와 유치원 하원 길에 아이에게 물었다. 아이는 오늘 즐거웠던 놀이보다 엄마가 자기한테 부른 말이 더 궁금했던 모양이다.

"엄마, 귀요미가 뭐야?"

"응? 우리 시우 정말 귀여워서 귀욤이~라고 했지."

"아하! 그러면 토끼를 요미라고 해야겠다. 요미요미~"

아이가 말한 '토끼'는 애착인형 중 하나이다. 늘 '토끼'로 부르다가 오늘은 갑자기 이름을 붙이고 싶은 생각이 들었나보다. 아이는 "요미야~ 어딨니?", "요미요미 보고 싶었어 요미요미"라고 하다가 토끼역을 하며 "요미요미~ 나도 보고 싶었어. 요미~"라고 말했다.

"로켓이야."

아이는 민망하거나, 둘러대고 싶을 때, '로켓'이라고 말한다. 아이의 '로켓'이라는 단어는 여기저기에 쓰인다. "아빠는 로켓이야."는 "아빠는 내 말도 못 알아듣고 왜 그래?"라는 의미일 때도 있고, "아빠는 재미있게 놀아주는 사람이야" 라는 뜻을 가지기도 한다. 때론 '몰라'라는 말을 '로켓'이라는 말로 바꾸어 사용하기도 한다. 아이 나름대로 동음이의어를 만든 것이다.

이상한 말, 재미있는 말을 창작할 수 있는 유아기 아이들의 말은 참 신선하다. 아이들의 말을 듣다보면 때론 어른의 관점으로만 보았을 때에 얼굴이 찌푸려지는 말들도 있다. '방구 괴물', '~똥', '~바보'같은 금기시 되는 말들도 있기 때문이다. 그뿐만 아니라 '스풀라꼬띠', '플라타너티', '알라코알라'처럼 들어 본 것 같은 말을 희한하게 바꾸어 말하며 말놀이를 즐기기도 한다.

만약, 의도적으로 상대를 속상하게 하는 말이라면 분명히 훈

육아, 처음이라 어렵지만 괜찮아

육을 하고 알려주어야 한다. 하지만, 그저 재미있는 말로 재미있는 놀이를 부모와 즐기고 있었다면 훈육대신 함께 즐기는 것은 어떨까? "무지개똥 칼라파워!"하며 놀이에 뛰어든다면 아이의 어휘력은 더 크게 확대될 것이다.

정은쌤의 육아팁

아이가 '웃긴 말'을 하기 시작한다면 함께 말놀이를 해보세요.

여러분들은 어린 시절 어떤 말놀이를 하셨나요? 끝말잇기, 가라사대, 아이엠그라운드 등 여러 놀이들이 떠오르실 것입니다. 우리는 '말'을 알아듣고, '말'을 표현하면서 말로 놀이를 합니다. '말놀이'는 아이들의 어휘력 발달을 촉진하는 놀이이기도 합니다. 아이들의 언어 발달 수준에 따라 '말놀이'는 다양하게 해볼 수 있어요.

쉽고 재미있게는 "원숭이 엉덩이는 빨개~ 빨가면 사과, 사과는 맛있어~" 노래부터 시작해볼 수 있어요. 같은 말로 끝나는 말을 찾아보거나, 시작하는 말을 찾아보는 놀이도 할 수 있답니다. 혹은 '웃긴 말'을 수집해볼 수도 있어요. 특정 캐릭터를 좋아한다면 캐릭터들의 이름을 나열해보고, 새로운 이름을 만들어 볼 수도 있지요.

저희 아이는 '티니핑'에 빠져 '~핑' 친구들의 이름을 외우기 시작했어요. 이 애니메이션의 '핑'친구들은 각자의 캐릭터를 살린 이름이 담겨있어요. 그러다보니 아이와 어떤 상황이 생겼을 때, '~핑'이 생각난다고 말하거나 이럴 땐 '~핑'이 있으면 좋겠다는 말로도 이야기를 나누었어요.

아이의 언어발달 수준에 따라 말로 놀이는 얼마든지 확장해나갈 수 있습니다. 조금 더 수준이 높다면 규칙이 있는 말놀이도 도전해볼 수 있어요. 가라사대 놀이나 스무고개, 퀴즈를 내는 놀이는 규칙을 정하고 지켜야 하기 때문에 어린 연령의 아이들은 조금 어려울 수 있지요. 이러한 놀이를 즐겨 하다보면 어떤 어휘에 대해 설명하는 능력을 키우고 하나의 단어에 대해 연상한 것들을 다양한 문장으로 말해보는 연습도 할 수 있답니다.

"왜요?" 나는야 궁금한 말 수집가

"엄마 왜요? 왜 그래야 해요?"

"엄마 왜? 왜 해가 지는 거야?"

"엄마 왜? 왜 나무가 나한테 인사하는 거야?"

"엄마 왜? 왜 고양이는 나보고 도망가는 거야? 나는 가만히 있는데?"

"왜? 왜 기다려야 하는 거야?"

아이는 "왜?"라는 말이 꼬리에 꼬리를 문다. 아이의 "이게 뭐야?" 질문이 좀 줄어드나 싶더니 "왜?", "왜요?"라는 질문을 한다. 일명 '왜요 병'이 걸렸다. 아이의 인지와 언어 영역이 발달함에 따라 아이는 궁금한 것들을 물어보던 시기에서 발전해 인과

관계를 따져 묻기 시작하는 것이다. 자연스러운 아이의 성장이지만, 막상 아이의 '왜?'라는 질문이 끊이지 않는다면 부모 입장에서는 난감할 때가 생긴다.

린제이 캠프, 토니 로스의 그림책 《왜요?》는 이 시기 아이들의 모습을 그대로 보여준다. 주인공 릴리의 아빠는 릴리의 '왜요?' 때문에 펄쩍펄쩍 뛸 때가 많다. 그러던 어느 날, 갑자기 하늘 위에 외계인 우주선이 나타나 지구를 파괴하러 왔다고 했다. 사람들은 모두 두려움에 떨었지만, 우리의 릴리는 외계인에게도 "왜요?"라고 질문을 한다. 릴리의 "왜요?" 덕분에 지구를 파괴하겠다는 무시무시한 외계인들은 다시 고향별로 돌아가게 되고, 릴리의 아빠는 릴리의 "왜요?"에도 짜증내지 않기로 다짐하게 된다는 이야기이다. 아이의 힘은 대단하다.

아이들은 다들 비슷하게 커가는 것 같다. 그림책에 아이들의 모습이 이렇게 똑 닮아 그려지는 걸 보면 말이다. 아이는 궁금한 점에 꼬리를 물며 상상력이 더해지면서 생각이 커진다. '왜'라는 질문은 아이의 생각주머니를 키워주는 말이기도 하다. 나 또한 아이의 '왜'라는 질문에 무언가 대답을 해주어야만 할 것 같은 기분이 들기도 하다.

여기서 아이의 '왜'라는 질문을 왜 하는지에 대해서 잠깐 생각해볼 필요가 있다. 아이가 정말 궁금해서 물어보는 것이라면,

육아, 처음이라 어렵지만 괜찮아

그에 해당하는 대답을 부모가 해줄 수도 있고, 때론 함께 책을 찾아볼 수도 있다. 한편, 아이가 그저 부모의 관심을 끌고 싶거나 관심을 받고 싶은 경우라면 아이의 마음을 먼저 살펴야 한다. 걱정이 많고 상상력이 풍부해진 아이의 질문이라면 아이의 상상력을 자극해 상상의 세계에 푹 빠져보는 것도 좋다.

"엄마! 나뭇잎이 왜 굴러가는 거야?"

가을 낙엽이 떨어져 바닥에 쌓여있던 순간 바람이 불어왔다. 돌풍 같은 바람에 데굴데굴 굴러가는 낙엽을 가리키며 아이가 물었다. 바람이 불어서 그렇다고 이야기해도 되지만, 아이와 더 이야기를 재미있게 나누고 싶었다.

"나뭇잎이 친구들이랑 바람이 오면 하나 둘 셋 하고 달리기 시합하려고 했나봐."

그 말을 듣고 아이는 배꼽이 빠질 듯이 웃었다.

"엄마! 저기봐! 저기 나뭇잎은 하늘로 날아가고 싶었나봐! 로켓발사야!"

불어온 돌풍에 휩싸여 은행 나뭇잎이 마치 회오리바람을 따라 움직이듯 하늘로 날아올랐다가 바람에 흘러 날아갔다. 장관이었다. 아이는 내 눈앞에 펼쳐진 광경을 보면서도 질문을 한다. 아이의 시선에서는 모든 것이 새롭고 즐겁다. 그런 아이의 시선을 함께 나눌 수 있어 참 감사하다. 그 순간은 나도 아이가 된 것만 같다.

때론 지나가는 동물을 만지고 싶거나, 관심을 가지는 아이가 산책길이나 등, 하원 길에 길고양이를 만나면 "어! 저기 야옹이가 있어!"라고 말한다. 이때, 아이가 가리키거나 뛰어가면 어김없이 길고양이는 아이를 경계하거나 도망가 버린다. 그 때마다 아이는 억울하다는 듯이 "나는 인사하려고 했는데, 왜 도망가는 거야? 제주도 푸른 밤 고양이는 안 그러는데"라고 말했다. 아이에게는 제주도 여행을 할 때 만났던 길고양이에 대한 좋은 추억이 있다 보니 길에서 만나는 고양이들이 모두 그 고양이와 같을 거라고 생각한다.

"엄마! 달이 자꾸 쫓아와! 왜 달은 나를 쫓아오는 거야?"

"달이 시우가 예뻐서 쫓아오나봐. 시우 보고 싶어서."

"아닌데, 달은 자꾸 숨바꼭질하는데. 또 안보이잖아. 어디 숨은 거야? 왜 그런 거야?"

차를 타고 이동하다가, 아이와 밤 산책을 나왔다가 반짝 빛나는 달을 만나면 어김없이 아이는 달이 왜 쫓아오는지를 묻는다. 달이 쫓아오는 이유를 과학적으로 설명할 수도 있지만, 아이는 과학적인 이유를 설명 듣고 싶어서 묻는 것이 아니다. 아이는 달님이 살아있다고 생각해 숨바꼭질을 하고 있다고 믿고 있었기에 아이 수준에 맞춰 대답을 해주었다. 아이의 '왜'는 아이의 관

육아, 처음이라 어렵지만 괜찮아

심사와 수준에 맞춰 적절히 대답을 해주면 된다.

　이런 일화가 있다. 어떤 엔지니어 아빠와 자동차를 가지고 놀이를 하던 아이가 아빠에게 "아빠! 왜 자동차가 굴러가는 거야?"라고 물었다고 한다. 이 질문을 듣고, 아빠는 드디어 내가 아이에게 해줄 수 있는 일이 생겼다는 기쁨에 엔지니어의 지식을 총동원해 자동차의 구조부터 설명했다고 한다. 그런데, 아이는 그다지 충족이 된 표정이 아니었다. 그래서 설거지 하고 있던 엄마에게 가서 다시 물었다고 한다. 그 때 엄마는 뭐라고 답을 했을까?

　"응, 자동차는 데굴데굴 굴러가지."

　이처럼 아이들의 '왜'질문은 어른이 생각하는 것만큼 아주 심오하지 않다. 아이의 시선과 수준에서 이해하고 대답해주는 것이 좋다. 대부분 아이의 질문에는 마음이 담겨있다. 그리고 엄마, 아빠와 주고받는 대화 속에서 기쁨을 저장해가고 있을 것이다.

아이가 "왜요?"라고 질문하기 시작한다면 이렇게 대답해보세요.

아이의 끊임없는 질문은 때론 지치기도 합니다. 그러나 가만히 귀를 기울여보면 아이의 질문은 대단한 지식을 요구하는 질문이 아니에요. 어른인 우리 기준에 아이의 질문을 듣다보면 자꾸만 그 질문에 대한 답을 해주어야만 할 것처럼 느끼기 때문에 힘들게 느껴지는 것일 수도 있습니다. 아이는 호기심이 왕성하고 그 에너지가 대단합니다. 아이의 "왜요?"라는 말 한마디에서 정말 지식적인 부분이 궁금한 것인지, 부모의 관심을 요하는 것인지, 상상 속에 빠져있는 것인지를 파악할 필요가 있습니다. 그러면 아이의 질문에 대답하기가 보다 수월해지니까요.

버나드와버(글), 이수지(그림)의 그림책 《아빠, 나한테 물어봐》는 아이와 산책을 나선 아이와 아빠의 대화를 담은 그림책입니다. 이 그림책은 아이의 말에 대한 아빠의 태도를 엿볼 수 있습니다. 우리의 일상 현실에서는 아이가 질문을 하지만, 이 책에서는 아빠가 질문을 하지요. 아이와의 소통이 어렵다면 이 책을 참고해보는 것도 좋을 것 같습니다.

학교를 갈 나이가 되기 전 아이들의 질문과 말은 깜찍하고 귀엽습니다. 달님이 숨바꼭질을 하고 있다고 생각하고, 나무가 나를 위해 나뭇가지를 떨어뜨려주었다고 믿으며, 그림책 속 아이처럼 반딧불이를 '반짝벌레'라고 우기기도 하지요.

이 시기는 금세 지나가고 이런 아이들의 말을 들을 날이 많지 않습니다. 그러니, 아이의 '왜요' 질문을 통해 함께 이야기를 나누는 시간을 즐길 수 있을 때 충분히 아이와 즐기고 행복한 시간을 누리시길 바랍니다.

3

"안 재미있어!" 반대로 말하기

"손이 시려워 안 꽁! 발이 시려워 안 꽁! 겨울바람 안 때문에 안꽁꽁꽁!"

아이가 '안'을 붙여서 말을 만드는데 재미가 붙었다. 무슨 말만 하면 '안'을 붙여 반대말처럼 말하거나 '아니'라는 뜻을 만들어 말을 했다. 노래를 노랫말 그대로 부르지 않고 바꿔 부르는 게 재미있나보다. '안'자를 붙이면 잘못된 말을 하는 것 같기도 하고, 잘못된 것을 몰래 하면서 얻는 쾌감도 느끼는 것 같았다.

"엄마 웃기지??

아이는 실컷 노래를 부르고 나서 웃기냐고 물어보았다. 반대로 말하는 것이 재미있는 말이라고 생각해서 엄마에게 물어보는 것이리라. 아이는 부모가 자신이 만든 말에 반응하고 크게 웃는 것이 그저 즐겁다.

하지 말라고 하면 더 하고 싶은 마음을 건드려주는 그림책이 있다. 빌 코터의 《절대로 만지면 안 돼!》 그림책이다. 이 그림책은 주인공 래리가 책에 규칙이 있다며 절대로 만지면 안 된다고 말한다. 그러다가 특별히 독자에게 너만 만지게 해줄 테니 이렇게 해봐 저렇게 해봐 지시를 한다. 래리의 지시에 따라 참여하면 다음 페이지는 능동적인 독자의 참여로 인해 바뀌어 있다. 래리와 함께 즐거운 놀이를 한 기분이 드는 그림책이다.

이와 비슷한 심리로 아이들은 그렇다는 의미를 반대로 만들어 재미있게 하고 싶은 마음이 있다. 생일을 축하한다는 노래를 부르면서도 아이는 "생일 안 축하합니다~ 생일 안 축하합니다~ 안 사랑하는 ○○의~ 생일 안 축하합니다~"라며, 문법상으로는 전혀 맞지 않지만 '안'자를 붙여 반대말로 만들어버리면서 그저 말장난, 말놀이를 즐겨 한다. 덤으로 당황해하는 부모의 표정은 아이의 또 다른 즐거움이다.

부정어 '안'자를 붙이는 것은 아이들이 그저 재미를 위한 놀이로 하기 이전에 발달 과정 상 부정어 사용이 미숙할 때부터 시작된 말이다. "재미없어"라고 말을 해야 하는 부정어를 "안 재미있어"라고 표현하는 것이 그 예이다. '안'자를 사용하면 그것이

'아니다'라는 의미로 해석해 모든 말에 '안'자를 붙여 사용한 것이다.

청개구리 심리처럼 '안'자를 붙여 말장난을 하며 재미있다고 느낀 아이는 "엄마가 사랑해~"라고 말하니 "안 사랑해~"라고 말하면서 깔깔대고 웃는다. 이는 '안' 부정어를 습득해 문법에 오류를 범하고 있다고 하기 보단 그저 재미있어서 그렇게 놀이를 하는 것이다.

말놀이는 단어를 거꾸로 말하면서도 해볼 수 있다. 쉽게는 아이 이름, 가족 이름을 가지고 먼저 해볼 수 있다. 예를 들어 '홍길동'이라는 이름이 있다면 '동길홍'이라고 말하거나, '치약'을 '약치'라고 말하는 것이다.

반대로 말하는 말장난이 특별히 누군가를 놀리거나 곤란에 빠지게 하려고 말한 것이 아닌 단순히 즐거워서 말하는 말장난이라면, 아이는 이제 말로 주고받는 놀이를 할 준비가 된 것이다. 이런 경우, 그렇게 말하면 안 된다고 하기보다 아이가 느끼는 즐거움을 이해하고 함께 놀이를 해보는 것도 방법이다. '안'부정어를 사용해 노래 가사 말에 붙여보며 아이와 함께 즐거움을 나누며 놀이를 해볼 수 있다. 왠지 가사를 고쳐 쓰면 안 될 것 같다는 마음에 '허용의 스위치'를 켜주면 쾌감을 느낄 수도 있다.

재미있는 말놀이는 많이 있다. 이미 부모는 어린 시절을 거치면서 놀이를 했던 말놀이들을 많이 알고 있다. 말놀이는 아이가 상대방과 말을 주고받으면서 상대의 말에 귀를 기울여야 하거나, 상대의 말을 기억해야 하거나, 생각을 해야 한다. 그 과정에서 아이는 주의력이 신장되고, 인지 능력이 발달하며, 통합적 지식이 늘어날 수 있다. 말놀이는 아이의 어휘력 신장에도 도움이 된다.

반대로 말하거나 거꾸로 말하는 것은 아이가 아무 생각 없이 말할 수가 없다. 특히 노랫말을 거꾸로 말하면서 노래를 부르거나, 단어를 거꾸로 말하는 것은 보다 높은 사고 능력을 요한다. 어른들도 노랫말을 거꾸로 말하면서 노래를 부르는 것은 쉽지 않을 수 있다. 틀렸다고 나무랄 일도 아니다. 예능 프로그램에서 연예인들이 퀴즈나 말놀이 게임을 하며 서로 즐거운 시간을 보내듯이 아이와 재미있게 놀이를 즐긴다면 부모도 즐겁게 놀이하며 무언가를 특별히 준비하지 않더라도 아이와의 추억을 만들수 있다. 뿐만 아니라 아이는 인지능력과 어휘력을 향상하며 문해력까지도 신장시킬 수 있다.

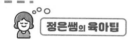

반대로 말하며 아이가 즐거워한다면 아이와 거꾸로 말하기 놀이도 해보세요!

아이가 36개월 이상이 되어 말의 수준이 점차 높아졌다면 하고 싶은 말이 많아질 것입니다. 조금 더 발달 수준이 빠른 아이들은 이미 그 전부터도 말을 잘하고 있을 것입니다. 아이가 반대로 말하기를 하며 말장난을 하기 시작한다면 아이와 말놀이로 그 시간을 즐겨보세요.

사실 말놀이는 특별한 놀이가 아닙니다. 이미 아이가 어린 시절부터 여러분들은 아이와 말놀이를 하고 있었습니다. 아이에게 동요를 불러주고, 사물 이름을 알려주고, 까꿍 놀이를 하면서 아이와 언어적 상호작용을 하며 놀이를 했지요. 아이와 주고받는 놀이가 아니었지만 아이는 부모의 말에 반응을 하며 즐겁게 놀이를 했습니다.

이젠 아이와 주고받는 말놀이가 가능해졌고, 언어 발달 수준이 가능하다면, 아이와 이름, 단어를 거꾸로 말하기 놀이를 해볼 수 있습니다. 거꾸로 말하는 것은 단어를 듣고 생각할 줄 알아야 거꾸로 내뱉어 말할 수 있습니다. 반대로 말하기는 '안'부정어를 붙여서 놀이할 수도 있지만, 그 말의 반대말을 찾아 말해보는 것도 해볼 수 있습니다. 반대말 퀴즈 놀이를 해볼 수 있지요.

아이와 말놀이를 하는 것이 때론 부모 입장에서 번거롭다고 느낄 수도 있습니다. 부모도 생각하고 단어들을 떠올려야 놀이를 할 수 있으니까요. 하지만, 말놀이만큼 특별한 준비 없이 할 수 있는 놀이도 없을 것입니다. 오늘부터 한 번 해볼까요?

4

말놀이 그림책으로 문해력 키워볼까?

그림책은 아이들의 전인발달에 긍정적인 영향을 준다. 특히 그림책은 '책'이기 때문에 아이의 언어발달과 문해력 신장에 큰 도움이 된다. 다양한 그림책의 종류 중에서도 독자를 '말놀이' 속으로 초대하고 그림책을 읽으며 자연스럽게 '말놀이'가 되는 것들이 있다. 이런 책들은 말놀이를 즐겨하는 유아기 아동의 어휘력 신장, 언어발달을 자연스레 촉진하게 된다.

이제 막 말을 배우는 아이들은 엄마가 불러주는 '노래'로 자연스레 언어를 습득한다. 음률이 있는 노래이기에 즐겁고, 반복되는 말들이 있어 금세 익힌다. 우리말에는 구전되어 내려오는 말놀이, 노래들이 많이 있다. 그 중 '잘잘잘'은 어린 연령의 아이들과도 재미있게 노래를 부르며 10까지 숫자도 자연스레 세어볼 수 있다.

이억배 작가의 《잘잘잘 123》은 이런 구전 노래를 재해석하여 담아낸 그림책이다. 읽어주는 부모도 자연스럽게 노래를 부르며 아이에게 읽어주게 된다. 아이는 그림책을 보면서 듣는 노래와 이야기를 경험하고, 나아가 그림책 속 그림을 보며 동물 친구들의 모습을 해석한다. 그림책을 실감나게 읽어주는 것이 부담되는 부모도 쉽고 즐겁게 아이와 읽고 즐길 수 있다.

이와 비슷한 맥락의 그림책으로 까꿍 놀이 같은 그림책이 있다. 최정선, 이혜리 작가의 《또 누구게?》는 가을 낙엽 뒤에 숨은 동물 친구들과 숨바꼭질하는 이야기이다. 그림책을 넘기며 누가 숨었나 궁금해 하며 함께 찾고 맞춰보는 재미가 있다. 아주 어린 연령의 아이부터 유아기 아이들까지도 재미있게 읽고 즐길 수 있다. 이 그림책은 다 읽고 나서 부모와 함께 까꿍 놀이로 자연스럽게 초대되는 그림책이기도 하다. 특히 가을 낙엽이 풍성한 가을엔 낙엽으로 함께 놀이해볼 수 있다.

웃긴 말을 만들어내고 즐겨 하는 유아기 시기가 오면 '말놀이'는 더욱 풍성해진다. 사이다 작가의 《고구마구마》 속 '고구마'의 여러 가지 모양도 매력적으로 느껴지지만, '~구마'라고 말하는 고구마들의 말투도 재미있는 요소이다. 아이들은 '~구마'를 자연스레 따라하게 되고, 고구마의 방귀소동에 박장대소를 한다. 얼마나 재미있는지 데굴데굴 구르면서 웃는다. 아마 고구마를 먹으면 방귀가 많이 나온다는 사실을 절대 잊지 못할 것이다.

아이와는 함께 대화하며 상호작용하는 말을 '~구마'라고 말하며 말놀이를 해볼 수 있다.

"이건 상자구마."

"아니, 이건 상자가 아니구마. 이건 내 집이구마."

아이와 주고받는 말놀이 속에 아이의 생각도 새로운 이야기도 모두 담겨있다. 말놀이는 아이가 놀이를 위해 새로운 말을 생각해내고, 웃긴 말을 생각해내면서 다양한 어휘와 말투 등을 창조하는 경험을 나누게 된다.

그림책 자체가 말놀이이자 독자가 참여해야 책장을 넘길 수 있는 재미있는 그림책도 있다. 존케인 작가의 《나는 뿡, 너는 엉!》이라는 그림책이다. 이 그림책에서는 독자에게 특정한 말을 하라고 지시를 준다. 그림책 속에서 특정 그림이나 색이 나타나면 그 말을 하도록 유도를 하는 것이다. 독자는 의도치 않게 엉뚱한 말을 하게 되고, 그 엉뚱한 말을 한 독자에게 왜 그렇게 말했느냐고 핀잔을 주기도 한다. 그렇게 티키타카 주고 받다보면 어느새 마지막 장을 넘기고 있다.

'말놀이'에는 수수께끼 놀이도 있고, 스무고개 놀이도 있다.

육아, 처음이라 어렵지만 괜찮아

말 그대로 말로 하는 놀이를 모두 의미한다. 우리 부모도 어린 시절 말놀이를 친구들과 많이 했을 것이다. 특히 수수께끼는 유아기를 거치며 초등학생이 되면 넌센스 퀴즈로도 발전한다. 말놀이는 아이들의 인지발달 또한 도모한다. 생각하지 않으면 수수께끼를 풀 수 없고, 특히나 넌센스 퀴즈는 생각의 전환이 필요하기 때문이다.

신성희 작가의 《딩동 거미》는 딩동 거미의 수수께끼를 맞추며 보는 재미가 있다. 거미의 말을 듣고 숲속 친구들이 수수께끼를 맞추면 '딩동!'이라고 이야기 한다. 장난꾸러기 딩동 거미의 수수께끼를 듣고 맞춰보며 딩동 거미와 말놀이를 간접 경험할 수 있다. 이 책을 보고 나서 부모와 아이는 서로 쉬운 수수께끼 놀이부터 나눌 수 있다. 사실 책을 보지 않았더라도 일상생활에서 이미 수수께끼 놀이는 하고 있었을 것이다. 아이와 주고받는 대화 속에는 수수께끼가 녹아있기 때문이다.

"이를 닦을 때 칫솔의 친구는 누구일까?"

"칫솔의 친구? 아! 치약이지!"

"동글동글하고 빨간 색을 가진 과일인데 무엇일까?"

"아하! 사과! 맛있는 사과!"

이렇게 간단한 수수께끼부터 아이와 '말놀이'를 즐길 수 있다.

조금 더 나아가 6-7세 큰 연령이 되거나 아이의 인지발달 수준에 따라 스무고개도 함께 해볼 수 있다. 스무고개를 하는 과정에서 아이는 정답을 맞히기 위해 질문을 생각해내야 하고, 질문 또한 '예', '아니오'로만 대답해야하는 질문을 생각해야하기 때문에 조금 난이도가 있다.

아이와의 말놀이는 어떤 자료가 특별히 없더라도 언제든지 할 수 있다. 외출했을 때에도 짬짬이 무언가 기다리는 동안 아이와 말놀이를 하다보면 시간가는 줄 모른다. 그러다보면 스마트폰을 쥐어주기보다 아이와 말놀이를 즐기고 있는 부모가 되어있을 것이다.

글자를 아는 아이라면 끝말잇기를 말로하지 않고, 단어를 적으면서 놀이를 해볼 수 있다. 메모지와 쓰기 도구만 있으면 얼마든지 놀이는 진행될 수 있다. 도구가 없다면, 또는 글자를 아직 모르는 아이라면 말로도 충분히 놀이를 할 수 있다.

처음 해보거나 아는 단어가 별로 없어서 말놀이가 어려운 아이들에게는 부모는 언제든 힌트를 줄 수 있다. 이것은 이기고 지는 게임이 아니기에 즐겁게 즐기면 된다. 틀려도 괜찮다. 아이는 부모와 즐거웠던 추억, 기억이면 충분하다.

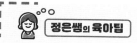

말놀이는 정답이 없습니다!

말놀이는 그 종류가 정말 많습니다. 한 글자로 시작하는 말, 끝나는 말 찾기, 끝말잇기, 수수께끼 놀이, 스무고개 등등 부모와 아이가 말을 주고받으며 하는 놀이를 모두 '말놀이'라고 합니다. 말놀이는 말을 하면서 놀이를 하기 때문에 언어발달에 영향을 줍니다. 아이는 말놀이를 위해 새로운 단어를 떠올리고, 상대로부터 새로운 단어를 습득하기도 하지요. 뿐만 아니라 다양한 표현을 사용해보고 간접경험을 하기도 합니다.

말놀이 중에서 끝말잇기 같이 끝에 끝나는 말을 이어서 덧붙일 때에 괜히 정답이 있을 것만 같습니다. 그런데, 사실 틀려도 아무 문제가 없고 괜찮습니다. 왜냐하면 이것은 퀴즈 프로그램에 나가 상을 타고 하는 어떤 대회가 아니라, 그저 부모와 아이가 즐겁게 놀이를 하는 과정이기 때문입니다. 아이가 생각이 잘 안 나면 슬쩍 힌트도 주는 겁니다. 그러면 힌트를 듣고 뭐라도 생각해 내어 말을 할 것입니다.

그러니, 아이와의 놀이에서 정답을 강요하지 않는 것이 중요합니다. 놀이는 놀이일 뿐 즐겁고 행복한 시간 그 자체를 즐기는 것이 중요합니다. 정답을 강요하거나 틀렸다며 부정적인 피드백이 지속된다면 아이는 말놀이에 대한 흥미를 잃게 될 것입니다.

아이들은 놀이를 통해 무엇이든 쉽게 몰입하고 얻어갑니다. 그 과정을 충분히 즐길 수 있도록 도와주세요. 말놀이도 그 과정을 즐길 수 있음을 부모가 이해한다면, 함께 몰입하며 즐거운 시간을 보낼 수 있을 거예요.

5

한글, 당장 몰라도 괜찮아요

한글공부, 언제 시작하면 좋을까?

많은 부모들이 유치원에 다니는 시기가 되면 학습 준비를 시작하려고 한다. 왠지 이때부터 해야 뒤쳐지지 않을 것 만 같다. 유치원에서 한글교육을 어디까지 하는지도 궁금하고, 집에서는 어떻게 해야 하는 지도 궁금하다. 그래서 새 학기가 시작되면 가장 많이 질문하는 게 "한글 공부 어떻게 하면 되나요?"다.

나는 문자를 습득하기 전 충분히 놀이를 즐기는 것이 중요하다고 생각한다. 문자는 일부러 외우는 것이 아닌, 놀이를 통해 자연스럽게 익히고, 스스로 물어보고 따라 써보며 친숙해진다.

서강대학교 철학과 명예교수 최진석 교수는 《놀이의 쓸모》에

육아, 처음이라 어렵지만 괜찮아

서 유아기 아동이 문자나 숫자를 알게 되는 순간 자신만의 세상을 창조하고 스스로 삶의 전략을 만들어나가는 것을 멈추고 정답을 찾게 된다고 말한다. 그렇기에 초등학교 입학 전까지는 문자나 숫자를 배우지 않는 것을 지향한다고 말한다.

실제로 초등학교 입학 전까지 문자교육을 하지 않는 선진국들도 있다. EBS다큐 〈놀이의 힘〉에서는 놀이의 중요성을 이야기하며 핀란드 유치원의 사례를 소개한다. 핀란드에서는 초등학교 입학 전까지 어떠한 학습도 하지 않는다. 핀란드 유치원은 하루종일 놀이를 한다. 그 중 바깥놀이시간을 가장 중요하게 여긴다고 한다. 자연물밖에 없는 자연 속에서 친구들과 놀이하며 사회성을 기른다. 영하 15도 이하로 내려가지 않으면 무조건 야외로 나간다. 그만큼 유아기의 놀이 중요성을 강조하고 있다.

아이들은 자신의 이름 글자를 인식하면서부터 한글에 관심을 갖기 시작한다. '내 이름'은 유치원에서도 가정에서도 내 물건이라면 표시가 되어있고, 가장 많이 보게 되는 글자이기 때문이다. 특히 유치원에서는 신발장에서 내 자리를 찾기 위해, 가방에서 내 자리를 찾아 정리하기 위해, 물통과 수저통을 정리하기 위해 내 이름이 붙어 있는 자리를 찾아야 할 일이 많다. 물론 어린 연령의 유아들은 내 이름 글자 옆에 내 얼굴 사진이 붙어있어 조금 더 쉽게 찾는다.

아이들은 글자를 인식할 때에 그림으로 인식하면서 통 문자를 익힌다. 그러다보니, 같은 글자라도 배치가 달라지면 읽지 못하고 무슨 글자인지 묻는다. 그렇게 간판을 보며 읽고, 지나가다가 보이는 글자를 읽으면서 한글을 깨우치기도 한다.

부모가 아이를 앉혀놓고 학습지로, 또는 글자쓰기로 문자를 교육하지 않더라도 아이는 스스로 알고자 하는 마음이 생기면 금세 알게 된다. 그런 마음이 생겼을 때 아이와 함께 한글을 써보고 알아보는 것이 더욱 효과적이다. 그러니 아이가 한글을 모른다고 해서 너무 걱정하지 말라고 말하고 싶다. 특히 만 5세 이전의 아이들은 더 더욱이 그렇다. 만 5세 이전의 아이들은 이름 글자를 인식하고 아는 것만으로도 충분하다.

우리 주변엔 늘 문자가 있다. 아이와 책을 보면서도, 유치원에서의 물건에도, 가게 간판에도, 전단지에도 문자가 노출되어 있는 환경이다. 굳이 배우지 않아도 일상생활 속에서 글자의 존재를 알고 있다. 관심이 전혀 없는 것 같지만, 실은 늘 문자들을 접하고 있는 것이다. 그러다 자연스럽게 묻게 된다.

"엄마! 이건 무슨 글자야? 이것도 읽어줘."

"엄마! 이건 영어로 말고 우리말로 읽어줘."

우리 아이는 아직 한글을 모른다. 나는 한글을 알게 되는 시기가 조금 천천히 오기를 바라고 있다. 한글을 모를 때에는 그림책을 볼 때 그림에 더 많은 에너지를 쏟고 그림을 해석하는데 집중하기 때문이다. 그림을 해석하는 것은 그림 속의 더 많은 텍스트를 인식하고 이해할 수 있는 능력을 갖추고 시각적 문해력이 발달했다는 것을 의미한다. 문자를 모르더라도 이미 그림책을 보며, 놀이를 하며 문해력은 발달하고 있는 것이다.

한글을 알게 되는 순간, 아이는 그림보다는 내가 알고 있는 글자에 먼저 눈이 간다. 어른들이 그림책을 보면서 그림보다 글자를 읽는 것과 같다.

모든 발달에는 순서가 있다. 그리고 아이의 성장에는 자연스러운 흐름이라는 것이 있다. 이러한 이치를 거스르면 꼭 탈이 난다. 유아기에 한글교육은 문자를 직접 공부를 시키는 것이 아니다. 아이가 자연스럽게 관심을 가질 때 함께 한글을 찾아보고 놀이하면서 배우는 것이다. 아이들의 발달 속도에 따라 어떤 아이들은 만 3세임에도 글자를 읽고 쓰는 아이도 있다. 그 아이가 빠른 것이지, 모든 아이가 그렇게 해야 하는 것이 아니다. 언어발달은 듣기, 말하기, 읽기, 쓰기의 순서대로 발달하고 이러한 발달은 통합적으로 이루어진다.

우리 아이가 아기였을 때를 떠올려보자. 아이가 말을 트기 전까지 무엇을 했었나 가만히 생각해보자. 아이는 부모, 교사, 주변의 말들을 충분히 들었다. 그리고 나서 어느 날 "엄마", "아빠"를 했고, 그 다음엔 자신이 의사소통에 필요한 말을 하나 두 개씩 말로 내 뱉다가 문장으로 말을 하게 되었다.

아이는 그렇게 커간다. 그러니 아직 읽기를 하지 못하는 아이가 한글을 모른다고 너무 걱정하지 않길 바란다. 충분히 문해 환경에 노출되고 경험한 아이는 자연스레 말을 텄던 것처럼 자연스레 읽고 쓰는 아이로 성장해있을 것이다.

정은쌤의 육아팁

아이와 한글로 놀이를 한다면 이렇게 놀이해보세요!

충분한 문해 환경은 무엇일까요? 아이의 주변에 문자가 전혀 없다면 아이는 문자의 필요성을 알까요? 아이들은 특히 기관에서 친구들과 지내면서 문해 환경에 많이 노출됩니다. 신발을 정리하면서 자신의 자리를 찾고, 심지어는 친구의 자리도 찾아줍니다.

아이들은 몸으로 글자를 표현해보며 관심을 가지기도 합니다. 온몸으로 세상을 알아가는 시기이기 때문에 재미있게 관심을 가질 수 있는 방법입니다. 아이들과 자음과 모음 글자 모양을 보며 가족과 몸으로 글자 모양을 만들어 보거나, 몸으로 만든 글자로 퀴즈내기 놀이를 해볼 수 있습니다.

뿐만 아니라, 글자 모양을 사물에서도 찾아볼 수 있습니다. 놀이터에서 한글 모양을 찾아보거나, 블록으로 한글 모양을 만들어볼 수도 있습니다. 자연물을 주워 한글 모양을 만들어 볼 수도 있지요.

아이의 이름 글자를 활용한 놀이도 재미있게 접근할 수 있습니다. 외곽

육아, 처음이라 어렵지만 괜찮아

선을 딴 아이 이름글자를 프린트해서 함께 미술놀이로 꾸며볼 수 있습니다. 그리고 바깥놀이를 나갈 때 아이 이름글자를 가지고 나가면, 주변 자연물들을 가지고 아이 이름을 꾸며보며 자연스럽게 이름글자를 익혀볼 수도 있지요.

이처럼 놀이할 수 있는 방법도 가지각색입니다. 아이가 한글에 관심을 가졌으면 하거나, 한글에 관심을 가지려고 한다면 즐거운 놀이로 한글놀이를 해보는 것은 어떨까요?

제2부

스스로 하는 아이,
주체적인 삶을 향한 첫 발걸음

1장

스스로 해낸 아이는
자율성과 책임감이 싹튼다

1

내가 할 거야, 내가 할 수 있어

"으앙!!!! 내가 할 수 있는데에!!!! 내가 할 건데에!!!!!"

오늘은 할머니 댁에 가기로 한 날. 분명 외출해야 하니 옷 입으라고 해도 나가기 10분 전까지 놀이에만 푹 빠져있던 아이. 결국 엄마, 아빠의 손에 이끌려 옷을 입다가 일이 벌어졌다. 이미 벌어진 감정 폭발은 쉽게 사그라질 생각을 하지 않았다. '내가 할 수 있는데, 내가 할 건데' 라는 말만 반복하며 울었다. 분명 설명해줬음에도 아이가 생떼를 부리는 것 같은 이 상황에 외출도 하기 전에 이미 우리 부부는 지쳐버렸다.

"엄마!!!! 내가 할 거라고!!!! 내가 할 수 있다고!!!!!"

아이가 내 손을 치우며 자기가 할 거라고 소리를 고래고래 지른다. 꽃에 물을 주러 가는데, 자신이 할 수 있다고 갑자기 벌떡 일어나 소리를 지르며 달려온다. 카시트에 앉아 안전벨트를 채워주려는데 갑자기 소리를 지르며 자기가 하겠다고 울고불고 난리를 피운다.

신발을 골라주었더니 다른 신발을 가리키며 내가 할 거라고 소리를 지르며 운다. 주스를 달라고 해서 냉장고에 갔더니 갑자기 달려와 "내가 할 거야!"라며 방방 뛰며 울부짖는다.

이런 일들은 매 순간, 갑작스레 일어난다. 그 때마다 나는 '아 또 시작이다'라고 생각하며 정신이 멍해진다. 정말 괴로웠다.

그러다 상황을 다시 돌이켜보니 내가 아이의 말을 들어주지 않았다는 것을 알게 되었다. 아이는 자신이 하고 싶었을 뿐인데 나는 '그냥 하라는 대로 하면 되지 왜 이러는 거야.'라는 생각에 화만 났었다.

왜 화가 난걸까? 그때의 내 감정을 곱씹어보니 아이가 내 마음대로, 내 생각대로 움직여주지 않았기 때문이라는 것을 알게 되었다. 나는 나름 아이가 해달라는 대로 도와준 것뿐인데 갑자기 내 동선을 방해하고 징징대고 내 감정을 건드린 것이다. 사실, 아이의 행동은 당연한 것이다. 그만큼 아이의 생각과 사고가 확장되고 발달한 것인데, 그걸 이해하지 못했다. 결국 '나'가 중심이 되었고, '아이'가 중심이 되지 않은 그 상황에서 아이의 말이 들릴 리가 없었다.

아이는 자신이 스스로 할 수 있는 기회를 엄마 아빠가 빼앗아 가버렸다고 생각해 화를 낸 것이다. '떼'를 쓴 것이 아니라, '의견'을 표출한 것이다. 선생님 모드에서는 잘 돌아가는 머리가 이상하게 내 아이 앞에서는 잘 되지 않는다. 유치원에서는 아이들의 '떼'를 '자신의 생각'을 잘 나타낸다고 생각하며 뿌듯해 했으면서 말이다. 내 아이 앞에서는 객관적으로 되기 힘들기 때문이리라.

그때부터 외출을 하기 전 벌어지는 일들을 감안해 시간을 여유 있게 두고 아이에게 미리 이야기하기 시작했다.

예를 들어, 이전에는 10분, 15분전까지 임박해서 준비를 해야 했다면 그 임박한 준비시간을 30분 전으로 당겨오는 것이다. 미리 시간을 말하고 천천히 준비할 수 있도록 했더니 이전처럼 본인이 해야 하는 일을 외출 준비 전까지 마무리했고, 외출 준비를 할 때 조금의 여유가 생겼다.

외출복을 고를 때도 아이가 선택할 수 있도록 했다. 그랬더니 아이는 그날 입고 싶은 옷의 색깔이 어디 있는지 물으며 찾거나, 입고 싶은 옷을 바로 골랐다. 아이가 이렇게 표현을 해주니 한편 참 감사했다. 아이가 스스로 할 수 있는 기회를 박탈한 부모에게 다시 생각하고 바로 잡을 수 있는 기회를 주었으니 말이다.

"내가 한다고 했잖아! 아빠는 왜 그래??"
아이의 아빠는 상대방이 무얼 원할지 한걸음 먼저 나서서 생각하고 배려해왔던 사람이다. 그런 태도로 살아왔던 아빠가 아이에게도 그대로 하다 보니, 아이는 영 못마땅하다. 자꾸만 자신의 할 일을 빼앗기는 기분이다. 다른 사람들이 겉으로 보기에는 세상 좋은 아빠지만 아이에게는 자신의 할 일을 빼앗는 것으로밖에 보이지 않는다. 그러다보니 이런 갈등이 종종 생겼다.

이제는 우리 부부가 합심해 아이의 주도성을 존중하고 이러한 주도성을 잘 가꾸어갈 수 있도록 노력하고 있다. 이렇게 강력하게 자신이 스스로 삶을 주도해 나가려는 에너지가 넘쳐 흐르는 시기는 금세 지나갈 것이다. 이 시기에 아이가 스스로 무언가를 해내는 기회를 제공하고, 환경을 마련한다면 아이는 스스로 만족감이 높아질 수 있다. 그렇게 해내는 경험은 아이의 자존감 뿌리가 단단해지고, 자아 효능감 뿌리도 튼튼해질 수 있도록 하는 영양분이 될 것이다.

또한, 스스로 무언가를 해내고, 주도해 나가는 경험을 통해 미래의 아이는 학습도 삶도 스스로 이끌어 갈 수 있는 주체적인 어른으로 성장하게 될 것이다.

아이가 "내가 할 거야."라고 말하기 시작한다면 이렇게 해보세요!

'내가 할 거야'라고 말하고 행동하기 시작했다면, 아이는 이제 자율성을 획득하고 주도성을 표출하며 발달단계에 맞게 잘 크고 있음을 의미합니다.

사회심리발달학자 에릭슨(Erikson)에 따르면 3~6세 유아기는 '주도성 대 죄의식'의 발달단계에 있다고 합니다. 이 시기는 아이가 자신의 활동을 계획하고, 목표를 세우며, 이를 달성하고자 노력하는 시기입니다. 이때, 자기 주도적 활동이 적절한 비율로 성공하게 되면 아이는 주도성을 확립하게 되지만, 실패의 경험이 많으면 주도성은 위축되고 자기주장에 대해 죄의식을 갖게 되는 것이죠.

자기 주도적 활동을 적절히 제공하기 위해서는, 아이가 직접 할 수 있는 것들(신발 벗고 신기, 물 따라서 먹기, 밥을 숟가락으로 떠서 스스로 먹기, 화장실 가서 바지 내리고 용변보고 입기, 화분에 물주기, 오늘 입을 옷 고르기, 아침 식사메뉴 정하기 등)은 아이가 스스로 정하고 달성할 수 있는 기회를 마련해주세요. 그리고 아이의 생각을 존중해주세요.

아이가 자기 능력 이상의 것을 하겠다고 고집을 부릴지도 모릅니다. 허용할 수 있는 범위의 것이라면 잘 안되더라도 해보게 기회를 주세요. 대신, 기회를 주면서 "○○야, 해보고 안 되면 도와줄게. 도와달라고 말해주렴." 이렇게 말해주면 도움이 될 수 있습니다.

아이는 부모님이 기회를 주고 기다려주면, 자신을 존중하고 있음을 느끼게 될 거예요. 그리고 기회 경험 속에서 실패를 경험한다면 그 또한 괜찮다는 메시지를 함께 얻어갈 거예요.

외출을 앞두거나 시간약속을 맞추어야 하는 상황 전이라면 평소 보다 조금 여유 있게 준비하시길 권장합니다. 여유 있게 준비하고 시간이 남으면 마음의 여유도 더욱 커지니까요. 아이에게 잔소리보다 따뜻한 말이 더 많이 전해질 수 있을 것입니다.

2

아침메뉴와 자기 전 읽고 싶은 책 고르기

아침은 늘 전쟁이다. 아이를 깨우고 등원준비를 하고, 아침 밥준비에, 출근준비까지. 정신이 없다. 그래도 아침식사는 꼭 챙겨주고 싶어서 친정엄마가 등원을 도와주러 오시지만 아침밥은 늘 내가 했다.

그런데 어느 날부턴가 퇴근하고 집에 오면 차려준 아침밥이 그대로 있는 게 아닌가? 출근준비로 바빠서 간단하게 먹을 수 있는 것들 위주로 준비했는데 그게 마음에 들지 않았던 것일까? 바빠도 시간 내서 만든 건데 아이가 먹지 않으니 속상했다. 아이에게 "시우야. 엄마가 만든 토스트 먹어볼까~?"하고 물어보면 시큰둥하거나 다른 것을 먹겠다고 말했다. 이미 늦어서 다른 걸

준비할 시간이 없는데 그럴 때마다 난감했다.

그러다 문득, '아이에게 아침메뉴를 물어보고 정하면 아이가 잘 먹을 수 있지 않을까?'하는 생각이 들었다. 그래서 자기 전, 아이에게 먹고 싶은 메뉴를 물어보고 미리 준비하고 아침을 맞이했다. 때론 자기 전에 준비하기 어려울 땐, 아침에 물어보기도 했는데, 아이가 말한 메뉴로 준비하면 잘 먹고 등원을 할 수 있었다.

"내일 아침에는 뭐 먹을까?"

"음, 내일은 바나나랑 토스트 먹을래요."

"나 오늘은 밥 먹을래요. 밥이랑 멸치랑 콩나물 먹을래요."

아침을 먹는 둥 마는 둥 했을 때와는 다른 변화였다. 아이가 무언가를 먹고 갈 수 있다는 것만으로도 마음이 든든했다. 아이가 스스로 선택하고 정하는 것만으로 이렇게 변할 수 있다는 것 또한 새삼 놀라웠다. 역시 내적 동기가 있어야 무엇이든 스스로 할 수 있음을 다시 한 번 느꼈다.

내가 스스로 선택해서 무언가를 이루었을 때, 어른인 나도 정말 뿌듯하다. 하물며 아이는 자신이 선택하고 해낸 그 결과의 성취감을 느끼며 어떤 기분이 들까. 다음에도 또 내가 해낼 수 있다는 자신감이 생기지 않을까. 나아가 나는 자랑스럽고 대단한 사람이라고 느낄 수도 있을 것이다. 내가 선택하는 것에 대한 즐거움도 느낄 수 있다.

아이가 선택할 수 있는 기회를 만들어 많은 경험을 할 수 있게 하는 것은, 아이가 앞으로 성장해나가면서 만날 여러 선택지들을 스스로 선택하고 그에 대한 책임을 가지는 밑거름이 될 것이다. 주체적으로 내가 내 삶의 주인이 되어 살아가는 것에 대해 스스로 삶을 이끌어가는 힘이 만들어질 것이다. 지금의 경험들이 아주 사소해보일지라도 결코 사소하지 않다. 이 모든 경험은 우리 생활의 바탕이 된다.

"엄마! 나 오늘은 자기 전에 3권 골라서 볼래요. 읽어주세요."

아이는 자기 전 늘 그림책을 읽고 잔다. 평소에도 그림책을 골라 함께 보지만, 자기 전엔 늘 그림책을 보고 자는 루틴이 있다. 아이가 함께 도서관에서 빌려온 책을 보거나, 집에 구비되어 있는 책들 중에서 골라서 본다. 반복해서 읽는 책들도 있고, 때로는 잘 안보고 잊고 있던 책을 찾아와 보기도 한다. 그림책을 읽는 그 시간이 늘 즐겁고 행복한 시간이다.

아이가 주도적으로 선택해 하는 것들은 하나씩 하나씩 아이 내면의 힘이 만들어져가는 과정이 된다. 내가 선택하는 일은 결과가 어떻게 되든 내 책임이 된다. 속상한 일이 생기더라도 회복할 힘이 생긴다. 그게 능동적으로 움직인 힘의 긍정적인 효과이다. 그렇게 아이의 내면은 점점 단단해지며 성장해갈 수 있다.

경험해보지 않으면 아무리 부모가 이야기해도 귀 근처에서 맴돌다 튕겨나가는 말일 뿐이다. 아침밥도 먹여야 한다고 생각한 엄마가 억지로 먹여서 보내는 것보다 아이가 먹지 않아 배고픔을 느껴봐야 아침에 밥을 먹어야 내가 힘을 낼 수 있다는 것을 깨달을 수 있다. 아침밥을 안 먹고 유치원에 가면 오전에 먹을 수 있는 것은 그래봐야 우유 한 팩이기 때문이다.

그런데, 내가 차려놓은 아침밥을 먹지 않고 갔음에도 아이는 전혀 깨닫지 못했다. 왜 그럴까? 유치원에서 배고픈 이유가 아침밥을 먹지 않았기 때문이라고 연결 지어 생각하지 못했기 때문이다. 아이가 변화한 것은 아이가 스스로 아침 메뉴를 생각하고, 먹을지 말지 선택하면서 부터다.

스스로 선택하는 경험의 힘은 생각보다 크다. 능동적으로 생각하고 움직이는 경험으로 인해 아이는 아침 루틴을 스스로 해낸다. 전날 늦게 자서 아침에 일어나기 힘들면 간단하게 먹을 수 있는 음식을 선택했다. 그래야 빨리 등원할 수 있기 때문이다. 그런 다음, 등원할 옷을 고르고, 양치를 하고, 등원 준비를 한다. 때론 정해진 시간 내에 해내야 하기에 부모의 재촉도 있지만, 아이와 함께 정한 시간 동안 움직이려고 노력한다. 그렇게 아이는 스스로 해내는 힘을 길러나간다.

아이가 스스로 선택하고 해낼 수 있는 기회를 주세요

우리 마음속에는 행동을 움직일 수 있는 힘이 있습니다. 그 힘은 내적 동기와 외적 동기로 나뉩니다.

내적 동기는 외적인 보상 등 외부 요인 없이 아이 자신의 마음으로부터 행동이 나타나는 것을 의미합니다. 반면, 외적 동기는 부모의 인정이나 평가, 지시, 보상 등 분명한 외적 요인에 의해 행동이 일어나는 것을 의미합니다.

내적 동기와 외적 동기는 서로 대립되는 개념이 아니라, 상호 보완적인 작용을 합니다. 내적 동기가 높은 아이는 외적 동기로 인한 성취도 더 높아진다는 것입니다.

자기결정성 이론을 발표한 사회심리학 학자인 에드워드 데시와 리차드 라이언은 가정에서 유아의 내적 동기가 높은 경우, 부모가 피드백과 권유, 의견 묻기의 전략을 많이 사용하는 반면, 통제적이고 부정적인 양육태도를 보이는 가정에서는 유아의 내적 동기 발달을 저해하는 것으로 나타났다고 합니다.

이러한 연구 결과만 보아도, 우리 아이에게 자율성을 부여하고, 선택의 기회를 주는 것에 대한 중요한 가치를 알 수 있습니다. 부모가 아이의 일거수일투족을 통제하는 것은 당장 부모가 느끼기에 편할 수도 있습니다. 하지만, 아이는 그대로 따라가지 않지요. 점점 버거워지는 것은 부모입니다. 평생 책임질 게 아니라면 아이가 스스로 할 수 있도록 도와주어야 합니다. 아이도 부모도 행복한 관계를 만들고, 아이의 모든 것에 끌려 다니지 않으려면 아이에게 스스로 할 수 있는 기회를 주면서 점점 아이가 자신의 일들을 스스로 챙길 수 있도록 도와주는 것입니다.

아이에게 자율성을 주는 것은 아름답지만은 않습니다. 그만큼 부모의 인내심도 필요하기 때문입니다. 때론 아이와 협의하는 과정도 필요하지요. 그 과정에서 부모는 기다려야 하고 아이를 돕기 위해 믿음도 가져야 합니다. 분명한 것은 그 과정을 잘 거치고 나면, 아이는 자신의 삶을 주도해가는 아이로 자라날 것이라는 점입니다. 아이의 모든 것을 챙겨 주었던 것에서 점차 아이가 스스로 챙길 수 있게 됩니다.

아이가 자신의 삶의 주체적인 주인으로 성장하길 바란다면 기회를 주고 기다려주세요. 그 과정은 부모도 함께 지혜롭게 성장하는 시간이 될 것입니다.

3

아이를 움직이는 힘, 긍정의 말

아이가 스스로 하기 위해서는 '긍정의 말'이 필요하다. 말에는 대단한 힘이 있다. 옛말에 '말이 씨가 된다.', '말 한마디에 천 냥 빚을 갚는다.', '발 없는 말이 천리 간다.'는 속담이 있듯, '말'은 우리의 마음을 흔들고, 행동을 움직이는 힘이 담겨있다.

아이가 만들다가 무너져서 속상해하거나 생각대로 잘 표현되지 않으면 어찌할 바를 모르고 짜증을 내는데, 이때 "징징 거리지마!", "그냥 하지 마!"라고 하면 어떨까? 어떻게 하면 더 잘 만들 수 있을지, 어떻게 하면 잘 표현할 수 있을지를 고민하기보다 '나는 징징 대는 아이'라고 자신을 인식하게 될 수도 있다. 부정의 표현은 부정의 성격을 형성하게 된다. 특히 아이에게 부모는 우주이기에 그 우주가 좋은 영향을 주기 위해서는 긍정의 말이 필요하다.

　나는 매일 감사 일기를 쓰고 있다. 감사 일기를 쓰면서 내 일상이 바뀌고 삶이 바뀌었다. 이전에는 힘들면 힘들다고 투정하고, 그 마음이 그대로 이어져 하루를 망치기도 했다. 그런데 감사 일기를 쓰고 나서는 매일이 그저 행복으로 충만하다.

　감사하는 마음은 감사하는 태도가 되고, 감사하는 삶을 살아가게 된다. '감사'한다는 마음을 가지고 삶을 대한다는 것은 아주 큰 변화이자 감사를 끌어들이는 힘이 된다. 당장 감사하는 마음이 어렵다면, 하루에 하나씩이라도 감사할 수 있는 것 무엇이든 찾아보길 권한다. 그렇게 하나씩 찾다보면 뭐라도 하나씩 감사하게 된다. 그날 하루가 엉망진창인 날 조차도 엉망진창인 날을 맞아 다시 새로운 생각을 하게 되어 감사하다고 말할 수 있다. 이처럼 말의 힘은 엄청나다.

　눈에 보이지 않는 말이 힘이 있다는 것을 유치원에서 아이들과 알아보기 위해 '밥'을 가지고 실험을 한 적이 있다. 아침에 갓 지은 흰쌀밥을 가지고 가서 하나의 그릇에는 긍정의 말을, 다른 하나의 그릇에는 부정의 말을 하기로 했다. 두 그릇이 붙어있으면 실험에 영향이 있을 것 같아 다른 공간에서 각각 정한 말들을 해보기로 했다. 2주가 지나 밥의 상태를 살펴봤는데, 정말 놀라운 결과가 나타났다. 긍정의 말을 했던 밥에는 흰색 곰팡이가 생겼고, 부정의 말을 했던 밥에는 검정색 곰팡이가 생겼다. 이것만으로도 직관적으로 보고 느끼는 아이들도 큰 충격을 받았다. 우리가 친구에게 고운 말을 사용해야하는 이유를 몸소 느꼈던 실험이었다.

우리 아이에게 매일 물을 주듯 매일 말을 전하는 '말'은 얼마나 중요할까. 내 아이에겐 매일 어떤 말을 많이 하고 있을까. 아이도 부모가 말하는 긍정의 말을 들으면 말과 행동이 변화하고 자존감이 올라가며 사용하는 언어 또한 긍정의 언어를 사용할 것이다. 매일 한 두 마디라도 아이에게 긍정의 말을 전하면 아이는 하루, 하루의 말들이 쌓여 큰 힘으로 커져있을 것이다.

감사하는 마음, 긍정의 힘은 좌절을 이겨낼 수 있는 힘을 준다. 《본질육아》의 저자 존스홉킨스 소아정신과 지나영 교수는 실제로 심리상담 요법에서도 '감사요법'을 사용한다고 말한다. 우리 뇌에는 시상하부라는 곳이 있는데, 이곳은 우리 몸의 대사를 조절하는 역할을 담당한다고 한다. 우리의 부정적인 생각을 '감사함'으로 바꾸어 힘든 상황이나 절망적인 상황을 감사한 생각으로 전환을 할 때, 세로토닌이 분비되고 도파민이 분비되면서 기분이 좋아지고 동기부여가 생긴다는 것이다. 과학적으로도 증명된 것이니, 긍정적인 생각의 전환이 얼마나 중요한지 알 수 있다.

실제로 생각의 힘은 극단적인 상황 속에서 생존했던 '빅터 프랭클' 의사의 이야기를 들어보면 그 힘이 얼마나 대단한지를 여실히 느낄 수 있다. 빅터 프랭클은 아우슈비츠 강제 수용소에 끌려가 가족들을 잃고 생존한 사람이자, 정신과 의사이다. 아우슈비츠 수용소에 들어가기 전에도 심리 치료와 철학의 경계를 탐구했으며, 삶의 의미와 가치관의 중요성을 연구했다. 수용소에서 고통을 감수하고 버틸 수 있었던 힘을 그의 저서 《죽음의 수용소에서》에서 프리드리히 니체의 말을 인용해 이렇게 표현했다.

"살아야 할 이유가 있는 사람은 모든 어려움을 어떻게 해서든 견뎌낸다."

목적과 의미의 부여는 삶에서 정말 중요하다. 이러한 목적과 의미의 부여에는 감사하는 마음을 통한 생각의 전환도 포함된다. 아이가 어린 시절부터 부모로부터 감사하는 마음과 태도를 배워 삶에 적용할 수 있다면 평생을 살아가며 부딪칠 수많은 선택과 좌절 속에서 이겨낼 힘의 기초를 쌓는 것이다. 내 아이가 삶을 살아가면서 겪을 다양한 풍파는 부모가 모두 막아줄 수 없다. 하지만, 그것들을 이겨낼 힘을 길러준다면, 아이는 그 무엇이든 극복할 수 있다. 그것이 바로 긍정의 힘이다.

"시우야, 떡갈나무가 시우한테 유치원에서 즐거운 하루를 보내고 오라고 전해달래!"

"떡갈나무야! 너도 재미있는 하루 보내!"

나는 아이에게 긍정의 말, 감사의 말을 매일 아침, 자기 전에 함께 나눈다. 아이는 그렇게 나누는 말들을 차곡차곡 마음에 쌓고 주변 사람들과 사물들, 자연에 긍정 영향을 미친다. 우리 가족은 아침엔 즐겁고 행복한 하루를 보낼 수 있도록, 저녁엔 반성의 말 또는 사랑을 전하는 말을 함께 나눈다. 그리고 20초 동안 꼭 안아주기도 하루 동안에 하는 일과 중 하나이다.

아이가 세상을 살아가면서 세상을 바라보는 안경을 끼우게 될 때, 즐겁고 행복하고 무엇이든 해낼 수 있고, 나는 자신감이 많고 나는 나눌 수 있는 사람이고, 나는 우리 가족의 기쁨이라는 마음과 가치관을 가지고 살아가길 바라는 마음으로 시작했다. 매일 의도적으로 하나씩 실천해가면서 아이에게 영양분을 준다고 생각해보자. 부모의 노력의 결과는 아이가 성장하면서 하나씩 하나씩 나타날 것이다. 그리고 이러한 노력은 아이의 성장에도 긍정적인 영향을 미치지만, 부모 스스로도 긍정적인 삶의 태도를 가진 사람으로 성장해있을 것이다.

육아, 처음이라 어렵지만 괜찮아

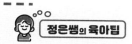

아이와 함께 나누는 긍정의 말, 감사의 말

〈아침에 나누는 말〉

– 오늘도 즐거운 하루 보내(자)

– 오늘도 행복한 하루 보내(자)

– 오늘도 상쾌한 하루 보내(자)

– 오늘도 신나는 하루 보내(자)

– 햇살이 우리의 아침을 맞이해주니 참 행복하다.

– 나무도 우리를 반기나봐. 고마워 나무야.

– 우리 같이 아침을 먹고 시작하니 더욱 힘이 나는 걸

– 서로 시간을 지켜서 준비하니까 여유 있게 걸어가면서 예쁜 하늘도 구경하니 감사하다.

〈자기 전 나누는 말〉

– 오늘도 자랑스러워.

– 오늘 하루도 건강하게 보내줘서 고마워.

– 사랑해

– 엄마 아빠가 가장 잘한 일은 우리 ○○를 낳은 일이야.

– 세상에서 가장 소중한 보물, 행복한 꿈 꿔.

– 우리 함께 책 읽는 시간이 참 행복하다.

– 따뜻한 마음을 나눠줘서 고마워, 사랑해

– 우리 가족이 최고야

실패해도 괜찮아, 무너져도 괜찮아, 다시하면 되지

"괜찮아, 다시 만들면 되지. 엄마는 그것도 몰라?"

아이가 10분 이상을 꼬박 앉아서 자석 블록으로 집을 만들 었는데, 한 순간에 다 무너져 버렸다. 예전 같으면 모조리 다 부수어버리면서 울며 속상해했을 텐데, 오늘은 오히려 괜찮다면서 나를 안심시키려고 했다. 블록이 무너져도, 또 다시 만들면서 기 뻤던 경험을 떠올린 것이다. 아이는 오히려 새롭게 만든 엘리베 이터 타워도 있다면서 수영장도 딸린 토끼가 사는 집을 만들었 다. 오히려 블록이 부수어진 덕분에 더 좋은 아이디어가 떠올라 또 다른 모양의 집을 만들 수 있었다.

"엄마, 오늘은 내가 샐러드 만들어 줄 거야"

육아, 처음이라 어렵지만 괜찮아

"샐러드? 그럼 재료가 뭐가 필요할까?"

"음... 요거트랑, 사과랑, 바나나랑 이렇게. 사과랑 바나나는 내가 자를 거야."

아이는 얼마 전 바나나를 잘라 엄마 아빠를 위한 간식을 만들어 준 경험을 떠올리며 계속해서 음식을 만들어주고 싶어 했다. 나는 아이가 사용가능한 칼과 도마를 준비해주고, 아이가 작게 자를 수 있게 조각내어 주었다.

아뿔싸! 아이가 칼을 사용하기 전, 안전 지도를 했지만, 그만 손을 베이는 사고가 나고 말았다. 아이는 자기가 실수로 그랬다고 말을 하며 밴드를 붙여달라고 했다. 이런 경험은 처음이라 적잖이 당황스럽고 놀란 것 같았다. 일단, 아이용 칼이라 날카롭지 않아서 크게 베이지는 않아 지혈을 하면서 아이 마음을 진정시켰다.

"시우야, 많이 놀랐지? 괜찮아. 그럴 수 있어. 칼이나 가위는 우리가 정말 편리한 도구이지만 이렇게 될 수 있어서 조심해야 하는 거야. 그런데, 조심해도 다칠 수 있어. 크게 다치지 않아 다행이야. 우리 피가 멈추면 소독하고 연고 바르고 밴드도 붙이자."

아이는 이번 경험을 통해 2가지를 배웠다. 실수해도 괜찮다는 것과 편리한 도구지만 칼은 날카롭기 때문에 조심해서 사용한다는 사실 말이다.

교육심리학자 마거릿 클리포드는 '건설적 실패 이론'을 제안하며 사람들이 실수 이후에 무기력감과 과제혐오, 분노, 불안, 스트레스를 느끼기도 하지만 긍정적인 효과를 이끌어내기도 한다고 말했다. 대부분의 사람들은 실패를 경험하면 좌절감과 실망감을 느낀다. 반면, 어떤 사람은 부정적 감정을 빠르게 정리하고, 다음번에 나의 실수를 줄이기 위해 실패를 돌아보며 성장하려고 노력한다. 여기서 지속적으로 성장하고 성공하는 사람과 아닌 사람으로 나뉘게 된다.

클리포드는 후속 연구를 통해 실패 반응의 개인차를 결정하는 것이 '실패 내성'때문이라고 하였다. '실패 내성'이 높은 사람은 실패를 하더라도 좌절과 실망을 금세 극복하고 앞으로 어떻게 해야 할지 스스로를 피드백 한다. 실패를 두려워해서 시도하지 않는 게 아니라, 오히려 실패를 함으로써 이를 성장의 밑거름으로 활용하는 것이다. 사람은 성공보다는 실패를 통해 더 많이 배우고 성장한다.

아이는 놀이를 하면서, 일상생활 속에서 다양한 실수와 실패를 경험한다. 많이 실수하고 실패할수록 배우는 것이다. 혹시라도 다칠까봐, 좀 더 잘할 수 있게 도와주는 것은 오히려 실패할 수 있는 기회를 박탈하는 것과 같다. 많이 실수하고 실패하게 해주자.

육아, 처음이라 어렵지만 괜찮아

실수한 다음 해결방법도 찾을 수 있도록 도와주어야 한다. 이때, 누군가의 탓이 아닌, 그 원인을 자신에게서 찾는 것이 중요하다. 실패의 원인을 자신에게서 찾으면 실수에 대한 극복을 금방 해내는 전환의 힘을 가질 수 있기 때문이다.

블록이 무너진 것을 부모의 탓으로 돌리거나, 친구의 탓으로 돌렸다면, 아직은 직면한 실수와 실패를 인정하고 좌절감을 처리하는 것이 미숙하기 때문이다. 속상해 울고 다시 처음으로 되돌려 놓으라고 떼를 부리는 것 또한 실수와 실패로 인한 좌절감이라는 감정을 어떻게 다뤄야할지 모르기 때문이다. 그저 이 상황이 힘이 들 뿐이다. 감정을 전환하는 방법을 모르기에 원래대로 돌아가면 괜찮을 거라 생각하고 떼를 쓰는 것이다.

아이가 실패를 경험한다면, 실수를 해서 속상해한다면, "엄마가 그랬잖아.", "그러니까, 네가 조심하라고 했잖아."라고 하는 것은 도움이 되지 않는다. 그 과정에서 속상한 마음을 먼저 알아주는 것이 첫 번째이다. '아 우리 엄마가 내 마음을 잘 알아주는구나.'라고 느끼면 '역시, 우리 엄마는 내 편이야. 나는 참 행복해.'라고 생각하게 된다.

그 다음엔 아이의 실수나 실패의 원인을 파악하고 해결방법을 같이 이야기 나누어볼 수 있다. 무너진 블록은 다시 만들면된다는 것, 다시 만들려면 힘들다고 아이가 표현한다면 엄마가 함께 도와줄 수 있다는 것, 또는 블록이 무너지지 않으려면 어떻게 해야 할지 방법을 함께 생각해볼 수 있다.

아이는 세상에 태어나 걸음마를 하기 위해 수십 번, 수백 번을 넘어지고 일어난다. 넘어져 봐야, 다시 일어서는 방법을 터득한다. 아이의 실수와 실패 경험이 성장의 씨앗이 되려면 부모의 태도 또한 매우 중요하다. 아이의 마음 공감과 지지하는 태도는 아이가 앞으로 어떤 풍파를 만나더라도 이겨낼 수 있는 힘이 될 수 있다. 이러한 힘을 '회복 탄력성'이라고 한다. 넘어져도 용수철처럼 일어날 수 있다는 의미이다.

"실패하면 안 된다, 실수하면 안 된다."라고 하지 말고 "실패해도 괜찮아. 실수해도 괜찮아. 실수와 실패를 하면서 더 좋은 아이디어를 얻을 수 있고, 성장할 수 있는 기회란다."라고 말해주자.

아이는 실수를 통해 더 크게 성장할 것이다.

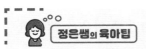
정은쌤의 육아팁

아이의 실패를 지지하고 응원해주세요!

마이클 조던은 선수생활을 하면서 9,000개가 넘는 슛을 놓치고, 300회에 달하는 경기에서 패배했다고 합니다. 그는 사는 내내 계속해서 실패하고 또 실패한 경험이 바로 농구선수로 성공한 이유라고 말합니다. 시도를 한다는 것은 성공의 경험만을 주지 않습니다. 때로는 실패의 경

육아, 처음이라 어렵지만 괜찮아

험도 안겨주지요.

실패의 경험뿐만 아니라, 이를 긍정적으로 처리하고 성장하는 과정이 중요합니다. 이를 위해서는 아이가 '나의 재능이나 지능'이 아니라 '나의 노력'으로 인한 것임을 믿을 수 있도록 도와주어야 합니다. 노력을 통해 이룬 경험은 소중한 경험일 뿐 아니라 그 과정에서 경험한 실수는 중요하지 않다고 믿을 수 있게 됩니다.

이를 위해서는 부모의 반응과 태도가 중요합니다. 아이가 잘하는 것을 보고 외적인 것을 칭찬한다면 아이는 '내가 잘해서 예뻐하는구나.'라고 생각하게 됩니다. "정말 똑똑하구나."라고 말하는 것이 칭찬이라고 들리지만, 결과적으로 부모도 모르게 아이는 공부를 잘하기 위해서는 머리가 좋은 사람이어야 하고, 실수는 해서는 안 되고 이것은 부끄럽게 여겨야한다는 것을 잠재적으로 배우도록 하는 것입니다.

반면, "참 열심히 하는구나. 노력이 제일 중요한 거야. 넌 참 중요해"라고 칭찬을 받은 아이는 '나의 끈기와 노력', '나의 가치'에 초점을 두게 됩니다. 나 스스로 가치 있는 사람이고 존재 자체가 중요한 사람이라고 생각하는 아이는 어떤 좌절의 상황이 와도 긍정적으로 해결할 수 있는 힘이 있어 성장으로 이끌어 줄 것입니다.

2장

존중받은 아이는
스스로 성장하는 힘이 자란다

1

엄마, 커피 내가 만들어줄게

"정은아, 커피 마실래?"

주말 아침, 신랑이 커피를 내려주려고 물어봤다.

"당연하지! 아아로 부탁해~"

그 말을 들은 아이가 쪼르르 나에게 다가왔다.

"엄마! 내가 커피 만들어줄게!"

한 번도 커피머신을 사용해보지 않은 아이가 갑자기 커피를 만들어주겠다고 왔다. 나는 그 순간 '아, 커피머신에서 나오는 뜨거운 물이 아이 손을 데일 수도 있는데, 괜찮을까?'라는 생각부터 들었다. '안된다고 해야 할까?, 그래도 아빠랑 같이 해보라고 하는 게 좋을까?' 그 짧은 찰나에 선택을 해야 했다.

나는 아이의 도전에 마음이 기울었다. 단, 뜨거운 물이 나와서 아이가 다칠 수 있으니 처음 알려주는 것은 아빠의 도움을 받아보기로 했다.

"에이, 안 뜨겁네~! 괜찮네~!"

아이에게 뜨거운 물이 나오는 곳에는 손을 대면 손이 다칠 수 있다는 것을 이야기했더니 아이도 걱정을 하고 있었던 모양이다. 캡슐 뚜껑을 닫고 커피를 추출하는 동안 닫힌 뚜껑을 잠깐 만지며 아이가 말했다.

"엄마! 이제 커피 나왔습니다! 맛있게 드세요!"

아이의 말과 표정은 그렇게 해맑을 수 없었다. 어른만 하는 일을 자신이 해냈다는 기쁨 때문일까? 다음 주말에도 아이가 먼저 커피를 만들고 싶다고 말했다. 나는 아이에게 기꺼이 부탁했다.

아이는 이렇게 또 한 걸음 성장한다. 도전하고, 시도하고, 해냈다는 경험은 자신감을 가져다준다. 그리고 누군가와 그 경험을 나누고 싶어 한다. 그 누군가는 가족이 될 수 있고, 친구가 될 수도 있다. 경험을 나누면서 아이는 또 한 번 성장한다. '내가 그때 그 일을 하면서 얼마나 즐거웠냐면'하고 생각하다보니 감정표현도 풍부해진다. 아이의 다양한 시도와 경험은 또래를 도울 수 있는 힘이 되고, 나아가 무엇이든 잘하는 아이가 되어 친구들

사이에서 인기 있는 아이로 성장할 수도 있다.

아이가 어릴수록 부모의 도움이 많이 필요하다. 아이가 한 뼘씩 성장해나갈 때마다 부모는 도움의 양을 점차 줄여나가야 한다. 교육학자 비고츠키는 근접발달지대(ZPD)와 비계설정 (Scaffolding)이라는 개념을 이야기 한다. 근접발달영역(Zone of proximal development)의 의미는 학습자가 혼자 해내기에는 너무 어렵지만, 해당 과제에 능숙한 사람의 조언과 격려를 받아 해낼 수 있는 것의 범위를 의미한다.

이는 퍼즐을 처음 선물 받은 아이가 이리저리 노력해봤지만, 아빠가 옆에서 도움을 줄 때까지 아무것도 맞추지 못하는 경우를 예로 들어볼 수 있다. 이 때, 아빠가 모퉁이 4군데를 먼저 맞춰보자고 알려주고, 가장 자리에 하마 그림이 들어간 그림을 가리키며 "하마 그림이 들어간 부분을 한번 찾아보자."고 제안할 수 있다. 그리고 점차 도움을 줄여나가며 딸 혼자 퍼즐을 맞추도록 할 수 있다.

이렇게 아빠가 근접발달영역 내에서 아이가 퍼즐을 하는 수준을 살피고 점차 도움의 양을 조절해나가는 것을 결정해 나가는 과정을 비계설정(Scaffolding)이라고 한다. 이 이론을 적용하면 아이에게 부모의 도움은 점차 줄여가고 아이가 스스로 해 나가는 비율을 늘려감으로써 아이가 혼자 해낼 수 있도록 도와줄 수 있다.

성공한 사람들은 무엇이든 해보려고 하는 태도를 가지고 있다. 그리고 도전하는 것을 사랑한다. 비단 실패할지라도, 남들이 뭐라 해도 일단 해본다. 일단 해보고 방향이 맞지 않으면 수정하거나 포기해도 늦지 않는다고 생각하기 때문이다.

세계적인 만화영화 회사인 월트디즈니의 대표도 신문사에서 일할 당시, 상상력이 부족하고 쓸 만한 아이디어가 없다고 지적을 당했다고 한다. 하지만, 그는 포기하지 않았고, 끈기를 가지고 시도한 결과 세계적인 만화영화를 창작해내었고, 전 세계 어린이들의 마음을 사로잡았다. 그는 꿈을 구현한 사람이다.

그가 말한 명언 중에 '무엇인가 시작하려면 일단 몸을 움직여라'라는 말이 있다. 일단 시도해야 성공이든 실패든 경험할 수 있다는 것이다. 어릴 때부터 다양한 시도를 능동적으로 해보고 경험한 성공과 실패는 자신의 인생을 주체적으로 이끌고 만들어가는 힘이 될 수 있다.

시우는 커피를 만들어 엄마에게 대접하며 기뻤던 경험으로 인해 또 다른 음식을 만들어 선물하고 싶어 했다. 만화 영화에서 바나나를 이용해 주인공들이 간식을 만든 것을 본 적이 있었는데, 그걸 떠올리며 집에 있던 바나나를 잘라 엄마, 아빠를 위한 음식을 만들어 주었다.

"내가 만든 거야. 먹어봐. 내가 만든 거 맛있어?"

아이는 작고 큰 시도를 하며 미래의 '나'를 만들어 간다. 다양한 시도의 경험을 통해 아이의 성공 경험뿐만 아니라 실패의 경험도 모두 큰 자산이 될 것이다. '나'를 능동적으로 움직이고 목표를 달성하고 싶은 마음은 '내적 동기'에 의해 생긴다. '내적 동기'는 외부적인 요인으로는 생기지 않는다. 내 마음에서 우러나야 할 수 있는 것이다. 아이가 마음에서 우러나 '시도'하려고 할 때, '시도'의 씨앗이 새싹을 잘 틔우고 자라날 수 있도록 지지하고 환경을 제공해주자.

정은쌤의 육아팁

아이의 시도를 응원해 주세요!

무언가를 이루고 싶다면 '일단 해보라'는 말이 있습니다. 성공한 사람들은 무엇이든 시도를 해보고 그것이 비록 실패의 경험이 될지라도 실패가 성공의 경험을 이끈다고 말합니다. 아이들은 하지 말라고 해도 하고 싶은 목표가 생기면 앞 뒤 재지 않고 무조건 해봅니다. 그것은 아이들이 가지고 있는 특권이기도 합니다.

무엇이든 시도하는 것을 존중받고 지지받은 아이는 다음에 새로운 생각을 떠올리고, 새로운 생각으로 또 다시 새로운 것들을 만들어갑니다. 생산하고 창조하는 능력을 키워갈 수 있는 것이지요.

반면, 아이들의 시도하려는 에너지를 막는 경험이 쌓이면 다시는 스스로 무언가를 하려고 하지 않을 것입니다. 이것은 비단 아이가 성인이 되었을 때, 스스로 자신의 삶을 꾸려나가야 하는 힘을 꺾어놓는 것과 같다고 감히 말할 수 있습니다. 성인이 되었을 때 이를 깨닫고 바꾸어나가려면 어릴 때 하려던 에너지보다 몇 배의 더 많은 에너지를 쏟아내고 노력을 들여야 비로소 이러한 태도를 만들어갈 수 있습니다.

아이들의 작은 시도는 나비효과처럼 아이가 삶을 주도해나가는 마법 같은 경험이 될 수 있습니다. 아주 사소해 보이는 시도라도 아이가 해보겠다고 한다면, 그것이 안전사고의 위험이 우려가 되는 것이 아니라면, 결과는 집안 꼴을 엉망진창으로 만드는 것일지라도 한번 해 보게 해주세요.

그렇게 함으로서 오히려 상황이 어려워지고 불편해진다는 것 또한 아이가 직접 경험해서 스스로 '하지 말아야겠다.'라고 생각할 수 있도록 해야 합니다. 그 일이 오히려 더 좋은 성과를 가져오거나, 즐거운 경험이 되었다면 다음에 새롭게 생각하고 창의적으로 사고하며 시도하는 힘을 기를 수 있게 됩니다.

결국, 시도하면서 아이는 배웁니다.

이 꽃의 색깔은 '이' 분홍색이야

"엄마! 그 분홍색 어디 있지? 안보여."

내가 사온 꽃을 보며 한참 그림 그리다가 핑크색 마카가 없어졌다며 찾았다. 그리기 도구를 모아놓은 바구니 안을 보라고 말했는데도 못 찾겠는지 찾는 색깔이 없다고 보채기 시작했다.

"어떤 색깔 찾는 거야? 이 분홍색은 안 될까?"

비슷해 보이는 색을 찾아 보여주었다. 아이는 고개를 절레절레 흔들었다.

"이건 여기 이 분홍색이지."

아이는 옆에 있던 풍선을 보여주면서 꽃의 분홍색과는 다른 분홍색이라고 알려주었다. 아이가 찾는 색깔이 없으면 어쩌나,

걱정하던 찰나에 마침 비슷해 보이는 분홍색이 내 눈에 띄었다.

"혹시, 이 색깔은 어떨까?"

"어! 맞아! 엄마 어떻게 알았지? 고마워!"

아이는 흡족해하며, 엄마가 찾은 분홍색이 맞다고 고마워했다. 그리고는 그 분홍색이 왜 적절한지를 꽃의 색깔과 마카의 색깔을 비교해 보여주며 설명했다.

"엄마! 봐봐! 여기 꽃이랑 이거랑 똑같지? 이거는 다르잖아."

다른 분홍색을 같이 보여주며 꽃의 색깔 위에 마카를 얹어서 비교해보였다. 정말 미묘한 차이가 있었다. 분명 명도와 채도에 따라 색깔이 달라진다는 것은 알고 있었지만 굳이 맞춰서 색칠할 생각은 안 해봤는데 아이에게는 그게 아니었던 모양이다. 그저 손에 잡히는 대로 아무 색을 골라서 색칠하는 줄 알았는데 자신만의 기준이 있었던 것이다.

아이의 꽃과 나무에 대한 사랑은 디테일한 색깔 선택으로 이어졌다. 사람보다 나무와 꽃이 단골소재로 등장하는 아이의 스케치북은 늘 알록달록 색깔로 가득하다. 절대 아무 색깔을 선택하지 않고, 따라 그리는 사물에 색깔을 직접 대어 꼭 같은 것을 고른다. 어쩌다 등장하는 사람은 아이 자신이 그려져 있다. 그래서 사람이 등장하는 그림을 보면 참 귀하다는 생각까지 든다.

나는 아이가 한정된 사고에 갇히지 않았으면 하는 마음에 여러 가지 색깔을 경험할 수 있도록 마련해 주었다. 물감놀이를 하면서 마음대로 색을 섞어보기도 하고, 다양한 색깔을 직접 만져볼 수 있도록 했다. 뿐만 아니라, 색연필도 기본 12색에서 그치는 것이 아니라, 60여 가지 색깔로 준비했다. 도구도 사인펜, 마카까지 다양하게 노출시켰다.

하지만 그뿐이었다. 아이에게 특정 도구의 사용법을 알려주거나, 그림을 가르치진 않았다. 그저 자유롭게 그릴 수 있도록 환경만 세팅해놓았을 뿐이다. 아이 스스로 여러 도구를 선택하고 그리면서 색을 인지하고, 자신만의 방식을 찾아낸 것이다.

나름대로 자기 기준에 예쁜 색을 보면 엄마가 사용하던 펜이라도 탐을 낼 때가 있다. 특히 반짝이는 반짝이풀이나 펄이 들어간 크레용, 형광색은 아이가 매력적으로 느끼는 색깔들이다. 그래서 실제 나무가 그 색깔이 아니더라도 나름의 색 조합을 통해 나무를 그리고 이름을 붙인다. 그렇게 오늘도 작품이 여러 장 채워진다.

아이가 능동적으로 만드는 과정 속에 아이의 세상이 만들어진다. 누구의 도움 없이 스스로 했기에 온전히 자신만의 것이 된다. 다양한 색깔을 만나 표현하는 것도, 세상의 아름다움을 느끼는 것도 모두 아이의 몫이다. 아이가 보는 세상은 아이 기준에 아름다운 색깔들로 채워졌으면 하는 것이 부모인 나의 마음이

육아, 처음이라 어렵지만 괜찮아

다. 그런데, 내가 보는 세상보다 더 넓은 스펙트럼으로 아이는 채워가는 것 같다.

부모는 아이의 모든 것을 해줄 수 없다. 그리고 아이의 모든 것을 알 수 없다. 아이가 무엇을 좋아하고, 어떤 선호도가 있으며, 앞으로 어떤 학습을 해나갈지 모두 알 수가 없다. 대신 아이의 잠재력을 믿고 여러 가지 경험을 제공하고 기회를 마련하는 것은 부모가 해줄 수 있다. 부모가 마련한 기회로 인해 아이의 새로운 능력을 발견할 수 있고, 또는 아이의 부족한 면을 이해할 수도 있다.

아이가 스스로 무언가를 만들어가는 기회를 마련한다는 것은 아이가 아이 자신을 알아가고, 부모가 아이를 알아가는 또 다른 기회가 된다. 우리 아이가 색에 민감하고, 다양한 색깔을 나름의 조합으로 활용할 수 있다는 것은 여러 가지 색깔과 도구를 사용해보는 경험과 기회를 가져보면서 알 수 있었듯이 말이다.

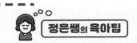

아이의 놀이 속에서 아이가 흥미와 관심을 가지는 것을 찾아보세요!

아이는 놀이를 하면서 세상을 알아가고 자신의 능력을 발휘합니다. 아이가 놀이를 하는 것을 가만 들여다보면 아이의 흥미와 관심을 알 수 있지요. 매일 같이 반복하는 놀이 속에서, 때론 새로운 장난감을 만지작거리며, 바깥에서 만난 자연 친구들을 생각하며 놀이하는 아이에게서 아이의 재미를 찾을 수 있습니다.

우리 아이가 좋아하는 것은 부모가 제일 잘 압니다. 아이 곁에서 제일 많은 시간을 보내는 사람이니까요. 기관을 다녀도, 아이를 면밀히 관찰하고 관심을 가지는 것은 부모입니다.

획일화된 장난감도 아이가 놀이할 수 있는 장난감 중 하나이지만, 아이가 자유롭게 만들고 부수고 놀이할 수 있는 열린 장난감들도 아이의 놀이 속에 함께해주세요. 점토나 클레이 같은 것들은 어떻게 만드느냐에 따라 무엇이든 될 수 있습니다. 이런걸 '열린 장난감'이라고 합니다. 자연물들도 정답이 없지요. 열린 장난감들은 아이의 상상 속 이야기를 더 많이 펼쳐낼 수 있습니다.

무엇을 만들고, 무엇을 해내든 아이가 만들어 낸 그 무언가는 그 자체로 인정하고 격려해주세요. 그 과정 속에서 수많은 실패도 경험하고, 수많은 성공도 경험할 것입니다.

아이는 자신이 좋아하는 놀이를 찾아가고 또 새롭게 만들어 갑니다. 놀이는 그런 힘이 있어요. 아이가 무엇을 하든지 포용되는 힘이요. 놀이 속에서는 아이가 무엇을 하든 다 괜찮습니다. 아이만의 세계가 펼쳐지면서 아이는 우주도 다녀오고, 무지개 나라도 다녀오고, 비행도 하고 옵니다. 때론 자연 속에서 만난 친구와 인사를 나누고 오기도 해요.

아이의 흥미와 관심을 찾았다면, 아이가 스스로 놀이를 만들어 갈 수 있게 기회를 제공해주세요. 부모가 허용할 수 있는 범위에서 먼저 시작해보세요. 엄마가 요리를 하고 있는 것에 관심을 많이 가지고 있다면, 지금 요리하고 있는 식재료를 만져보고 잘라볼 수 있게 옆에 마련해주세요. 아이가 먹어보고 잘라보고 만져보면서 아이는 식재료와 음식에도 관심을 가지고 식습관에도 긍정적인 영향을 줄 것입니다. 아이는 엄마와 함께하는 그 시간을 세상에서 제일 행복한 시간으로 기억하고 있을 것입니다.

혹시 아나요? 아이는 미래의 요리사나 음식을 연구하는 연구가가 될 지도요.

3

엄마 꽃 선물 사러 왔어요

주말 내내 집 밖을 한 발자국도 나가지 않았던 아이가 주섬 주섬 무언가를 만들었다. 비닐 포장지를 돌돌 말더니 테이프로 감쌌다.

"엄마! 여기에 넣을 꽃 사러 나가자!"

비닐 포장지는 꽃을 넣을 포장지였다. 아이는 꽃을 참 좋아 한다. 꽃의 이름을 아는 것도, 꽃을 보는 것도 그저 꽃 자체가 참 좋은 아이이다. 나는 꽃을 사러가자는 말이 단순히 꽃이 사고 싶어서 나가자는 이야기로 이해했다. 비닐 포장지를 만든 건 꽃 을 넣어 가지고 오고 싶은 마음일 뿐이라고만 생각했다.

그렇게 일요일 저녁 외출이 시작되었다. 일요일 저녁에 열려

육아, 처음이라 어렵지만 괜찮아

있는 꽃집은 어디 있을까. 열려있는 꽃집이 없으면 어쩌지 걱정되는 마음 한 가득이었다. 아이는 자신이 만든 포장지에 꽃을 넣을 생각으로 들떠있었다.

우연히 가다가 생각난, 작년에 우리 아이를 예뻐하며 꽃 한 송이 더 챙겨주셨던 친절한 꽃집 사장님이 생각났다. 혹시나 열었을까싶어 찾아갔는데, 운명일까? 다행히 열려있었다.

꽃집에 들어가자마자 아이는 사장님께 꽃을 넣을 포장지를 건네며 "여기에 넣을 꽃을 사러 왔어요!"라고 했다. 엉뚱하다고 생각할 법도 한데 사장님은 웃으며 응대해주셨다. 아이는 신이 나서 꽃을 이리저리 살피며 골랐다. 어떤 꽃을 고를 거냐고 묻자, 보라색 꽃을 가리키며 달라고 말했다. 사장님은 아이에게 왜 꽃을 사러 왔는지를 물었다. 아이는 꽃을 포장하려고 한다고 대답했다. 그럼 포장해서 누구를 줄 거냐고 묻자, 아이는 고민도 하지 않고 엄마에게 줄 선물이라고 했다. 나는 아이의 이야기를 듣고 깜짝 놀라기도 했지만 감동이었다. 비닐 포장지를 만들 때부터 엄마에게 꽃 선물을 하기 위한 준비였다는 것도 놀라웠다. 비닐 포장지는 실제 꽃을 직접 넣기에는 작아 아이에게 사장님은 다시 물어보았다.

"여기에 꽃을 넣기에는 좀 작은데 어쩌지? 이모가 다른 포장지로 예쁘게 포장해주면 안될까?"

"안돼요, 꽃을 조금 자르면 되잖아요."

"그래? 그럼 이모가 한 번 더 노력해볼게."

꽃집 사장님은 아이의 의견을 수용하려고 노력해주셨다. 이렇게 저렇게 넣어보려고 하다가 다시 물어보셨다.

"시우야, 그런데 이모가 여기에 꽃을 넣어보려고 했는데, 그러면 이 포장지를 잘라서 넣어야 할 것 같아. 시우의 포장지를 옆에 예쁘게 붙여서 포장해주는 건 어떨까?"

그러자, 아이는 끄덕이며 그렇게 해도 된다고 했다. 한편 다행이라고 생각이 들면서도 사장님의 노력과 마음이 정말 감사했다. 그렇게 예쁜 꽃다발이 완성되었다. 아이는 마음에 드는지 활짝 웃으며 내게 "엄마 사랑해!"하며 꽃을 내밀었다. 자신의 생각대로 선물을 줄 수 있어 기쁘다는 듯이.

아이가 스스로 무언가를 할 수 있는 기회를 주면 아이의 생각이 보인다. 이 날 아이의 생각대로 꽃집을 가지 않고 엄마 아빠가 꽃을 사다주겠다고 했다면 엄마에게 선물을 주려고 했던 아이의 생각과 마음을 온전히 느낄 수 있었을까? 아이는 엄마에게 진짜 선물을 해주었다고 생각했을까?

자신이 스스로 꽃을 고르고 포장한 것이기에 더 마음이 담겼다고 느꼈을 것이다. 게다가 아이는 친절한 꽃집 사장님을 만

육아, 처음이라 어렵지만 괜찮아

나며 따뜻한 이웃의 배려도 느꼈을 것이다. 친절하게 자신을 존중하는 어른의 태도를 배웠을 것이다. 꽃집 사장님의 따뜻함은 아이에게 물들었을 것이다. 아이의 엉뚱한 생각이 어른에겐 사소해보일지라도 그 작은 존중은 아이에게 기회가 되고, 스스로 만들어가는 장이 될 수 있다. 이 기회와 경험은 아이에게 소중한 양분이 되어 마음 한편에 저장되면서 성장하는 내내 따뜻한 무언가로 존재할 것이라 믿는다.

내가 무언가를 해 냈다는 경험은 아이의 자존감에 힘을 실어준다. 그리고 다음번 다른 기회와 도전에 용기를 얹어준다. 그렇게 또 다른 도전을 하게 되고, 성공과 실패에 대해 두려움보단 무엇이든 해보려는 실행의 힘을 가질 수 있다.

'아이가 무언가를 해보려고 할 때' 이렇게 해보세요.

아이가 무언가 해보려고 한다면, 사소한 일이라고 생각될지라도 잠깐 지켜봐주세요. 그리고 아이가 무엇을 하려는지 생각을 들어보세요. 아이가 하려는 행동이 위험한 일이 아니라면 해볼 수 있도록 기회를 주세요. 아이의 저지레 속에도 생각이 담겨있답니다. 별것 아니라고 아이의 생각을 무시하거나 넘겨버리면, 다음번에 '한번 해볼까?'하는 아이의 마음에 브레이크가 걸릴 수 있습니다. 아이가 어떤 생각을 표현했다면 지지하고 격려해주세요. 그 방법은 아이의 생각을 진심을 다해 듣고 수용하는 경험을 주는 것입니다.

아이의 엉뚱한 생각이라고 생각이 들더라도 한 발 물러나 아이의 생각과 마음을 들여다보세요. 아이는 부모로부터 자신이 수용 받았다는 느낌이 더 많이 마음에 남아있을 것입니다. 그 따뜻한 느낌은 이후의 새로운 생각을 펼쳐내는 데 큰 힘이 됩니다.

무엇이든 부딪혀볼 수 있게 도와주세요. 아이가 능동적이고 주체적으로 부딪혀 해결해 본 경험은 자신의 경험이 됩니다. 그것이 해낸 경험이든 해내지 못한 경험이든 스스로 해보았다는 그 자체가 의미가 있습니다. 내가 해봤다는 자신감은 그 어떤 일이든 새로운 선택을 할 때, 용기와 자신감을 가지고 해내려는 힘을 발휘할 수 있는 원동력이 됩니다.

어른의 눈에는 사소해보일지라도 아이의 시작을 존중해주세요. 사소한 시작이 결코 사소하지 않을 수 있답니다.

육아, 처음이라 어렵지만 괜찮아

내 멋진 옷을 봐봐

"엄마! 내 멋진 옷을 봐봐! 멋지지?"

아이가 어젯밤 샤워 타월을 꾸며 만든 작품을 허리춤에 두르고는 멋진 옷이라며 이렇게 등원을 하겠다고 선언했다. 한껏 들뜬 표정으로 말이다. 아이의 생각을 존중해주기로 했다. 그렇게 유치원에 갔다.

"엄마! 나 이 목걸이 하고 갈래! 반짝반짝 예쁘잖아!"

아이는 내 진주목걸이를 유치원에 하고 가겠다고 화장대에서 들고 왔다. 블링블링해 보이는 목걸이가 멋지다고 생각했나보다. 혹시라도 목걸이에 흠집이 나지는 않을까 살짝 고민했지만 흔쾌히 OK했다. 그날 아이는 하루 종일 선생님들과 친구들에게 멋지다는 이야기를 듣고 왔다. 자신의 멋짐을 한껏 뽐내고 온 하루였다.

아이는 자신을 꾸미고 새롭게 무언가를 만드는 것에 관심이 많아졌다. 멋져 보이는 것이라면 모두 자신을 꾸미는 데에 활용해본다. 어느 날은 좋아하는 스티커를 잔뜩 옷에 붙이고 유치원을 나섰다. 어른 눈에는 엉뚱해 보이는 패션도 아이에게는 최고의 패션이다. 아이가 온전히 존중받은 느낌은 자연스레 자존감도 높여준다.

아이는 자신을 꾸미는 도구를 다양한 방법으로 활용한다. 집에 있는 놀이용 실크 스카프가 멋진 꾸밈 도구가 되기도 하고, 샤워타월이 그 도구가 되기도 한다. 실크 스카프는 꼬리가 되어 다른 사람의 눈에는 보이지 않는 비밀의 꼬리가 되기도 한다. 때로는 온몸을 둘러 투명 망토가 되기도 한다. 투명 망토를 두르면 아이는 다른 사람들의 눈에 보이지 않는다.

때때로, 투명 망토가 되었던 실크스카프는 텐트가 된다. 텐트 속에 들어간 아이는 빛을 투과해보며 아름다운 스카프 색을 느끼고 세상을 탐험한다. 아이의 상상 속에는 어떤 도구도 만능으로 꾸밈도구가 될 수 있고, 장난감이 될 수 있다. 성별에 상관없이 그 무엇이든 자신을 표현하는 방법이다.

나는 아이의 이런 모습을 보며 피터 브라운의 그림책《프레드가 옷을 입어요》가 떠올랐다. 프레드는 발가벗고 돌아다니며 옷을 입지 않다가 엄마 아빠 방으로 들어가 옷을 살핀다. 아빠의 옷을 입어보자니 너무 크고, 어떻게 할까 하다가 문득 엄마의 화장대를 본다. 이내 앉아서 엄마처럼 화장을 한다. 그리고는 옷을 입는다. 이 과정에서 프레드의 모습을 있는 그대로 존중하는 부모의 모습도 인상 깊고 프레드가 옷을 입고 꾸미는 과정도 인상적이었다. 그 모습이 꼭 우리 아이를 닮은 것 같았다.

아이는 엄마의 화장대에 올라가 이것, 저것 찾아보고, 립스틱도 발라보았다. 액세서리를 착용해보고 거울에 비친 자신의 모습을 보며 의기양양했다. 엄마의 스카프도 둘러보고, 엄마를 따라 해보고 싶어 했다.

남자아이지만, 사랑하는 엄마의 모습을 따라 해보고 싶은 것은 이 시기 아이들은 비슷한 마음인 것 같다. 아빠의 서랍장도 열어 아빠의 시계도 모두 꺼내어 보았다. 꺼내어 팔에 끼워보기도 하고 마음에 드는 것을 골라보기도 했다. 옷장에 있는 넥타이도 모두 꺼내어 목에 둘러보고 어떤지 거울도 보았다. 아이에게는 부모가 모든 것을 따라하고 싶은 선망의 대상이다.

그러면서도 아이 나름대로 패션을 구현한다. 어느 날은 양말을 짝짝이로 신고 유치원을 다녀왔다. 그냥 색깔을 다르게 신고 가고 싶었단다. 형광색 양말을 구입한 다음 날은 형광 핑크색 양말을 신고 갔다. 그날은 유치원의 스타가 되었다. 감사하게도 유치원 선생님들이 아이의 그런 모습을 보며 "우와 정말 멋진 양말이네!"라며 격려해주셨다. 형광색 양말을 신은 날은 양말만 보일 정도로 눈이 부셨다고 표현해주셨는데, 아이는 그 말을 들으며 매우 뿌듯해했다.

아이와 가족여행을 갔는데 숙소에 마침 아이를 위한 소품으로 왕관과 공주 장갑이 구비되어 있었다. 아이는 반짝이는 것을 한창 좋아하는 터라 왕관을 보고 기뻐했다. 자신을 위한 물건이 준비되어있다고 말이다. 왕관을 쓰고 공주장갑을 끼우고는 한참 거울을 보며 감상했다. 한술 더 떠 공주 옷은 없냐고 물었다. 그리고는 좋아하는 음악을 틀어달라고 요청하고 공연놀이를 시작했다. 아이는 한껏 들뜬 모습으로 숙소를 여기 저기 뛰어다니며 춤을 췄다. 기쁨과 즐거움을 온몸으로 표현했다.

딱 이 시기에만 벌어질법한 엉뚱한 일들을 아이는 잘 즐기고 있는 것 같다. 상상하는 대로, 내가 하고 싶은 대로 할 수 있는 시기가 살아가는 동안 얼마나 될까. 이 시기를 마음껏 즐길 수 있도록 해주자. 엉뚱해도 수용 받은 경험은 창의력을 키워주고, 아이에게 또 다른 성장의 씨앗으로 남아있을 것이다.

남자아이라고 여자아이 옷을 입지 말라는 법은 없다. 여자아이라고 남자아이 옷을 입지 말라는 법 또한 없다. 따라해 보고 싶은 것은 얼마든지 해볼 기회를 주는 것도 필요하다. 아이 눈에는 그저 예뻐 보였기 때문에 입어보고 싶은 것뿐이다. 특별히 문제될게 없다면 어른의 잣대를 드리우지 말고, 무엇이든 해보고 싶고 시도해보고 싶은 아이의 마음을 존중해주자.

오늘도 아이는 상상의 나래를 펼치며 행복한 세상을 꿈꾸고 만들어가고 있다.

아이가 엉뚱한 옷차림을 하려고 한다면, 오히려 응원하며 마음껏 할 수 있도록 해주세요.

매일 아침 옷을 입으며 아이와 실랑이를 한 번도 해보지 않은 부모는 없을 것입니다. 아이가 자신이 입고 싶은 옷을 고집하는 것은 자연스러운 발달 과정 중 하나입니다. 특히 만 2~3세 이상의 유아들은 특정한 옷을 고집하는 경우가 생기는데, 이는 자율성과 주도성이 나타나는 자연스러운 과정입니다.

이러한 발달 특성을 이해하고 나면 조금 더 아이를 이해하기 수월할 것입니다. 다만, 그 옷이 기관에 가서 활동하기 불편할 수 있거나, 계절에 맞지 않는 옷이라 걱정이 된다면 일단은 아이의 의견을 수용해 입고 가도록 합니다. 그리고 아이의 가방에 다른 편안한 옷을 여벌로 넣어 보내어 기관 선생님들께 이해를 구하고 부탁드리는 것도 방법입니다.

특별히 문제가 되는 부분이 없다면 아이의 선택을 존중해주세요. 아이는 상상 속에서 만든 옷을 뽐내기 위해서 입고 싶을 수 있고, 오늘의 옷차림으로 놀이를 계획했을 수도 있습니다. 그리고 '멋지다'라는 것에 의미를 두고 있을 수도 있습니다. 그 '멋짐'은 어른이 보는 것과 다른 의미의 멋짐입니다. 아이가 생각하는 '멋짐'이기에 그 옷을 고집할 수 도 있습니다.

저는 아이의 선택과 의미를 존중하지만, 기관에서의 활동이 불편할 수 있다면 미리 이야기를 아이에게 해줍니다. "이 옷을 꼭 입고가고 싶다면 그래도 괜찮아. 그런데, 엄마는 옷에 끼워놓은 이 장식이 떨어져서 잃어버리거나 망가져서 네가 속상한 일이 생길까봐 걱정돼. 그래도 괜찮다면 입고가도 괜찮아."라고 말합니다. 또는 "이 옷을 입고가면 바깥놀이를 할 때 옷이 걸리거나 불편할 수 있어. 그래도 괜찮겠니?"라고 물어봅니다. 그러면 아이는 잠깐 생각을 해요. 생각을 해보고 엄마의 의견에 따르겠다면 옷을 갈아입을 테고 아니라면 그대로 가고 싶다고 이야기를 하거나, 대안을 제시하기도 합니다.

만약 아이가 고집 부려서 그대로 입고 갔다면 그로 인한 불편함은 아이의 몫입니다. 스스로 경험해보아야 다음에 다른 선택을 고려할 수 있게 됩니다. 그러니 엄마의 걱정되는 부분을 말하고 아이의 의견도 물어봐주세요. 엉뚱한 옷차림이 아이의 멋짐을 발휘하는 최고의 하루가 될 수도 있으니까요.

육아, 처음이라 어렵지만 괜찮아

5

내가 만든 책이야

"엄마, 종이 한 장 주세요!"

아이가 종이 한 장을 가지고 좋아하는 나무를 그렸다. 나무를 그리고 난 다음에 좋아하는 스티커로 꾸미고 나서 종이 한 장을 더 달라고 했다. 그렇게 4장의 종이를 꾸미고 나서는 테이프를 찾았다. 각각의 종이를 하나로 연결하기 시작했다.

뭘 만들려고 하는 걸까? 나는 아이가 하는 행동을 유심히 바라보았다. 어느새 아이의 작품은 하나로 연결된 책이 되었다.

"이건 내 책이야!"

"우와! 시우가 책을 만들었구나. 어떤 이야기인지 들려줄 수 있니?"라는 말에 뿌듯해하며 한껏 들뜬 목소리로 책의 이야기를 들려주었다. '코스모스' 동요 음악에 가사를 붙이듯 "봄이 왔어요~ 봄이 왔어요~ 체리가 달려있는 나무."라고 노래를 부르며 시작했다. 여러 가지 동물들이 살고 있고, 공룡들은 뼈만 남아 있었다는 스토리를 들려주었다. 중간, 중간 맥락 없이 이어지기도 하고 한 뭉텅이 쏙 빠진 이야기지만 아이는 열심히 설명해준다. 자신의 이야기를 들려주며 뿌듯한 표정을 짓는다.

"엄마! 나 이거 써도 되요?"

안 쓰고 모아둔 수첩들이 담긴 상자를 열어보더니 마음에 든 수첩을 하나 들고 왔다. 내가 그림 그리는 걸 연습해보려고 선인장 하나 그리고 넣어둔 수첩이었다. 마음껏 써도 괜찮다고 말해주었다. 아이는 수첩에 무언가 스크랩을 하듯 집에 있는 스티커, 광고 전단지 등에서 그림을 찾아 붙였다. 때론 나무와 꽃, 열매를 그리기도 했다. 그렇게 수첩이 하나의 책이 되어갔다.

"어! 내 책이 어디 갔지?"

아이는 자기가 무언가 끄적이고 스크랩하던 그 수첩을 '나의 책'이라고 부르고 있었다. 자기만의 책을 만들고 있다는 것이 소중하게 느껴졌나 보다. 이름 스티커도 붙이고, 무엇으로 꾸몄는지 소개해주는 것도 잊지 않았다.

그러던 어느 날, 작은 천변에서 불빛 작품을 전시하고 산책길을 즐길 수 있는 지역 축제가 열렸다. 아이는 엄마, 아빠의 휴대

육아, 처음이라 어렵지만 괜찮아

폰 카메라로 번갈아가며 사진을 찍었다. 집으로 돌아와서 사진을 출력할 수 있는 것을 알려주자, 10장의 사진을 골라 사진 인화기로 사진을 인화하였다. 인화한 사진을 수첩에 붙였다. 그렇게 또 하나의 이야기가 만들어졌다.

사진을 붙이고 꾸미는 데 재미를 붙여가고 있을 때, 할머니 댁에 가게 되었다. 외출할 때에 아이가 스스로 챙기는 물건들이 있는데, 자기가 만든 책을 추가로 챙겨 넣었다. 할머니 댁에 도착하자마자 꺼내오더니, "할머니! 이거! 내가 만든 책이에요!"라고 하며 할머니, 할아버지께 자랑을 했다.

아이는 그렇게 자신을 '작가'라고 표현하며 책을 만드는 사람이라고 말했다. 기승전결의 이야기 구조를 가졌거나, 이야기 내용이 탄탄하거나 그런 완벽한 그림책이 아닐지라도 아이는 '책' 자체를 만든 것만으로도 '작가'가 되었다. 아이는 생각하는 대로 무엇이든 될 수 있고, 해냄의 경험으로 스스로 훌륭하고 대단한 사람이 된다.

아이는 스스로 생각한 것을 구체화하여 표현해낸 그 자체를 스스로 대견해하고 뿌듯해한다. 어른들도 내가 어떤 능력을 스스로 발견하고 해냈을 때 느끼는 성취감이 큰데, 아이의 성취감은 더하다. 경험이 적기에 모든 경험이 다 소중하고 해냈을 때의 기쁨은 이루 말할 수 없다. 작은 경험이 쌓여 다음에 다른 일을 시도할 때 용기를 주고, 실패에 대한 두려움보다 할 수 있다는 믿음으로 시작하는 힘을 얻게 된다. 이러한 믿음은 또 다시 새로운 경험을 할 때 도전하는 힘을 준다. 스스로 진취적으로 성장해나갈 수 있는 밑바탕이 된다.

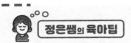 정은쌤의 육아팁

'아이만의 무언가를 만들고 있다면' 이렇게 지원해 보세요!

아이들은 사부작사부작 무언가를 만들고, 그리고, 붙이고, 꾸미고 다양한 창작활동을 하며 놀이합니다. 어른 눈에는 사소한 종잇조각일지몰라도, 아이들은 그 작은 조각이 작품이고, 대단한 무엇의 의미를 가집니다. 아이가 스스로 계획하고 실행하여 만든 결과물인 아이의 '작품'에 대해 부모님이 따뜻하고 수용적인 반응을 보임으로써 아이의 성취감과 유능감을 지원할 수 있답니다.

'작품'에 대해 말로 격려와 칭찬을 주는 것은 물론, '작품'을 전시해주는 공간을 마련해 줌으로써 아이가 스스로 해낸 것에 대해 부모가 인정하고 존중하고 있음을 느낄 수 있습니다. 작은 종이 조각도 그냥 버리지 마세요. 아이가 만든 것 하나하나 소중히 대할 때 아이의 상상력은 더욱 날개를 달 수 있습니다.

새로운 장난감을 사주는 것만이 아이에 대한 지원이 아닙니다. 아이가 스스로 한 것에 대해 작은 것이라도 인정하고 격려하는 것만으로도 앞으로의 아이의 성취동기에 긍정적인 영향을 미칠 수 있습니다.

육아, 처음이라 어렵지만 괜찮아

6

'아이의 작품' 존중하기

아이는 매일 방에서 만들기 도구와 재료를 가져와 무언가를 만들고, 그린다. 어릴 때는 자기 작품을 말로 표현하지는 못했다. 하지만, 내가 "시우 작품에는 노란색도, 분홍색도, 파란색도 있구나. 알록달록 손바닥 세상이네!"라고 말해주니 말은 못 해도 표정으로 대답해 주었다. 그리고 곧바로 다른 작품을 만들어서 내게 보여주었다. 엄마가 나를 인정해주고 있다는 기쁨에 자꾸만 보여주는 것이다.

아이가 36개월이 지나자, 자신이 끄적이거나 만든 작품에 대해 설명하기 시작했다. 할머니와 시간을 많이 보내고 있던 터라, 내가 퇴근하고 아이를 만나면 작품이 한가득 한켠에 쌓여 있었다. 아이의 작품을 어딘가에 게시하고 '너의 작품을 엄마가 정말 많이 존중해'라는 메시지를 전하고 싶었다. 그렇지만, 그 당시 지내던 집에서는 아이 작품을 게시할만한 장소가 마땅치 않았다. 그럼에도 아이의 의사를 물어보고 게시하고 싶다는 의견을 내면, 붙여서 게시할 장소를 찾았다. 책장, 냉장고, 창문 등등 그럴듯한 장소처럼 보이지 않더라도 아이는 자신의 작품이 게시가 되는 것만으로도 뿌듯해했다.

종이에 끼적이기, 스티커를 마구잡이로 붙여 어른이 보기엔 낙서 같아 보이는 것들도 아이에겐 의미가 큰 작품들이다. 그렇게 시작된 작품은 점차 아이가 좋아하는 꽃과 나무를 끼적이고 형태를 그리고 꾸미면서 발전해 나갔다. 무엇보다 할머니가 아이의 작품을 보면서 감탄하고 이런 작품도 만들었다고 하면서 기뻐하는 모습을 보여주시니 아이는 더욱 자부심을 가지게 되었다.

이사를 와서는 가벽 공간을 아이의 작품 게시 공간으로 활용하기 시작했다. 아이는 붙이고 싶은 작품을 가져와 자석으로 붙이고, 떼며 꾸며나갔다. 그런데 문제가 생겼다. 그렇게 하나 둘 만드는 작품들이 기하급수적으로 늘어나면서 게시할 공간이 부족해진 것이다. 아이와의 의견 조율과 해결책이 필요했다.

모든 작품을 다 붙이지 말고, 붙이고 싶은 것 위주로만 전시하고, 그 외에는 사진을 찍고 정리하거나, 파일에 넣어 정리하기로 했다. 다행히 아이는 흔쾌히 수락했다. 아이에게 붙이고 싶은 것을 물어보자 처음에는 가벽에 만든 작품을 덕지덕지 붙여놓았다. 이 또한 아이에겐 의미가 있으리라 생각하며 당장 떼어내어 예쁘게 구성해놓고 싶은 마음을 잠시 내려놓았다. 덕지덕지 붙여놓았다가 다시 떼고 몇 개만 붙이고를 반복했다. 그렇게 계속해서 전시하는 작품이 며칠 이상 붙어있었다.

그러던 어느 날, 아이가 그린 그림에서 색감도, 표현한 이야기도, 정말 재미있어서 이 작품을 게시해 보는 것은 어떤지를 물어보았다. 그런데 아이는 "나 이거 책 만들려고 그린 거야."라고 말했다. 아이는 아이 나름대로 머릿속으로 구상한 다음 그림을 그렸던 것이다. 책으로 만들다니! 이 얼마나 기발한 아이디어인가? 나는 그저 게시하는 것만이 작품을 존중하는 것이라고만 생각했는데 방법이 무궁무진하다는 것을 알게 되었다.

집에서뿐만 아니라 유치원에서 만들기를 한 후 가져오기도 한다. 찰흙, 점토 작품, 재활용품으로 만든 작품들도 있는데, 어디에 전시해야 돋보일지 찾기가 쉽지 않았다. 음식을 준비하는 간단한 조리대 수납장이 있는데, 그 위에 공간이 조금 있어서 그곳에 전시했다가 정리할 때에는 사진을 찍어 보관하기로 했다. 그러다 보니 전시 후에 정리하기 전, 아이와 협의하는 과정이 반드시 필요했다.

아이는 늘 부모를 바라보고 있다. 부모가 아이를 쳐다보지 않더라도 보이는 태도에서부터 자신을 존중하는지에 대해 느낄 수 있다. 때로는 아이가 그리고 만든 작품이 사소해 보일 수 있고, 작품이라고 말하는 것이 어색하게 느껴질 수도 있다. 하지만, 그 작은 손으로 그리고, 만든 결과물이 미술관에 전시된 작품이라고 생각하면 얼마나 대단하게 느껴지는가.

부모가 생각하고 느낀 것을 표현하는 대로 아이는 그 씨앗을 틔우게 된다. 아이가 예술가라고 믿으면 아이는 예술가처럼 창의적으로 사고하고 상상을 현실로 만들어 낼 것이다. 아이가 창의적인 사람이라고 믿으면 아이는 새로운 만들기를 도전해 건축물을 만들거나, 발명품을 만들어낼 수도 있다.

건축가 유현준 교수는 〈알쓸신잡〉 TV프로그램에서 어린 시절 이야기를 들려주었다. 볼펜을 가지고 새롭게 놀이를 하는데 그걸 보신 부모님이 칭찬을 해주셨다고 한다. 이를 계기로 어린 유현준은 새로운 무언가를 계속해서 만들면서 놀이를 했고, 이런 씨앗이 뿌리를 내려 지금의 건축가가 되었다고 한다.

아이들의 새로운 생각, 또는 엉뚱한 생각이 출발이 되어 부모가 어떤 태도와 말로 아이를 대하느냐에 따라 존중을 배운다. 그 존중은 미래의 아이가 자라나 창의적인 인재로 거듭날 수 있을 것이다. 그리고 이렇게 존중받고 자란 아이들은 부모님의 사

육아, 처음이라 어렵지만 괜찮아

랑을 받고 있다고 느끼며 성장할 것이다. 이는 아이의 모습을 있는 그대로 사랑하는 방법 중 하나이다. 아이는 부모의 사랑을 먹으며 자란다.

아이의 작품을 존중하는 방법은 여러 가지가 있어요!

유치원에서 교사는 아이들의 작품을 존중하고 돋보이게 하기 위해 다양한 시도와 노력을 합니다. 이를 테면, 아이들의 종이 작품 뒤에 배경 종이를 덧대어 작품을 돋보이게 하거나, 아이의 입체 작품의 종류가 어울리는 배경 환경을 만들어 마치 미술관에서 작품을 전시해 주는 큐레이터와 같은 역할을 하기도 합니다.

이와 비슷하게 가정에서 부모도 아이의 작품을 존중하는 다양한 방법을 시도해 볼 수 있습니다. 종이를 덧대고, 엄마표로 환경을 만들어주는 노력까지 하지 않더라도, 그저 아이가 그린 그림이 어떤 그림인지 물어봐주는 것만으로도 아이는 부모가 관심을 가졌다고 생각합니다. 부모가 관심을 가진 그 순간부터가 존중입니다.

나아가 작품을 게시할 장소가 있다면 아이와 상의해 가며 게시해 볼 수 있습니다. 냉장고에 붙이는 것도 작품 게시 장소가 될 수 있습니다. 작품을 게시하는 장소는 그럴듯한 곳이 아닙니다. 아이와 부모가 함께 정한 그곳이 바로 우리만의 미술관이자 박물관입니다. 그리고 게시하는 기간, 작품의 수에 따른 작품의 보관 등도 아이와 의견을 나누며 조율하고 함께 방법을 찾아갈 수 있습니다.

제3부

사회 적응과 관계 맺기의 기초 역량, 자기 조절력 기르기

1장

감정을 인식하고
조절하는 능력 기르기

1

마음대로 안 되면 발을 동동 굴러요

"아!!!! 왜 그래!!!! 어디로 간 거야!!!!!!"

아이가 갑자기 소리를 지르며 방방 뛰며 울기 시작했다. 안방에서 잠시 물건을 찾고 있던 나는 거실에 있던 아빠와 아이가 갈등 상황이 벌어진 줄로만 알았다. 혹은 방금 전 내가 오랫동안 전화통화를 한 것이 마음이 상해서 그런가 싶어 얼른 달려갔다.

"치! 치! 나 삐졌어!!"라고 말하며 아이는 자기 방으로 들어가 문을 닫았다.

"시우야, 들어가도 되니?" 문을 두드리며 아이에게 물었다.

"치! 치! 들어와! 치! 치!"

문을 열고 들어가 무슨 일이냐고 물었다. 그랬더니 아이는

　　　　　　　　　　　　　　육아, 처음이라 어렵지만 괜찮아

눈물을 글썽이며 구슬이 자기 마음대로 굴러가버렸다며 구슬이 나쁘다고 울었다. 순간 너무 귀여워서 깨물어주고 싶었지만 꾹 참고 "구슬이 데굴데굴 마음대로 어디로 굴러갔을까. 같이 찾아보자"하며 안고 방 밖으로 나왔다. 마침 바로 앞에 아이가 말한 구슬이 있었다.

"다행이다! 여기에 숨어있었네!"

가끔 이렇게 귀여운 상황도 있지만, 실은 내 마음도 답답하고 함께 화가 치밀어 오르는 날도 많다.

"내가 만든 거 부수면 어떻게 해!! 다시 하면 다르게 된단 말이야!!!!"

아이가 열심히 만들어 놓은 자석 블록 집을 지나가다가 모르고 건드려서 부서져 버렸다. 부서지는 순간 '아 큰일 났다.'라는 생각이 들었다. 역시나 아이는 소리를 질렀다. 미안하다고 사과했지만, 아이는 엄마, 아빠 탓을 하며 소리 지르고 울면서 쿵쿵 발을 굴렀다. '그러니까 우리가 다니는 통로에다가 만들지 말라고 했잖아.'라고 맞대응하고 싶었다. 이럴 땐, 어떤 말을 해도 아이는 들리지 않기에 진정될 때까지 기다리는 수밖에 없었다.

"내가 한다고 했잖아!! 내가 한다고 말했는데, 아빠는 왜 그래??!!!!!!"

아이가 등원 준비를 다하고 목도리를 꺼내려는 찰나에 아빠가 목도리를 목에 걸어주었다. 안 그래도 어젯밤에 잠을 늦게 자서 예민해 보이는 상태에서 자기가 하려고 했던 것을 아빠가 대신해 줘서 심기를 건드렸다. 등원 준비를 하며 시간이 촉박한데 아이가 뒤집어지면 내 마음도 활활 타오르는 것만 같다.

아이가 만 36개월이 되기 전, 이제 자기 고집이 막 생기면서 고집, 울음, 떼가 3종 콤보 세트로 선물이 왔을 당시의 일이다. 친정엄마와 함께 어린이집 하원을 하러 갔다. 아이는 어린이집 선생님과 인사를 나누자마자 복도를 뛰어 밖으로 뛰쳐나가려고 했다. 아이가 주차장으로 뛰어가면 안 되니 바로 뛰어가 아이를 붙잡았다. 아이를 붙잡자마자 난리가 났다. 아파트 온 천지가 울음소리로 가득했다. 나는 마치 아동학대범이 된 것처럼 느껴졌다. 빨리 이 자리를 벗어나고만 싶었다.

아이를 진정시키기 위해 밖에서 아이 울음소리를 퍼뜨리고 있을 수만은 없었다. 바깥은 오히려 아이의 울음을 더 자극할 장소일 뿐이라고 판단했다. 집이 멀지 않으니, 얼른 집으로 들어가거나, 집 앞 차로 가기로 했다. 우리 차에 태워 아이가 진정될 때까지 기다렸다.

아이는 차 안에서 20분 이상 방방 뛰며 울고, 불고 난리가 났다. 그 소리를 듣고 있는 것조차 정말 괴로웠다. 친정 엄마와 나는 아이에게 자극되지 않게 아무 말도 하지 않고 기다렸다. 아이에게는 진정될 때까지 엄마와 할머니가 기다린다고만 말을 했다. 시간이 지나고 진정이 되었는지 아이는 이제 이야기를 들을 수 있다고 고개를 끄덕였다.

"엄마 나 이제 진정되었어요"

그제야 아이에게 왜 어린이집에서 뛰어 나갔는지를 물었다. 아이는 그냥 빨리 가고 싶었다고 말했다. 아이의 마음을 공감한 후, 아이에게 왜 붙잡았는지 말해주었다. 어린이집에서 빨리 나가서 뛰어나가다가 다른 사람과 부딪혀 다칠 수도 있고, 차가 다니는 주차장이 현관 앞에 있어 위험한 일이 생길 수 있으니 다음엔 뛰어가지 말고 엄마나 할머니 손을 잡고 가자고 했다. 아이는 고개를 끄덕였다. 그 뒤로도 종종 뛰어가는 일이 있었지만, 점차 그 빈도는 줄어들었다.

'화'가 나고 '짜증' 나는 감정은 얼마든지 생길 수 있다. 어른들도 내 마음대로 무언가 잘 되지 않는다면 답답함을 느끼고 스트레스를 받는다. 그러한 감정을 잘 조절하고 적절하게 표현하는 것이 중요하다. 어른도 화가 난다고 상대방에게 소리를 지르거나, 물건을 부수는 등의 행동을 한다면 적절하지 못하다. 그렇다고 마냥 참고 아무 말도 하지 않는 것 또한 건강하지 못한 행동이다. 그렇다면 어떻게 해야 할까?

　나의 감정이 어떤 감정인지 인식하고 내 감정을 조절하여 적절하게 말로 표현할 수 있어야 한다. 아이는 자신의 감정을 알아차리기 어렵다. 이 마음이 화가 난 것인지, 속상한 것인지, 슬픈 것인지 구분하기도 어렵다. 당연히 왜 이런 감정이 생겼는지를 찾는 것도 어렵다. 감정 인식에 대해 미숙하기 때문이다. 그렇기에 자신의 감정을 표현할 수 있는 방법으로 소리를 지르거나, 방방 뛰거나, 장난감을 던지거나, 울음 등으로 표현하는 것이다.

　이때, 부모가 해줄 수 있는 것은 아이가 감정을 인식하고 적절히 조절하고 말로 표현하는 방법을 알려주는 것이다. 알려주는 과정 속에서 부모 또한 인내심을 가지고 내 마음속에 등장하는 다양한 감정들을 알아차리고 지혜롭게 조절하고 적절히 표현해야 한다. 물론 이 과정은 결코 쉽지 않다. 우리도 어릴 때부터 이러한 교육을 받으며 자라나지 않았기 때문에 미숙할 수밖에 없다. 그렇기에 계속 배우고 시행착오가 필요하다.

　아이가 자신의 부정적인 감정을 표현한다면, 부모는 잠시 숨을 고르자. '또 시작이군.'이라고 생각하기보다 아이가 지금 왜 이런 감정을 느꼈는지 파악해 보자. 그럴 수 있겠다고 생각하면 조금 편해질 것이다. 원인을 안다면, 그 원인을 아이에게 말해주

며 속상한 마음을 공감해 주자. 그러면 아이는 금세 진정이 될
것이다.

만약 아이가 울음을 멈추지 못하거나, 계속 떼를 부린다면
진정이 될 수 있도록 기다려주자. 이때는 아무리 말해도 들리지
않는다. 진정이 되면, 그때 감정을 알아주자. 마음대로 안 돼 화
가 난 것을 금세 가라앉히는 것은 쉽지 않음을 인지하고 아이의
노력을 인정해 주자. 이 과정을 인내심을 갖고 반복하다 보면 아
이도 점차 성숙하게 자라나 있을 것이다. 시간이 걸리는 일임을
기억하자.

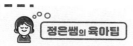

아이가 고집부리고, 떼를 쓰고 울음으로 감정을 표현하고 있다면 이렇게 해보세요!

아이가 고집을 부리기 시작한다면, 이제 아이가 자의식이 발달하면서
원하는 것을 얻고자 하는 새로운 능력을 발휘하는 것입니다. 자신의 의
사를 표현하며 마음을 더욱 강하게 표현하는 것인데 우리는 이를 '고집'
이라고 부릅니다. 사실 고집은 이 시기에 당연히 부려야 하는 것입니다.
간혹, 과하게 떼를 부린다면 이는 감정 표현의 미숙함이라고 이해해야
합니다.

물론 이를 직면하는 부모는 너무나 괴롭고 힘들 것입니다. 아이의 입장
을 헤아리는 여유가 없을지도 모릅니다. 하지만, 아이가 왜 이런 행동을

하게 되는지를 이해한다면 '화' 부터 났던 부모의 마음은 조금은 누그러질 수 있습니다. 아이도 분명 많이 답답할 것입니다. 내가 원하는 것을 얻기 위한 새로운 능력을 발휘했는데, 돌아오는 부모의 반응은 부정적인 반응이기 때문입니다. 어떻게 해야 할지 모를 것입니다.

아이와 도저히 대화를 나눌 수 없다면, 일단 불부터 끌 수 있도록 도와주는 것이 필요합니다. 진정이 되어야 아이도 부모의 이야기를 들을 준비가 될 수 있기 때문입니다.

그러고 나서 제일 먼저, 아이의 마음을 '공감', '인정' 해 주는 것이 필요합니다. 아이가 무엇을 얻고자 했는지, 무엇을 마음대로 하고 싶었는지를 파악하고 왜 고집을 부리고 떼를 쓰고 울었는지 마음을 공감하고 인정해 주는 것이 필요합니다. 아이는 공감받고 인정받는 경험을 하면서 부모님이 나를 사랑하고 있음을 느낍니다.

반면, 울고 떼를 쓰고 고집을 부린 행동을 혼내기만 한다면, 아이는 다음번에도 개선되지 않습니다. 오히려 자신의 행동이 부모를 힘들게 했다는 생각에 죄책감을 가지게 될 수 있습니다.

'공감과 인정'을 통해 아이는 사랑받고 있다는 심리적 안정감을 가지게 됩니다. 부모의 인내심으로 위기를 잘 넘기고 지혜롭게 아이와 이겨내는 경험을 한 번, 두 번, 쌓아간다면 아이도 부모도 한 뼘 더 성장해 있을 것이라고 믿습니다.

시간은 분명 많이 필요하고, 똑같은 상황이 많이 반복될 수 있습니다. 하지만 분명한 것은 이 과정을 통해 아이는 자신의 감정을 스스로 조절하고 표현하는 주체적인 사람으로 자라날 것이라는 점입니다.

2

소리 지르면서 울면 대화를 할 수 없어요

무엇이든 입안에 가져가는 시기. 이때는 말도 통하지 않고 무조건 위험한 물건은 치워둬야 한다. 하지만 지금 아이는 그 시기가 지난 48개월. 그럼에도 화장할 때 쓰는 스펀지를 입에 넣으려고 하는 게 아닌가? 먹을 수 없는 물건이라고 말해도 소용없었다. 한 번 더 입에 넣는다면 엄마가 가져갈 거라는 경고에도 아랑곳하지 않았다. 결국 스펀지를 빼앗았다.

"하지~마아~~~!!!!!!"

"아!!!!!!!!!!!"

아이는 자신의 물건을 빼앗기자, 소리를 질렀다. 급기야 앞에 놓인 물건들을 던지기 시작했다. 물건들을 던지지 못하게 붙잡

제3부 사회 적응과 관계 맺기의 기초 역량, 자기 조절력 기르기

217

자, 나를 때리려고 했다. 말을 걸려고 해도 진정이 되지 않았다. 소리를 지르면서 울고 있을 땐 어떤 대화도 통하지 않는다.

"시우야, 때리는 건 안 돼."

"네가 진정될 때까지 기다릴 거야. 하지만 물건은 던지지 않아."

아이의 울음이 조금 잦아들 때마다 그 틈을 기회삼아 말했다. 아이는 화가 난 감정이 추슬러질 때까지 시간이 필요했다. 시간이 얼마나 지났을까. 그제야 눈물을 닦았다.

"이제 이야기 나눌 수 있니? 진정된 거니?

"아니요."

"그러면 이제 말할 수 있는 거니?"

"네."

30분 정도 지나서야 눈물을 그치고 감정이 조금 가라앉자 대화를 나눌 수 있었다. 입에 넣으면 안 되는 물건인데 왜 넣었는지 물어보니 마시멜로인 줄 알았다고 했다. 그런데 내가 빼앗아서 억울하고 화가 났다는 것이다. 이유를 알고 나니 대화의 물꼬를 트기가 조금 수월해졌다.

"그래, 마시멜로인 줄 알았구나. 그런데, 그건 먹을 수 없는 물건이야. 맞지?"

"네."

"먹을 수 없는 물건은 입에 넣으면 위험할 수 있어. 그래서 엄마가 먹지 못하게 막은 거야."

아이는 엄마의 이야기를 차근차근 들었다. 인정하기 싫어서 딴청 하는 모습도 보이긴 했지만, 아이도 그렇게 하면 안 되는 행동인 줄 이해하고 있기에 나의 말을 들으면서 인정했다. 그리고 물건을 던지고 때리려고 한 행동에 대해서도 분명히 이야기했다.

"시우야, 엄마가 너의 행동을 막아서 화가 날 수는 있어. 하지만, 그렇다고 해서 물건을 던지거나 엄마를 때리려고 한 것은 옳지 못한 행동이야. 감정이 행동이 될 수는 없어. 엄마, 아빠가 화가 난다고 시우를 때리거나 물건을 집어던지지 않아. 그렇지?"

최근에 나타난 아이의 공격적인 행동이다. 예전에는 그저 울고 떼를 쓰기만 했다면 이제는 때리려고 하거나 곁에 있는 물건을 던지려고 했다. 화가 났다고 감정적으로 공격하거나 물건을 집어던지는 행동은 옳지 않은 행동이기에 단호하게 가르쳐주어야 한다. 물론, 단번에 고쳐지지는 않는다. 이런 행동이 나타난 이유는 여러 원인이 있겠지만, 옳지 못한 행동에 대한 이해를 할 수 있다면 반복적으로 알려주어야 한다.

아이가 낮잠을 자지 않은 휴일 늦은 오후가 되면 아이의 짜증이 심해질 때가 있다.

아이의 짜증이 보일락 말락 하면 어김없이 아이는 조금만 마음이 속상해도 울음이 터지고 만다. 평소라면 "괜찮아, 이거 다시 하면 되는 거야."라고 말하던 아이가 이때에는 블록이 조금만 무너져도 다 부수어버리면서 짜증을 낸다. 조금 더 심하면 소리를 지르면서 울어버린다.

아이가 소리 지르면서 우는 행동은 참 참아내기가 쉽지 않다. 나의 인내심을 테스트하는 것만 같다. 평정심을 유지하려고 하지만, 잘 안될 때도 많다. 아이의 감정을 만나면서 내 감정 또한 요동치는 기분이 든다. 주말 중에 신랑과 함께 있을 때, 너무 내 감정에도 힘이 부치면 신랑에게 패스한다. 그러면 나도 조금은 진정이 되어 평정심을 가지고 아이를 대할 수 있다. 때론 잠시 거리를 두는 것도 서로에게 도움이 된다.

아이가 휴식이 필요한데 휴식을 취하지 못해 힘든 날이 보이면 어떻게든 잠을 재워보려 애쓴다. 그래도 안 되는 날에는 낮잠을 패스하고 밤잠을 일찍 서두른다. 아이도 쉬어야 감정의 민감함을 이겨낼 수 있다.

아이와 감정을 인식하고 표현하는 방법을 매번 연습한다. 아이는 자신이 마주한 감정이 어떤 모양인지 잘 몰라서 다루기가 더욱 어려울 수 있다. 심지어 어른인 나도 내 감정을 다루는 데에 미숙한 점이 많은데 아이는 오죽할까. 그런 관점으로 아이의 감정을 들여다보면, 나의 감정을 들여다보는 거울 같다. 내 감정을 편안하게 들여다보고 편안할 수 있게 다독일 수 있는 힘을 기르려고 노력하게 된다. 그런 편안함이 온전히 자리를 잡으면 아이도 그런 나의 모습을 닮아갈 것이라 믿는다.

어른이 되면, 내가 통제하지 못하는 상황에서 힘든 감정을 마주할 수 있다. 이때에 나의 감정을 편안하게 스스로 통제할 수 있다면 어떤 일이 닥쳐도 이성적으로 판단하고 해낼 수 있다. 그런 성숙한 어른으로 성장할 수 있게 도우려면 아이의 감정 인식과 조절에 대한 교육은 가정에서부터 그 기초가 이루어져야 한다.

정은쌤의 육아팁

아이가 자신의 감정을 소리 지르고 우는 것으로만 표현한다면 이렇게 도와주세요!

영유아기 아동은 불편한 감정을 마주하면 '울음'으로 표현합니다. 아직 표현하는 방법이 미숙하기 때문이지요. 불편한 감정이 어떤 감정인지조차도 파악하기가 어렵습니다. 화가 난 건지, 짜증이 난 건지, 속상한 건지, 당황스러운 것인지 감정은 여러 가지가 있는데, 아이들은 그 감정을 알 수가 없습니다. 그저 불편할 따름이지요.

그 불편한 감정을 울음, 소리 지르기로만 표현을 하니 이를 마주한 부모는 답답하고 화가 나기도 합니다. 일단 아이의 감정에 불이 지펴졌다면, 불이 꺼질 때까지 기다려주세요. 그리고 부모가 진정될 때까지 기다리고 있다는 것을 넌지시 말해주세요. 자리를 피하지 말고 그 곁에서 가

만히 기다려주세요. 그러면 시간이 지나 아이는 스스로 진정할 수 있습니다. 진정하는 과정은 스스로 해내야 합니다.

진정되는 시간은 아이마다 모두 다릅니다. 처음에는 1시간 이상이 걸리기도 합니다. 그러다 차츰차츰 짧아지는 것을 경험하게 될 거예요. 진정이 되고 나면 어린아이라도 대화를 나눌 수 있습니다. 무엇 때문에 소리 지르고 울었는지 아이의 이야기를 들어주세요. 이유를 알고 나면 아이의 마음을 공감하는 것은 조금 더 수월해집니다. 무엇 때문인지 모를 수도 있어요. 그럴 땐, 불편한 마음, 불편한 기분을 느낀 것을 공감해 주세요. 그럴 수 있다는 것으로 인정해 주세요. 그러고 나서 아이가 적절히 표현할 수 있는 방법을 알려주세요.

이번에 아이에게 표현방법을 알려주었다고 해서 10분 뒤에 똑같은 일이 벌어졌을 때 바로 말로 표현하기는 어렵습니다. 이 또한 부모가 인내심을 가지고 아이가 감정을 말로 표현할 수 있다는 것을 믿고 방법을 알려주며 도와주어야 합니다. 이 과정에서 부모도 오만가지 감정에 휩싸이는 것을 경험할 수 있어요. 괜찮아요. 부모도 감정을 인식하고 조절하는 게 서투를 수 있습니다. 함께 배워 가면 되고 함께 실천하면 돼요. 다만, 주의할 점은 아이와 똑같이 소리 지르고 화내지 않으려고 노력해야 하는 점이에요. 부모도 사람인지라 때론 화가 나서 빽 소리 지를 수도 있습니다. 하지만, 아이에게 그런 행동은 적절하지 않은 행동이라고 가르쳐주면서 부모 자신이 그렇게 표현하면 아이는 혼란스러워집니다. 만일 부모가 실수했다면 실수를 인정하고 아이에게 사과를 해야 합니다. 아이에게 솔직하게 이야기하면 됩니다. 그러면 아이도 너그럽게 받아들여 줄 거예요.

육아, 처음이라 어렵지만 괜찮아

3

진정할 수 있는 시간과 공간을 주세요

"나 삐졌어!! 엄마랑 이제 안 놀 거야!!"

함께 놀이를 하다 이제 저녁 준비할 시간이라 놀이를 마쳐야 한다는 말에 속상해하며 방으로 들어가 문을 닫아버렸다. 얼마나 지났을까.

들어간 지 5분도 되지 않아 나오더니 "나, 진정됐어. 나 이제 괜찮아."라고 말한다.

"하지~ 마아~~!!!!!!!"

아이가 만들던 자석블록 집이 갑자기 무너져버렸다. 옆에 있던 나도 순식간에 무너져버린 집을 보고 너무 놀라 눈이 동그래져 아이를 쳐다보았다. 아이는 금세 괜찮다고 했다가 갑자기 집을 모두 부수어 버리더니 소리를 지르며 나를 때리려고 했다. 무언가 오해가 생긴 것 같은데 아이에게 말을 걸어도 들리지 않나 보다. "엄마, 그러면 잠깐 거실에 나가 있을게. 괜찮아지면 말해 줘."라고 말하고 아이를 침대로 올려주었다.

잠시 후, "엄마! 나 이제 괜찮아졌어요!"라고 아이가 말하며 나를 불렀다. "엄마 방에 들어가도 되니?"라고 하자 한결 부드러워진 목소리로 들어오라고 말했다. 왜 열심히 만든 집을 다 부수고 엄마를 때리려고 할 만큼 화가 났는지 물었다. 아이는 엄마가 자신이 열심히 만든 집을 만지려고 하다가 부서졌다고 오해하고 있었다. 아이의 속상했을 마음을 이해했다. 하지만, 엄마를 때리려고 한 것은 옳지 못한 행동이었고, 그것은 사과했으면 좋겠다고 말했다. 아이는 바로 사과했다.

아이는 속상하거나, 화가 나거나, 짜증이 나는 등의 감정이 올라오면 소리를 지르거나, 소리를 지르며 울거나 하는 방식으로 표현했다. 그런데, 아이가 진정할 수 있는 공간으로 가서 진정할 수 있도록 기다리면 아이는 스스로 진정하고 괜찮아졌음을 알려주었다. 그리고 나면 아이의 마음을 충분히 공감하는 시간을 갖고 잘못된 행동은 개선 방법을 함께 이야기 나누며 훈육을 했다.

이렇게 되기까지 쉽지 않은 여정이었다. 처음 아이가 떼를 부

육아, 처음이라 어렵지만 괜찮아

리고 울음을 터뜨리며 방방 뛰기 시작한 시기엔 아이의 언어 표현 또한 미숙했기 때문에 어떠한 말을 해도 통하지 않았다. 그때마다 내 마음은 괴롭고 힘들었다. 아이가 우는 이유가 명확하지 않을 때에는 그 답답함이 배가 되었다.

그 과정 속에서 일관된 태도를 보인 것은 "진정될 때까지 엄마가 기다릴게."였다. 처음엔 어떤 공간을 마련해 아이가 진정할 수 있도록 도운 것은 아니었다. 아이와 마주하고 기다려주었다. 조금 더 울음이나 행동이 격렬해졌을 때, 아이의 범퍼침대로 데리고 가서 애착 인형을 안고 진정할 수 있도록 한 후, 기다렸다. 아이가 스스로 자신의 감정을 조절하고 진정할 수 있도록 도와준 것이다.

지금의 집으로 이사를 와서 아이의 방이 생겼다. 속상한 상황이 생기거나, 울음이 터지거나, 화가 나는 일이 생기면 아이가 먼저 자신의 방으로 들어갔다. 방으로 들어가면서 문을 닫았다. 자신의 마음이 괜찮아지면 방 안에서 침대 위에 누워 인형을 끌어안은 채, 나를 부르거나, 방 밖으로 스스로 나와 괜찮아졌다고 말했다.

아이에게 '방'은 속상한 마음을 누그러뜨리고, 진정된 마음으로 전환할 수 있는 공간이 된 것이다. 마음이 위로받고 싶을 때 애착 인형의 도움도 받는다. 아이는 자신의 마음을 진정시키는 방법을 스스로 터득해 나가는 중이다.

　제인 넬슨의 그림책 《제라드의 우주쉼터》는 아이에게 감정을 조절하고 위로받을 수 있는 공간이 있는 것의 중요성을 말해준다. 제라드는 집으로 돌아와 식탁을 발로 차며 화가 난 감정을 표출했다. 제라드의 엄마는 곧바로 아이를 끌어안고 심호흡을 할 수 있도록 도왔다. 그리고 왜 화가 났는지 이야기를 들었다. 제라드는 아빠에게 주려고 만든 그릇을 돌아오는 길에 깨뜨려서 속상하고 화가 났다고 말했다. 이윽고 엄마는 아이의 마음을 공감하고 이해해 주지만 식탁을 발로 차는 행동은 잘못된 것임을 알려준다. 그리고 아이가 적절하게 감정을 조절할 수 있도록 한 가지 제안을 하는데 그것이 바로 제라드가 만드는 우주 쉼터가 된다. 우주 쉼터가 바로 아이가 화가 나거나 속상한 일이 생겼을 때 안정감을 찾을 수 있는 공간이다.

　진정할 수 있는 시간과 공간은 우리에게 안정감을 준다. 어른들도 속상하거나 화가 나는 감정이 올라오면 감정을 전이할 공간으로 이동하거나, 심호흡을 하거나, 여러 가지 방법을 동원해 감정을 누그러뜨리려고 노력한다. 아이들은 감정이 격해졌을 때, 이를 누그러뜨리는 방법에 미숙하다. 감정을 조절할 시간이 필요하고 스스로 누그러뜨리는 경험이 쌓여야 한다.

아이에게 '제라드의 우주 쉼터'처럼 감정이 괜찮아지는 공간이 있다는 것은 매우 중요하다. 아이에 따라서는 부모가 보이지 않는 곳(문을 닫고 들어간 방, 또는 마음이 괜찮아지는 정해진 공간 등)에 혼자 있는 것만으로도 금세 진정이 되고 안정을 찾아가는 경우도 있다. 또는 내가 좋아하는 인형을 꼭 끌어안고 있는 것만으로도 내 마음의 안정을 찾아가기도 한다. 이는 아이마다 다르다.

아이마다의 방법을 찾아 감정을 조절하는 기회를 주기 위해 부모는 아이에게 충분한 시간을 줄 수 있어야 한다. 아이의 감정이 가라앉아 안정감을 가지지 않은 상태에서는 어떤 대화도 통하지 않는다. 그 시간 동안 부모도 올라온 감정을 가라앉힐 시간을 가져야 한다. 잠시 서로를 위해 떨어져 있을 필요가 있다. 그 시간이 지나면, 비로소 왜 속상했는지를 이야기 나누고, 필요한 훈육의 상황을 이어갈 수 있다.

정은쌤의 육아팁

'아이가 화가 났을 때, 스스로 진정하는 방법을 가르치려면' 이렇게 해보세요!

감정을 가라앉히고 진정할 수 있는 공간, 내 마음의 평화를 줄 수 있는 공간을 마련하는 것은 아이가 스스로 조절하고 자기 원칙을 가질 수 있도록 도울 수 있습니다. 이러한 과정은 아이 스스로 조절할 수 있는 능력이 있다는 믿음을 가지게 하는 첫걸음이기도 합니다.

『제라드의 우주쉼터』속 제라드는 '우주쉼터' 공간을 직접 꾸미며 주도적으로 긍정적 타임아웃 공간을 만들었습니다. 제라드처럼 우리 아이들이 나만의 평화 공간을 만들어보는 것도 의미가 있습니다. 거창하게 상자를 준비하고 꾸미지 않아도 거실 한편 소파 옆 공간이 될 수도 있고, 편안히 앉을 수 있는 빈백 혹은 의자, 실내용 놀이텐트도 좋은 공간이 될 수 있습니다. 또는 아이의 방이 될 수도 있습니다. 이 공간을 만드는 핵심은 '마음이 편안해지고 기분이 좋아지는 장소'라는 점입니다. 이 공간에 오면 화가 났던 내 마음이 가라앉고, 내 마음을 기분 좋게 할 수 있습니다.

아이와 함께 정한 이 장소에서 아이가 스스로 감정을 조절하도록 도와주려면 이렇게 말해주세요.

"○○야, 이 공간은 네 마음이 편안해질 수 있는 곳(시우의 우주쉼터)이야. 마음이 불편하거나 화가 나거나 짜증이 나서 소리 지르고 싶을 땐, 이곳에 와서 이런 것들(애착인형, 그린 그림 등)을 보면서 마음을 진정시킬 수 있어."

장소의 이름도 아이와 함께 정해 보세요. 내 감정을 스스로 조절하고 위로받는 힐링의 장소는 아이가 보다 감정을 성숙하게 다룰 수 있는 기회를 줄 수 있는 평생의 선물이 될 것입니다.

2장

시간을 예측하고,
미리 준비할 수 있도록 하기

1

우리 10분 뒤에 '○○' 할 거야

"아니야!! 나 더 할 건데! 나 이것만 하면 되는 데에!"

시간을 맞춰 나가야 하는 등원 준비를 하거나 외출 준비를 하다 보면 난리통을 겪는다. 아이는 무언가를 더 하려고 하고, 나는 준비해서 나가야 하는 시간을 체크하며 발만 동동 구른다. 내가 내 뜻대로 하려고 하면 아이의 저항은 점점 심해진다. 아이는 마음의 준비가 되지 않았는데, 엄마가 재촉하고 엄마 뜻대로 했기 때문이다.

아이가 어릴수록 시간 개념은 없다. 아이는 감각적으로, 신체 리듬으로 시간을 느낄 뿐이다. 조금 더 커서 시계를 볼 줄 알고, 시간 개념이 생긴다면 시간으로 이야기할 수 있을 것이다.

육아, 처음이라 어렵지만 괜찮아

그렇다면, 그때까지는 아이와 매일매일 실랑이를 벌이며 전쟁을 치러야 할까. 그렇지 않다. 아이가 어리다면, 감각적으로 알려주면 된다.

"시우야, 우리 10분 뒤에는 장난감 정리할거야."

아이는 10분이 얼마나 되는지 잘 알지 못한다. 이 경우, 시각적으로 보여주는 타이머, 스마트폰 타이머, 모래시계 등을 활용하여 알려주자. 10분이 다 지나기 전에 아이를 쓰다듬으며 "시우야, 이제 우리 5분 남았어. 5분 뒤엔 정리해야해. 마무리 하자."라고 한 번 더 이야기해주어야 한다.

물론 이렇게 해도 아이가 즐겁게 놀이하던 것을 정리하는 것은 쉽지 않다. 하고 있던 놀이가 너무 재미있어서 때론 부모가 몇 분 뒤에 정리하자고 말을 해도 쉬이 끝내지 않을 때가 있다. 아이에게 사전에 충분히 시간을 주거나, 시간적 여유가 있다면, 아이와 상의할 수 있다.

"아, 아쉽다. 나 더하고 싶었는데... 엄마 나 조금만 더하면 안돼요??"

이때, 정말 시간 맞춰 나가야 한다면 "시우야, 오늘은 정말 많이 아쉬웠나 보구나. 그런데 우리 이제 공주 이모 결혼식에 가야 해서 시간 맞춰 나가야 해. 이모도 시우가 시간 맞춰 늦지 않게 도착해서 축하해 주면 더 기뻐할 거야. 아쉽지만 다녀와서 더 놀자."라고 말해줄 수 있다. 그러면 아이도 왜 시간 맞춰 나가야 하는지 알고 내가 움직여야 하는 이유를 스스로 생각할 수 있을 것이다.

만일, 시간적 여유가 있다면, "시우야, 오늘 정말 많이 아쉬웠구나. 그런데, 우리 이제 잘 준비를 할 시간이야. 시계를 보니 5분 정도 시우가 놀이할 수 있는 시간은 될 것 같네. 5분 정도면 마무리할 수 있을까? 5분 후에도 아쉬운 마음이 들더라도 정리해야 하는 데 괜찮겠니?"라고 묻는다면 아이는 그렇게 하겠다고 말한다. 마치 우리가 시간 맞춰 부리나케 나가서 약속장소에 도착했는데 5-10분 여유가 생겼을 때 안도되는 기분처럼 아이도 마음의 여유가 더 많이 생길 것이다. 아이는 엄마가 자신의 마음도 알아주고, 조금의 시간을 주며 마음의 준비 시간이 더 생겨서 더 고마운 마음이 들 것이다.

어떤 시험을 볼 때, 시험장에서도 시험을 마치기 전 10-15분 전에 마칠 시간을 미리 고지한다. 이는 미리 마음의 준비를 하고, 마무리를 지어야 한다는 것을 알려주는 신호이기도 하다. 키즈카페에서 놀이를 하다가 마칠 시간이 되면 마치기 15-20분 전에는 미리 안내를 한다. 나가기 직전엔 나갈 준비를 미처 못 하고 허겁지겁하는 상황이 벌어질 수 있기 때문이다.

아이도 마찬가지이다. 즐겁게 놀이하던 것을 갑자기 멈추는 것은 어른에게도 어려운 일이다. 놀이를 마쳐야 할 시간이 얼마나 남았는지를 미리 알려주는 것만으로 마음의 준비를 도울 수 있다. '아 이제 갈 준비를 해야 하는구나. 정리해야겠다.'하고 스스로 계획하고 준비하게 된다. 그렇게 되면, 아이와 더 이상 실랑이를 할 필요가 없다.

스스로 하기 위해서는 미리 다음을 예측하며 마음의 준비를 할 수 있는 상황과 환경이 마련되어야 한다. 미리 예측할 수 있는 상황을 안다는 것은 안정감을 가져다준다. 반대로 예측할 수 없는 상황은 불안감을 조성한다. 아이는 안정감을 느끼면 다음으로 전이하기가 수월해진다.

정은쌤의 육아팁

'외출하기 전, 정리하기 전 난리통을 겪고 있다면'
이렇게 해보세요!

하루 루틴을 만드는 것에 대해 들어본 적 있으신가요? 하루의 루틴을 만드는 이유는 하루 일과가 루틴을 가지면 반복적으로 하루하루를 보내면서 습관을 형성하고 그 안에서 아이가 안정감을 갖게 되기 때문입니다. 이와 마찬 가지로 다음의 상황을 미리 예측하는 것은 마음의 준비를 하고, 불안감을 낮춰줄 수 있습니다.

외출하기 전, 정리하기 전에 아이가 고집을 피우고 난리육아가 되는 이유는 아이가 이에 대한 마음의 준비를 하지 못했기 때문입니다. 마음의 준비를 할 수 있도록 도와주려면 다음 시간에 일어날 상황, 해야 할 일을 알려주는 것이 중요합니다.

놀이를 하다가 외출을 해야 한다면, 10분 뒤, 5분 뒤에 옷을 입어야 한다는 것을 알려주세요. 시간을 미리 알려주는 것만으로 아이가 다음을 예측할 수 있어 안정감을 가질 수 있답니다.

유아기 아이들은 아직 추상적인 개념을 인지하기가 어렵기 때문에 구체물을 활용하여 시각적으로 개념을 알려주는 것이 효과적입니다. 시간은 추상적이고 눈으로 보이지 않기 때문에 시각적으로 얼마나 남았는지 알려주는 것도 효과적입니다. 시각적으로 보여주는 타이머를 활용하거나, 시계를 활용하는 것도 방법입니다.

육아, 처음이라 어렵지만 괜찮아

2

우리 밥 먹고 나서 양치하자

"나 조금만 더 놀고 양치할래. 할 일이 있거든!"

아이가 잠자기 전, 양치를 하고 재우려고 하면 늘 벌어지는 일이다. 양치를 하기 싫어서 일 때도 있지만, 대부분은 미리 말하지 않았기 때문이다. 한창 놀이하고 있거나 자신만의 계획을 세우고 있는데 예고 없이 갑자기 이 닦고 자라고 하면 반사적으로 거부하는 것이다. 이런 사실을 잘 알고 있기에 웬만하면 미리 말하려고 하지만 퇴근 후 집안일을 하다가 늦어져서 허둥지둥 아이에게 "이제 이 닦고 자야지!"라고 하는 경우가 대부분이다. 그때마다 아이는 더욱 강하게 거부한다.

처음 습관을 들일 때부터 이를 닦거나, 밥 먹는 시간 등 매일 반복되는 루틴을 미리 잡아놓으면 이런 문제를 줄일 수 있다. 물론 하루 일과가 늘 일정할 수도 있지만, 때로는 손님이 방문했거나, 집이 아닌 다른 곳에서 자야 할 때 변화가 있을 수 있다. 그럴 때는 미리 아이에게 예고를 해주어야 한다. "10분 뒤에 양치하고 잘 준비할 거야."하고 말이다.

유치원에서도 초·중·고등학교의 시간표처럼 일종의 시간표가 있다. 매일 지속적으로 반복되는 일과가 있는 반면, 그날의 상황에 따라 변화가 있는 일과도 있다. 때론 행사가 있어 하루 일과가 매일의 일과와는 전혀 다르게 이루어지기도 한다. 그때마다 아이들이 하기 싫다며 떼를 쓰거나 힘들어할까?

그렇지 않다. 유치원에서는 아침 모임시간마다 오늘 있을 일을 미리 말해준다. 행사가 있을 때는 전날에 미리 말해서 기대감을 주기도 한다. 미리 말하지 않으면 아이들은 익숙한 루틴대로 하지 않는 것에 대해 불안해 할 수 있다.

아침모임 시간에는 하루 동안 어떤 모임시간이 있고, 어떤 활동을 하고, 자유놀이 시간, 바깥놀이 시간, 점심시간이 어떤 순서로 이루어지는지 안내한다. 이 시간을 통해 오늘의 하루 순서를 아이들은 인지하게 된다. 매일 반복되는 각각의 단위활동이 늘 같은 순서는 아니다. 요일에 따라 바뀔 수도 있다. 기관에 따라서 학급별로 바깥놀이 공간을 이용할 수 있는 시간을 다르게 운영할 수 있기 때문이다. 하루의 패턴, 하루 동안에 유치원에서 경험할 수 있는 일과의 종류를 알아보는 것은 학기 초 반드시 아이들과 짚고 넘어가는 활동 중 하나이다.

아이들은 요일의 반복도 경험한다. 예를 들어, 월요일마다 주말을 어떻게 보냈는지 이야기를 하는 날, 화요일에는 체육 수업을 하는 날, 수요일은 바깥놀이터를 제일 먼저 나가는 날, 목요일은 체육관으로 가는 날, 금요일은 도서대여 하는 날이 반복될 수도 있다.

아이의 기질이나 특성에 따라 어떤 아이는 이러한 반복적이고 패턴이 있는 규칙적인 일과에 변화가 있는 것을 거부하거나 적응하기 어려워하는 경우도 있다. 이런 아이는 규칙적인 일과, 또는 예측이 가능한 일과 속에서 안정감을 얻고 불안을 낮춘다. 그리고 불안도가 상대적으로 높기 때문에 미리 다음의 일과, 다음날의 일과를 알려주어 변화를 경험하게 한다. 조금씩 적응할 수 있도록 세심한 도움이 필요하다.

가끔 아침 모임시간에 분명 설명했지만 실제 일과를 하다 보면 그렇게 진행이 안 될 때가 있다. 이러한 일과 운영을 융통성 있는 운영이라고 한다. 학교에서의 시간표와는 다른 점이기도 하다. 학교에서는 정해진 시간을 지켜 하루 동안 바뀌는 일이 거의 없지만, 유치원에서는 아이들과의 활동, 놀이 시간 중에 상황에 따라 순서, 내용이 달라지기도 한다.

이를 테면, '아침모임-우유간식-자유놀이-바깥놀이-점심-이 닦기-조용한 놀이-동화-헤어지는 모임'의 일과로 진행된다고 하자. 자유놀이 시간에 블록으로 멋진 건축물을 만들고 있었는데, 도저히 10-20분 내로 마무리 짓기가 어렵고 건축물을 만들고 나서 다른 놀이가 이어진다면 아이들과 의논하며 시간을 확장할 수 있다. 이 시간이 확장되면 다음에 계획된 바깥놀이 1시간이 줄어들기 때문에 산책이나 다른 활동으로 수정하여 운영할 수 있다.

또는, 헤어지기 전 동화를 보기로 했는데, 오늘 하루 동안 안전사고가 많이 생겼거나, 꼭 이야기를 나누어야 하는 안전 약속 이야기가 생겼다면, 그날 계획되어 있던 동화는 다음날로 변경한다. 대신, 오늘 있었던 안전사고에 대해 이야기를 나누며 안전 약속을 상기하고 이야기를 나누는 시간으로 바뀔 수 있다. 이러한 변화가 있을 땐 아이들과 사전에 상의를 하여 바꾸거나, 바뀐 활동 시간 이전에 미리 사전 안내를 한다.

하루 일과의 반복되는 패턴, 습관, 다음에 전환될 일과를 예측하는 것은 일상생활 속에서 안정감을 느낄 수 있는 매우 중요한 과정이다. 매일매일 반복되는 일과, 즉 아침에 일어나 등원을 준비하는 과정, 등원하고 집에 돌아와 밤에 잠들기까지 과정 속에서 반복되는 일과가 있다. 어른들은 익숙해서 예측을 하는 과정 없이 자동으로 무의식적으로 일상을 살아가고 있지만, 아이들은 때론 아이들만의 욕구 때문에 반복되는 일과를 바로바로 떠올리기 어려울 수 있다.

아이의 습관형성과 안정감 있는 일과를 함께 보내기 위해서라도 반복되는 일과 혹은 다음을 예측할 수 있는 안내 과정이 꼭 필요하다. 이 과정이 익숙해지면 아이들은 엄마, 아빠의 잔소리가 없어도 스스로 일과를 해내는 아이가 되어 있을 것이다.

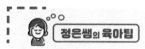
정은쌤의 육아팁

'하루의 루틴, 습관을 만들고 싶다면' 이렇게 해보세요!

하루의 일과 중 반복되는 과정은 아이들에게 예측 가능한 일상을 생활하는 데 편안하게 보낼 수 있습니다. 반복적으로 아이들에게 알려줄 때에 시간을 알려줄 때와 마찬가지로 시각적인 방법을 사용할 수 있습니다.

아침 루틴을 알려줄 때, '일어나기-양치하기-등원할 옷 고르고 입기-가방 챙기기-아침식사하기-독서하기-양치하고 등원하기'를 한다면, 작은 그림을 냉장고나 아이가 잘 보일 수 있는 곳에 붙여주어 확인하며 루틴을 배우고 익힐 수 있습니다.

이러한 루틴을 알려줄 때에 아이와 루틴 내용에 대해 사전에 이야기를 나누어보는 시간을 가지면 더욱 도움이 됩니다. 어떤 것들이 아침 일과에 필요한지를 아이가 익히고 순서를 함께 정해볼 수도 있습니다. 이때 아이의 사진을 활용할 수도 있습니다. 아침에 아이와 일과를 보내며 아이의 모습을 사진으로 담고, 이를 일과 시간표처럼 활용해 보세요. 아이가 어려서 힘들다면 부모님이 일과 내용의 모습을 사진으로 찍어서 보여주는 것도 좋습니다. 힘들게 엄마표 일과 시간표를 애써 오리고 자르며 만들기보다 쉽게 활용할 수 있는 자료를 활용하는 것도 방법입니다. 시각적인 방법이 보다 효과적이지만, 준비하기 어렵다면 부모님이 매일 모델링을 보여주시며 반복적으로 알려주시는 것도 괜찮습니다. 이 과정에서도 부모님의 일방적인 지시보다 아이와 함께 이야기 나누며 만들어가는 과정을 권장합니다.

3

우리 오늘은 ○○○ 다녀 올 거야

어딘가 외출을 하거나 약속이 있을 때 우리는 아이에게 통보를 한다. "오늘 ○○ 갈 거니까 빨리 준비해야해. 얼른 옷 입어." 라고 말이다. 아이에게 설명을 해주어도 알지 못한다고 생각하기 때문이다.

나 또한 그랬다. 당연히 우리 스케줄대로 움직여야 한다고 생각했기에 미리 말하더라도 의견을 묻는 게 아닌, 통보하는 식이었다. 그러다 아이의 떼와 갈등 상황에 여러 번 놓이면서 알게 되었다. 아이도 아이 나름대로 하루 일과에 대해 계획을 세우고 있음을 말이다.

평일에는 유치원을 가야 하고, 엄마 아빠는 출근을 해야 하니 당연한 루틴이 있다. 주말은 조금 풀어주어 엄마 아빠와 함께 놀이를 하기도 하고, 주말에만 허용되는 영화를 볼 수 있다. 아이는 주말의 특권을 온전히 누리고 싶어 했다.

주말이 되기 전날, 할머니 댁에 가기로 예정이 되어있던 터라 미리 아이에게 이야기를 해두었다.

"시우야, 우리 내일은 할머니 댁에 갈 거야. 이모할머니 생신이거든." 잘 말해두었으니 되었다고 생각했다. 그런데, 다음날 아이가 "안가. 나 오늘 해야 할 일이 있단 말이야."라고 하는 게 아닌가? 아이에게 충분히 다음 날의 일정을 설명하고 이해했다고 생각했는데 그게 아니었던 것이다. 아이의 생각을 다시 물어봤어야 했던 것이다.

"시우야, 우리 내일은 할머니 댁에 갈 건데 시우 괜찮니? 엄마가 내일 회사 일이 있어서 일을 해야 할 것 같아. 할머니 댁에 가서 하루 놀이하고 와도 괜찮을까?" 이렇게 말을 하면 아이는 조금 생각하더니 할머니 댁에서 무엇을 할지를 고민한다. 그러고는 가서 놀이할 물건들을 챙기며 할머니 댁에서 할 것들을 계획한다. 아이도 스스로 계획을 세우고, 예측할 수 있어야 안정적인 일과를 보낼 수 있다. 그리고 아이 만의 일과를 존중해 줄 필요가 있다.

때론 부모의 뜻대로 움직여줬으면 하지만 어른의 입장만을

육아, 처음이라 어렵지만 괜찮아

반영한 것이기에 아이는 쉽사리 움직이지 않는다. 나와 신랑이 계획하고 가고 싶은 곳을 가려면 아이의 동의가 필요해졌다.

우리의 결혼기념일을 맞아 2박 3일 서울의 한 주택을 빌려 뜻깊은 시간을 보내고자 계획했다. 아이에게 사전에 집의 모습을 보여주며 관심을 끌었고, 관심을 가지는 것을 보며 안심을 했다. 가기 전에도 며칠 밤을 자고 나면 그 집에 가서 즐거운 시간을 보내고 올 것이라고 기대감을 안겨주었다. 그런데 아이가 오해를 하는 바람에 해프닝이 생겼다.

"시우야, 우리 내일은 다락방이 있는 집에 놀러 갈 거야. 우리가 초대받았거든. 그래서 내일은 할머니가 1시에 유치원에 데리러 가실 거야. 엄마도 일찍 퇴근해서 집으로 올게!"

"아니야! 나 안 가!"

"왜? 시우도 다락방에 올라가 보고 싶어 했잖아. 그런데 왜 안 가?"

"나 이사 안 갈 거야. 우리집이 좋단 말이야!"

집을 이사한 몇 달 전부터 아이는 우리집을 참 좋아한다. 우리집을 제외하고는 다른 집이나 호텔에 가는 것을 불편해했다. 잠깐 여행 가는 것일 뿐 사는 곳이 아닌데도 다른 집으로 이사를 간다고 오해를 단단히 했던 모양이다. 오해를 풀어야겠다고 생각해 다시 설명해 주었다.

"시우야, 우리는 이사를 가는 게 아니야. 그곳에 살고 있던 작가 삼촌이 우리를 위해서 잠깐 특별히 집을 빌려줬거든. 두 밤만 자고 올 거야. 그러니까 그런 걱정은 안 해도 돼."

조금 안심이 되었는지 그곳에 가서 놀이할 물건들을 주섬주섬 챙기기 시작했다. 재미있게도 막상 그곳에 가서는 하룻밤만 더 자고 가면 안 되냐며 떼를 썼다. 우리는 안 간다고 했던 아이 맞냐며 얼마나 웃었는지 모른다.

아이에겐 아이만의 생각이 있다. 아이만의 생각을 존중하면서 부모의 의견을 더하면 아이도 조금 더 받아들일 수 있는 마음의 공간이 생긴다. 아이마다의 성향에 따라 특성을 고려해 대화를 나누면 더욱 효과적이다. 우리 아이는 다소 보수적이고 관성적인 특성이 있다 보니 그런 부분을 고려하지 않으면 오해가 생겨 아이의 화를 돋운다. 아이가 환경 변화에 민감하다면 충분히 그럴 수 있다.

미리 얘기해 주는 것이 좋지만, 오늘 당장 급하게 일정이 생긴 경우에도 아이에게 어쩔 수 없는 상황이 생겼다며 양해를 구해야 한다. 그러면 아이는 당장 섭섭한 마음이 들었다가도 수긍해 줄 수 있다.

부모의 말 한마디와 태도는 아이의 마음과 행동을 움직이는 힘이 담겨있다. 아이를 어떻게 대하느냐에 따라 아이는 부모의 태도를 배우고, 다시 몸으로 내뱉는다. 아직 자기 중심성을 탈피하지 않은 유아기 아동일지라도 부모의 말과 태도를 배우며 삶에 대한 태도를 배운다. 부모는 아이의 거울이자 삶의 지표이다. 부모는 아이의 첫 번째 선생님이다.

오늘부터라도 아이와 어딘가를 여행 가거나 외출을 해야 할 때에 아이에게 미리 예측할 수 있도록 알려주고, 기대할 수 있게 사진이나 동영상을 함께 보며 함께 가는 장소에 대해 알아보고, 가서 무엇을 하고 싶고 어떤 것을 먹고 싶은지를 의논해 보면 어떨까. 함께 의논하며 정해본 경험이 쌓이면 아이는 스스로 여행 계획을 세우고 의견을 나누는 방법과 태도를 배우고 삶에 적용해 나갈 것이다.

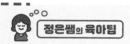

어딘가 외출할 때마다 아이가 꿈쩍하지 않는다면, 아이의 생각에 귀 기울여보세요!

아이들은 나름의 생각을 가지고 있습니다. 특히 오늘의 놀이는 아이들마다 정해진 루틴이 아니더라도 나름대로 어떤 놀이를 할지 계획을 마음속에 새기고 있지요. 그런데, 오늘 외식을 한다고 갑자기 놀던 것을 정리하고 나가자고 하면 아이는 움직일까요? 꿈쩍도 안 하고 그 자리에 드러누울 것입니다. 아이는 지금 이 놀이를 해야 하니까요. 그러면 어떻게 해야 할까요?

아이에게 미리 이야기를 해주는 것입니다. 미리 계획된 일이라면 사전에 아이에게 이야기를 하고 직전에도 아이가 예측할 수 있게 도와주는 것입니다. 그러고 나서 아이가 어떤 놀이를 중단해야 하는 상황이라면 얼마나 더 놀고 나갈 수 있을지를 함께 정하는 겁니다. 그러면 아이도 나름대로 시간을 정할 것입니다. 같이 협의를 해서 시간을 정하고 그 시간이 되면 외출 준비를 하는 것입니다.

대신 시간을 촉박하게 준비를 하면 부모도 애간장이 타고, 아이도 잘 따르지 않으니 힘든 상황이 벌어질 수 있습니다 그러니 여유 있게 시간을 가지고 아이와 준비하는 시간을 마련해 보세요. 그러면 아이가 스스로 움직이는 모습을 보게 될 것입니다. 그리고 아이의 생각을 존중하고 협조해 준 아이에게 고마움도 표현해 주세요. 긍정 피드백이 쌓이면 아이는 이런 과정을 깊이 있게 나누지 않아도 금세 이해하고 따르게 될 것입니다.

육아, 처음이라 어렵지만 괜찮아

3장

제한점과 허용점
알려주기

1

이 기구는 위험할 수 있는데, 엄마 아빠 도움 받고 한번 해볼래?

한창 놀이터에서 놀다가 갑자기 그물을 타고 올라가겠다며 뛰어갔다. 그 기구를 올라가고 있는 또래를 보니 자기도 올라가 보고 싶은 마음이 들었던 모양이다. 그때가 36개월도 안 됐을 때라 '높은 곳에 그물을 타고 올라가는 것은 신체 균형을 못 잡지 않을까', '올라가다가 떨어지면 어쩌지.' 하는 걱정이 앞섰다. 위험해 보여도 어른의 도움을 받으면, 아이가 할 수 있겠다는 믿음은 있었다. '그래, 한번 도전해 보자.'

"시우야, 여기 올라가 보고 싶어? 그런데 여기 이 기구가 시우한테는 조금 위험할 수 있는데, 엄마 아빠 도움 받아서 한번 해볼래? 엄마 아빠가 여기서 도와줄게."

그러자 아이도 흔쾌히 좋다는 뜻으로 끄덕이며 거침없이 올라가기 시작했다. 아이에게는 그 첫 발걸음이 자신의 유능감을 느끼는 첫걸음이었으리라.

한번 끝까지 올라가더니 막상 위에서 무서웠나 보다. 내려올 때는 아빠의 도움을 받아 내려왔다. 그럼에도 혼자서 그물을 잡고 올라갔다는 것에 자신감을 가졌는지, 엄마 아빠는 가라는 손짓을 하며 거침없이 올라갔다. 올라가서는 무서워서 엄마 아빠를 불렀지만 말이다.

아이들이 경험하는 놀이 중에는 '위험한 놀이'가 있다. 높은 곳에서 뛰어내린다거나, 높은 곳을 올라가 본다거나, 흔들 다리를 건너본다거나, 줄을 잡고 반대편으로 이동한다거나 하는 등의 놀이 말이다. 이런 위험한 놀이는 아이가 다소 다칠 수는 있지만, 아이가 넘어지면서, 떨어져 보면서 몸의 균형을 잡는 방법, 몸에 힘을 주는 방법, 넘어지지 않고 놀이를 하는 방법을 몸으로 터득하게 된다. '위험한 놀이'를 통해 아이가 배우게 되는 것이다.

일본의 '세타가야 플레이파크'에서는 아이들이 자유롭게 모험을 즐기며 다양한 놀이를 도전하는 공간으로 구성되어 있다. 이곳에서는 일반적인 놀이기구가 구성되어 있는 것이 아니라 버려진 싱크대, 쓰러진 나무, 실제 사용할 수 있는 톱, 망치, 삽 등의 도구가 있다. 심지어 아이들이 주변에 있는 도구로 불을 피우고, 요리를 하는 등 어떠한 금지나 제약 없이 놀이를 해 볼 수 있다. 아이들이 마음껏 모험을 즐기는 곳이지만 안전을 관리하는 스텝들이 있다. 주민들에 의해 조직된 비영리기구에서 관리하고 운영한다.

아이는 위험한 놀이를 통해 스스로 위험을 인식하고 다치지 않게 노는 방법을 터득해 나간다. 어른들이 보기에는 너무 위험해서 제한하고 통제해야 할 것처럼 보이지만 스스로 위험을 통제하고 극복하는 경험을 통해 아이들은 그 안에서 지혜를 얻는다.

일본의 모험 놀이터의 입구에는 '자신의 책임으로 자유롭게 놀기'라고 쓰여 있다. 아이들은 이 놀이터에서 놀이하면서 스스로 좋아하는 놀이와 싫어하는 놀이를 알고 선택하며 자신의 행동에는 책임을 질 수 있는 태도를 배우게 된다.

이곳에서 아이들은 쉽게 놀려고 하지 않고 더 어렵고 참신한 방법을 개발하고 도전한다. 어떠한 문제를 해결하든 이를 알려주거나 참견하는 어른이 없다. 아이들은 이 놀이터에 놀면서 스스로 생각하고 도전하고 실패하고 성공하는 것을 끊임없이 경험하면서 배워나간다.

우리나라에도 아이들의 모험 욕구를 충족할 수 있는 놀이터 공간이 늘어나고 있다. 순천에 '기적의 놀이터'가 생기면서 여기

저기 모험 놀이터가 만들어졌다. 오르고 내리고, 모험해 보고 뛰어내리고 높은 곳에서 긴 미끄럼틀을 타보고 아이들은 일반 놀이터와는 다른 곳에서 신나게 모래와 기구를 번갈아가며 즐길 수 있다.

동네 놀이터보다는 자연 속에서 더 많은 시간을 보내고 놀이를 하는 것은 자연이 재미있기 때문이다. 자연은 틀이 고정되어 있지 않아 자유롭고, 매일매일 다른 모습을 하며 내일을 예측할 수 없어 질리지가 않는다. 어른들 눈에는 풀들의 변화가 다르게 보이지 않지만 아이들 시선에서 보이는 풀들은 매일 다르다. 꽃들이 피고 지는 모습을 보며 자연 그대로를 느낀다.

아이들은 창의적으로 놀이한다. 한 가지 놀이를 정답처럼 놀지 않는다. 누구나 집에 블록 하나쯤은 가지고 있을 것이다. 어떤 날은 블록을 쌓기도 하고, 어떤 날은 집을 만들어 인형놀이를 하기도 하고, 블록으로 이것저것 모형을 만들기도 한다. 또 어떤 날은 블록이 음식이 되기도 한다.

아이들은 놀이를 만들어내는 창작자이다. 위험한 놀이 또한 아이들의 머릿속에서 나오는 창의적인 생각에서 비롯된다. 이를 얼마만큼 허용하고 제한할 것인지는 부모에게 달려있다. 다만, 지나치지 않는 범위 내에서 아이를 허용해 주고 적절히 제한한다면 아이는 그 안에서 스스로 위험을 감수하고 놀이를 할 수 있다.

아이를 온실 속에서만 키우면 스스로 위험을 대처하는 능력을 키울 수가 없다. 아이가 걸음마를 떼기까지 수없이 많은 넘어짐을 겪었기에 일어나 걸을 수 있었다. 이와 마찬가지로 아이들은 적절한 위험을 경험해야 스스로의 안전을 지킬 수 있다.

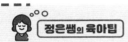 정은쌤의 육아팁

위험한 놀이를 시작하려는 아이가 있다면 부모가 허용할 수 있는 범위에서 시작해 보세요!

위험한 놀이를 통해 아이는 스스로 몸을 조절하는 방법을 익히고 위험으로부터 자신을 보호하는 방법을 배울 수 있습니다. 그런데, 부모의 성향에 따라 위험한 놀이를 보는 관점이 다 다르다 보니 허용범위도 달라집니다.

부모가 어디까지 허용하느냐에 따라 아이의 도전 정도도 달라집니다. 부모가 불안해서 어쩔 줄 모르는데 아이가 편안하게 자신의 놀이에 몰입할 수는 없을 것입니다.

불안한 마음을 가진 부모가 위험한 놀이를 시킬 수 없다는 이야기는 아닙니다. 저도 불안이 많은 기질이라 아이의 놀이를 바라볼 때에 많은 것을 허용하기가 쉽지 않습니다. 하지만, 눈 딱 감고 '한번 아이를 믿어보자!'하고 허용했을 때 아이가 얻어가는 것이 많은 것을 보며 제 생각을 돌아본 적이 있어요. 제가 불안하다 보니 아이에게 잔소리를 많이 하게 되더라고요. 발을 올리기도 전에 "위험하니까 발 조심해라", "구멍이 있으니까 주의해라", "거긴 떨어질 수 있다." 하면서 아이가 시도를 해보기도 전에 앞서서 생각하고 말하는 저를 알아차리고는 최대한 말하지 않으려고 노력하게 되었어요. 어쩌면 불안이 많은 부모는 저와 비슷할 것 같아 공감하실 것 같습니다.

아이는 생각보다 많은 능력이 있어요. 넘어져도 일어나고, 정말 위험할 것 같은데도 넘어섭니다. 아이의 생명이 위협이 될 정도의 위험이 아니라면 어느 정도는 허용해 보세요. 부모가 생각하는 것보다 아이는 많은 것을 혼자 해낼 수 있답니다. 그러면서 스스로 자신감과 유능감이 생겨나면서 자신에 대한 능력을 믿고 더 많은 것을 해내려고 할 거예요. 그렇게 아이는 성장해 갑니다.

2

건널목에서는 멈추고 기다렸다가
엄마랑 손잡고 건너는 거야

"시우야! 멈춰!"

아이가 내 손을 뿌리치고 인도를 거침없이 뛰어갔다. 곧 건널목인데, 불안한 마음에 전속력으로 뛰어가며 아이에게 소리쳤다. 아이는 노란 선 앞에서 멈추었지만, 멈추지 않고 아이가 달려 나갔다면 큰일 날 뻔한 아찔했던 순간이었다.

아이들은 본능적으로 뛰는 것을 즐긴다. 특히, 이제 막 걸으며 세상의 눈높이가 달라진 아가들은 걸음이 익숙해지면 무작정 뛰기를 한다. 이때의 아이들은 그저 앞만 보며 달리는 질주 본능이 있기 때문에 부모의 보호가 더욱 필요하다. 조금 더 자라나 부모의 말을 듣고 어느 정도 통제가 되기 시작할 시기가 되

육아, 처음이라 어렵지만 괜찮아

면 위험한 것과 아닌 것을 구분할 줄 안다. 이때도 조절이 완벽하지 않기 때문에 각별한 보호와 주의가 필요하다.

유아기가 되어도 아이들은 계속해서 뛴다. 뛰는 것은 본능이다. 하지만, 위험할 땐 멈출 줄 알아야 한다. 아이들은 알고 있어도 몸이 따라주지 않을 때도 많다. 그리고 아직 자기중심적 사고에서 벗어나지 않았기 때문에 차가 본인을 피해 가거나 멈출 거라고 믿는다. 주차된 차량이 움직일 수 있다는 사실도 인지하지 못한다. 아직 시야가 좁아 내 눈앞 상황만 보고 이해하기 때문에 교통안전, 보행 안전에 대한 내용은 반복적으로 알려주어야 한다.

아이들은 늘 하루하루가 새롭다. 오늘 우리 아이에게 알려주고 위험한 일이 생길 뻔 했다고 하더라도 내일은 새하얀 백지장으로 다시 시작한다. 몰라서도 아니고 바보라서도 아니다. 아직 어리기 때문에 그러니 안전에 대한 약속은 백 번, 천 번 반복해도 지나치지 않다.

우리 아이는 손을 잘 뿌리치고 혼자서 가려고 하는 경향이 있었다. 집에서 나와 인도를 걸어갈 때 자기가 먼저 저만큼 가고 엄마가 얼마만큼 오는지 뒤돌아보며 먼저 가는 것을 즐겼다. 그러다 차도와 가까워지면 건널목에서는 멈추어야 한다는 것을 강조하여 말하고, 어른의 손을 잡도록 했다. 안전한 인도에서는 손을 잡지 않더라도, 찻길과 건널목에서만큼은 엄마, 아빠, 할머니의 손을 잡아야 한다는 것을 매일매일 반복적으로 이야기했다.

아이의 하원 길에 여느 때처럼 아이에게 "시우야, 작은 건널목에서는 멈춰야 돼! 차가 갑자기 나올 수 있어!"라고 말했다. 그러자, 인도 끝에서 '얼음'이 되어 있다가 내가 다가가자 "엄마! 봐~ 나 이렇게 멈추는데 왜 그래?"라고 하며 마치 엄마는 걱정이 많아서 자꾸만 잔소리한다고 나무라는 것 같았다. 그 모습이 귀여워 피식 웃었다. 물론 아이는 약속을 잘 지켰지만, 때론 차가 안 보이면 단지 내의 인도와 인도 사이의 작은 건널목을 질주할 때도 있기에 나는 오늘도 아이에게 말한다.

48개월 생일이 지나서야 아이는 외출하며 엄마의 손을 꼭 부여잡고 나선다. 억지로 손을 뿌리치고 도망치듯 뛰어나가는 일은 거의 없다. 그럼에도 불구하고, 기분이 너무 좋아 질주본능이 앞서면 다시금 달리기가 시작된다. 그럴 때면 나는 신경이 곤두선다. 공원 안 잔디밭에서 제한 없이 뛰어다니는 것과는 달리, 조금만 나가면 주차장과 맞닿아 있고, 차도가 있으니 신경이 안 쓰일 수가 없다.

아이가 스스로 자신의 안전을 지킬 수 있을 때까지 가르쳐주는 것 또한 부모의 몫이다. 유치원 교육과정에서도 매일 배우지만, 가정에서도 일상생활 속에서 늘 아이와 이야기를 나누고 실천적 지식으로 습득할 수 있도록 도와야 효과적이다. 지식으로 습득하는 것뿐 아니라 실제 자신의 신체를 조절하여 움직이고, 멈춰보아야 완전히 체화할 수 있다. 아이가 부모의 지시에 따르고, 위험한 순간에 몸의 움직임을 조절할 수 있도록 평소 부모와 원활한 상호작용을 하고, 신뢰관계를 쌓아가는 것 또한 중요하다.

'부모와의 관계증진 및 자기 조절력 발달을 위한 놀이' 이렇게 해보세요!

자기조절력이란, 아이가 어떠한 목적을 가지고 스스로 계획하고 자신의 감정과 행동을 통제하고 조절할 수 있는 능력을 말합니다. 이러한 능력은 연령이 증가함에 따라 자연스럽게 인지발달을 하며 발달이 되는 능력이며, 놀이와 함께 발달할 수 있는 영역이기도 합니다.

아이와 함께 부모의 말(지시)에 따라 혹은 술래의 말(지시)에 따라 이루어지는 놀이들을 해볼 수 있습니다. 그 대표적인 놀이가 '무궁화 꽃이 피었습니다'입니다. 술래가 말하고 행동하는 것에 따라 움직이고, 멈추고를 하며 내 몸의 움직임과 마음을 자연스럽게 조절하게 됩니다. 이와 비슷한 놀이로 '얼음땡 놀이', '신호등 놀이(빨간불에 멈추고 초록불에 움직이기)'가 있습니다.

3

엄마가 운전하고 있을 때는 원하는 걸 들어주기 어려워. 빨간 불일 때 도와줄게

"엄마! 나 러브송 틀어주세요!"

아이가 차로 이동하는 중에 음악을 틀어달라고 요구했다. 인공지능을 이용할 때에는 운전 중이어도 말로 요청하기도 했는데, 오류가 생기기도 해서 이젠 특정 음악을 들으려면 음악앱을 실행해야 했다. 운전 중에 바로 실행하기는 어렵기 때문에 아이에게 양해를 구했다.

"시우야! 엄마가 운전 중에는 도와주기가 어려워. 빨간 불일 때 차가 멈추면 찾아줄게!"

아이도 무슨 말인지 이해를 했는지, 곧바로 알았다고 했다.

그런데, 아직 차가 멈추지 않았는데, "엄마! 왜 아직도 안 틀어주는 거야! 언제까지 기다려야 하는 거야?"라고 하는 게 아닌가? '아! 빨간불일 때 도와줄 수 있다는 말을 이해 못 했구나.' 싶어서 다시 설명해 주었다.

"시우야! 음악이 빨리 듣고 싶었구나! 그런데, 엄마가 운전하고 있을 때는 앞에 있는 차랑 부딪히지 않게 잘 보고 운전해야 해. 그런데, 시우가 듣고 싶은 음악을 틀어주려고 운전을 하다가 휴대폰을 보고 있으면 앞에 있는 차를 엄마가 잘 볼 수 있을까?"라고 하니 그제야 "그럴 수 없어."라고 말하며 끄덕인다. "시우가 엄마 차가 빨간 불일 때 잘 멈추나 봐줄래?"

빨간불이 되어 차가 멈추자마자 아이가 "엄마! 빨간불이야!"라고 말했다. 아이가 듣고 싶어 하는 노래를 검색하고 바로 들려주었다. 그 이후엔 아이가 요구할 일이 생기면 자기가 먼저 빨간불이 되면 노래를 틀어달라고 말하게 되었다.

때론, 자동차 전용도로를 진입하면 아이의 요구를 더욱 들어주기가 어렵다. 신호등이 없기 때문이다. 아이가 신호등이 없는 곳인지 구분하기 어렵기 때문에 미리 아이에게 상황을 설명하고 이해를 구한다.

"시우야, 이제 엄마가 신호등이 없는 '자동차 전용도로'를 갈 거야. 여기에서는 시우가 다른 노래를 들려달라고 할 때 바로 틀어줄 수 없어. 듣고 있던 노래를 듣거나, 정말 차가 멈추었을 때에 엄마한테 이야기해 줄 수 있을까?" 라고 말한다. 그러고 나서 정말 기다리기 어렵다고 하면 핸들에 있는 조작버튼으로 무한정 다음 노래로 돌리며 찾는 수밖에 없다. 하지만, 재생 목록에 없는 특정 노래를 요구하면 그건 지금 찾을 수 없다고 분명히 말한다.

아이가 원하는 것이 있을 때에 부모가 모든 것을 들어줄 수는 없다. 아이의 요구를 원하는 대로 다 들어준다면 아이는 모든 것이 다 가능하다고 생각할 것이다. 다 들어주던 부모가 갑자기 어쩔 수 없는 상황이 생겨 안 된다고 하면 아이 입장에서는 '그동안 다 해줬으면서 왜 안 된다고 하는 거야?'라는 불만과 함께 그래도 내 요구를 들어달라고 떼를 쓰기 시작할 것이다. 부모가 늘 모든 것을 해줄 수 없고, 때로는 어쩔 수 없는 상황이 있다는 것 또한 아이가 이해할 수 있도록 알려주어야 한다. 그래야 아이도 '기다림'과 '인내'를 배울 수 있다.

물론, 아직 아이이기 때문에 기다리는 것이 힘들 수 있다. 그렇다고 그때마다 부모가 고객만족 서비스처럼 다 해줄 수는 없다. 때때로 엄마가 저녁식사를 준비하고 있는 동안에 아이가 놀이를 하다가 그리기 도구를 찾는다면, 스스로 찾을 기회를 주기도 해야 한다. 엄마가 식사를 준비하는 동안에 바로 도와줄 수 없다는 것을 알고 기다리거나 스스로 찾는 경험을 한다면 기다

육아, 처음이라 어렵지만 괜찮아

림과 스스로 물건을 찾는 방법을 배우게 될 것이다.

아이도 부모가 해줄 수 있는 것과 없는 것의 경계를 분명히 이해한다면, 안정감을 갖고 도움을 요청하거나 스스로 할 수 있는 힘을 가질 수 있다. 이는 부모가 그 경계의 기준을 분명히 가지고 아이에게 일관성 있게 이야기하고 보여줬을 때에 가능하다. 어제는 엄마가 일을 하고 있는 중이어서 안 된다고 했는데, 오늘 다시 같은 것을 도와달라고 해보니 된다면 아이도 혼란스럽다. 그러면 아이는 계속 요구할 것이다. 될 때까지 해보는 것이다.

아이의 입장이 이해가 안 된다면, 직장에 이런 상사가 있다고 생각해 보자. 같은 안건 내용인데 어제는 괜찮다고 해서 그렇게 일처리를 진행했는데, 다음 회의 때에는 그건 안 되는 거라고 한다면 어떨까? 상사의 어제와 오늘의 기분에 따라 일이 진행되는 방향이 바뀐다면 아마 혼란스럽고 스트레스 받을 것이다. '뭘 어떻게 하라는 거야?'라는 반발심도 든다. 아이도 마찬가지다. 어제와 오늘이 다르지 않고 명확한 기준으로 일관성 있게 대하자. 요구를 들어줄 수 없는 상황에서는 안 되는 이유를 분명히 알려주고, 허용할 수 있는 범위 또는 대안점을 알려주자.

'부모가 다 해줄 수 없는 것을 이야기해야 할 때' 이렇게 해보세요!

아이에게 모든 것을 다 해주고, 섭섭함을 느끼지 않게 해주고 싶은 마음은 어느 부모나 마찬가지일 겁니다. 하지만, 현실적으로 불가능한 일입니다. 때론 아이가 원하는 것을 부드럽게 거절할 필요가 생기기도 하지요.

아이는 때와 상황, 장소에 따라 할 수 있는 것과 할 수 없는 것을 구분하고 그에 맞게 행동할 수 있어야 합니다. 아이의 행동은 부모가 아이에게 대하는 반응에 달려있습니다. 같은 상황이더라도 부모의 기분에 따라 다르게 반응하거나 기준 없이 허용한다면 아이는 헷갈려서 그에 맞는 말과 행동을 배울 수가 없습니다.

부모가 해줄 수 없는 상황이라면, 분명하게 말해주어야 합니다. 운전 중이라면, 운전 중에 요구를 들어주는 것은 위험할 수 있다는 것을 가르쳐주어야 합니다. 도서관에서 큰 소리로 이야기를 하고 싶다면, 아이를 존중해 큰 소리로 이야기 하도록 하는 것이 아니라, 도서관과 같은 공공장소에서는 다른 사람들에게 불편함을 줄 수 있으니 작은 소리로 이야기해야함을 알려주고 그에 맞는 행동을 할 수 있도록 해야 합니다. 이를 지킬 수 없다면 아이의 요구를 들어주면 안 됩니다. 부모가 그 잠깐의 불편함을 이겨내지 못하면 아이의 요구에 끌려 다니게 됩니다. 그리고 더한 요구를 하거나 떼를 부리는 등의 문제행동을 보이기도 합니다. 아이의 울음 등 부모가 느끼는 잠깐의 불편함을 견뎌야 아이도 배울 수 있습니다. 언제까지나 부모가 모든 것을 다해줄 수는 없습니다.

육아, 처음이라 어렵지만 괜찮아

일관된 부모의 반응을 통해 아이 또한 안정감을 느낄 수 있습니다. 아이가 습득한 안정감은 아이의 행동에도 긍정적 영향을 미치게 됩니다. 아이는 당장에 불편한 감정을 느낄 수 있지만, 지금은 내가 잠깐 기다려야 함을 인지하고 기다릴 수 있습니다.

아이가 기다린 노력은 꼭 잊지 말고 격려해 주세요. 부모님이 아이의 노력을 알아준다는 것은 아이를 부모님이 사랑하고 있다는 메시지를 전합니다. 아이의 다음 성장을 위한 씨앗이 됩니다.

4

여기는 올라갈 수 없는 곳이야. 크게 다치거나 위험할 수 있어

아이는 본능적으로 오르는 것을 즐겨한다. 위험한 놀이를 즐기며 위험을 감수하고 놀면서 자신을 보호하는 방법을 배워나가기도 한다. 하지만, 허용할 수 없는 놀이가 있다. 크게 다치거나 생명에 지장을 줄 수 있는 놀이다. 그런 것들은 할 수 없다고 단호하고 분명하게 가르쳐주어야 한다.

아이는 호기심이 많고, 스스로 찾아서 자신의 일을 해내고 싶어 하기에 위험하지만 위험함을 모르고 행동이 먼저 앞서는 경우도 많다. 우리 아이는 자신이 먹고 싶은 간식을 꺼내어 먹으려고 냉장고 문을 자주 열었다. 이런 일이 종종 있기에 아이의 손에 닿지 않는 곳에는 아이가 먹을 음식이나 간식을 두지 않았는데, 아이는 자신의 키보다 높은 곳에 놓여 있는 것이 궁금했던 모양이다. 옆에 어른이 있었음에도 아이는 순식간에 냉장고에 발을 올리고 발판 삼아 올라가려고 했다. 그때, 아이를 내리고 바로 이렇게 말했다.

"시우야, 저 위에 먹고 싶은 게 있었어?"

"아니, 저기 위에 뭐 있나 보려고."

"그랬구나. 그런데 냉장고에 발을 올리고 올라가는 것은 위험한 행동이야. 그러다가 냉장고가 넘어지게 되면 정말 위험한 일이 생길 수 있거든. 냉장고가 무겁고 튼튼해 보이지만 시우가 그렇게 올라타면 넘어질 수도 있어. 필요한 게 있는데 손이 닿지 않는다면 어른의 도움을 받자."

아이는 자신의 발판으로도 어려우면 어른에게 도움을 요청하기 시작했다. 그럼에도 마음이 앞서면 또다시 발을 올려 올라가려는 행동을 했다. 그때마다 다시 반복해 알려주었다.

우리 집은 고층이 아니지만 그래도 높이가 있는 저층에 살고 있다. 아이는 어느 날 창밖을 바라보다가 창문과 방충망의 방해를 받지 않는 바깥을 보고 싶었나 보다. 갑자기 창문을 열고, 방충망을 열더니 그 위에 올라가려고 하는 것이 아닌가?

"시우야. 멈춰! 거긴 올라가는 곳이 아니야."

"아니, 엄마. 나 바깥이 보고 싶었어."

"아 그래 시우가 바깥이 보고 싶었구나. 창문이 방해한다고 생각했나 보구나. 그런데, 시우야 여기 난간은 우리의 안전을 위해 있지만, 그래도 매달리거나 올라타면 떨어지는 사고가 생길 수 있어. 아래를 봐봐. 여기에서 떨어지는 건 괜찮은 걸까?"

"아니요."

"그래, 여기는 높은 곳이라 떨어진다면 크게 다치거나 위험한 사고가 일어날 수 있어. 그러니 바깥이 보고 싶어서 궁금하다면 엄마 아빠를 불러서 같이 보면 좋겠어. 혼자서는 여기 문을 열고 바깥을 보는 것은 하지 말자. 위험한 행동이야."

정말 아찔했다. 그나마 높은 고층이 아니라 다행이었다. 아이가 어른 몰래 이런 행동을 한 게 아닌 것이 다행이라고 생각했다. 아이가 왜 그렇게 행동했는지를 알게 되자, 아이를 이해했고 아이도 나의 말을 이해하고 지키겠다고 약속했다. 아이들은 정말 순식간에 순간 얼마든지 사고가 날 수 있다. 안전 교육이 필요한 이유이다.

허용할 수 없는 제한점은 아이의 안전에 관한 것이다. 교통 수칙을 지켜야 하는 것, 전기를 만지면 안 된다는 것, 다른 사람을 함부로 따라가면 안 된다는 것, 다른 사람이나 나의 몸을 아프게 하면 안 된다는 것 등. 제한점과 허용점의 경계에 있는 것이 아닌 분명한 것들이다. 제한점이 분명히 있는 안전과 직결된

육아, 처음이라 어렵지만 괜찮아

것들은 부모가 반드시 가르쳐야 한다. 기관에서도 안전교육을 하지만 실생활에서 바로 보여 훈육이 필요한 것들은 부모가 단호하게 지도해야 한다.

아이의 안전과 직결된 것은 놀이로 허용할 수 없어요!

"어디까지 놀이를 허용해야 할까?"

부모들이 가장 많이 질문하는 것 중 하나입니다. 이를 테면 바깥에서 높은 곳에서 뛰어내리는 놀이, 그물망을 타고 오르내리는 놀이, 징검다리처럼 흔들 다리를 걸어가는 놀이 등은 부모에 따라 도움을 주면서 놀이를 허용하고 부분적으로 제한할 수 있습니다.

절대 허용하면 안 되는 놀이가 있습니다. 바로 아이와 안전이 직결된 부분입니다.

전기 콘센트가 궁금하다고 콘센트 구멍에 무언가를 넣어보는 것은 괜찮은가요? 절대 안 되는 부분이지요.

아이가 복도식 아파트에서 아래가 궁금하다고 난간에 매달려서 보려고 하는 것은 괜찮은가요? 절대 안 되는 부분이지요.

던지는 놀이가 재미있다고 아파트 높은 층에서 바깥으로 물건을 던져보는 놀이는 괜찮은가요? 절대 안 되는 부분이지요.

이처럼 나와 다른 사람의 안전과 직결된 부분은 아이 자신과 다른 사람이 크게 다치거나 위험한 사고가 날 수 있다고 알려주어야 합니다. 안전사고를 예방하기 위해 안전교육이 필요합니다. 위험한 놀이를 지나치게 제한한다는 것은 아이의 기회를 제한할 수 있다는 점이 있었지만 안전과 직결된 것은 아무리 강조해도 지나치지 않습니다.

아이에게 절대 안 되는 것과, 어른의 도움을 받아 시도해볼 수 있는 것을 분명하게 알려주세요.

5

오늘은 애니메이션 두 편만 볼 거야

"엄마! 오늘 '개비' 봐도 돼요?"

아이가 보고 싶은 TV프로그램을 보여 달라고 요청한다. 나는 흔쾌히 OK했다.

우리 집은 거실에 TV가 없다. 우리 부부도 아이가 생기고 나서 TV를 볼 일이 거의 없지만, 평소에도 즐겨보지 않아 이사를 하면서 아예 TV가 없는 거실생활을 선택했다. 하지만, 아이에게 완전한 미디어 차단을 한 것은 아니다. 스마트폰, 태블릿PC, 노트북이 있는 한, 미디어를 차단할 수는 없다. 그래서 미디어도 적절히 활용하고, 미디어에 대한 조절 능력을 기르기 위해 제한된 미디어 시청을 허용하는 것을 선택했다.

40분 정도 지났을까? 아이는 내게 "엄마! 이제 끝났어요!"라고 얘기하고 바로 태블릿을 껐다. 우리 집은 딱 20~30분 정도 되는 미디어를 하루 한두 편만 보기로 약속되어 있다. 단, 주말은 1시간~1시간30분의 영화 한 편을 볼 수 있다. 제한된 약속 내에서 미디어를 시청하다 보니 아이는 자연스럽게 시간을 확인하고 선택할 수 있게 되었다. 한 편당 시간을 확인하고 내가 몇 편을 볼 수 있을지 알려주면 아이도 생각해 보고 결정한다. 그리고 약속된 미디어 시청이 끝나면 아이가 스스로 시청하고 있던 기기를 끄고 부모에게 가지고 온다. 또는 다 끝났다고 부모에게 말하고 그만 보려고 노력한다.

이렇게 되기까지 아이와 실랑이도 있었고, 많은 시간이 필요했다. 처음부터 잘 된 것은 아니었다. 집에서 제한된 시청이 잘 되다가도, 할머니 집에 가서 무너져버린 적도 허다했다. 할머니는 아이에게 단호하지 못하다는 것을 알고 있는 아이는 그 속을 파고들어서 할머니에게 애교를 부렸다. 할머니는 그 애교에 넘어가서 더 많이 보여주기도 했다. 물론 어느 선까지만 허용하고 그 이상은 잘 끊어주었다.

처음 기준을 정할 때는 재미있게 '뽀로로'를 시청하다가 그만 봐야 한다는 것이 아이에게 받아들여지지 않아 떼를 부리는 경우가 많았다. TV를 보기 전에는 알겠다고 꼭꼭 약속했지만 막

육아, 처음이라 어렵지만 괜찮아

상 꺼야 할 시간이 되면 일단 소리부터 지르고 보는 것이다.

"아니~! 이제 끝난다고!! 나 더 볼래!! 하나만, 하나만 더 볼 거야!"

떼를 부리고, 울고, 소리치고 아이가 속상한 기분이 드는 건 어쩌면 당연하다. 우리도 넷플릭스를 시청하다 보면 밤새 정주행할 때가 있지 않은가? 아이는 얼마나 다음 편이 기대되고 보고 싶겠는가? 어쩌면 같은 마음일 것이다. 그렇게 이해해 보았을 때, 속상한 마음을 풀 수 있는 충분한 시간을 주는 것이 필요했다. 아이에게 마음껏 울고 울음이 멈추면 이야기 나누자고 했다. 그렇게 진정이 되고 나서는 이성적으로 이야기를 나누었다. 이러한 과정이 무한반복이었다.

그렇게 반복되는 과정 속에서 부모는 마음이 힘들다. 아이의 울음소리를 견뎌야 하고, 미디어에 대한 부정적인 이야기를 들어왔기 때문에 괜한 죄책감도 마음에 생긴다. 하지만, 그 긴 터널은 그렇게 오래가지 않는다. 일관된 과정의 반복은 아이에게도 안정감을 가져다준다. 태블릿 PC를 아이에게 쥐어주면 큰일이 날 것 같지만, 스스로 제한하고 조절할 수 있는 상태가 되면 부모와 약속한 것을 지키고 되돌려주는 아이가 된다.

이때 주의할 점은 아이를 방에 혼자 두고 미디어를 시청하게 하지 않는 것이다. 항상 공개된 장소인 거실에서 부모가 집안

일이든 독서든 다른 일을 하면서 혹은, 함께 보면서 아이와 같은 공간에 함께 있어 주어야 한다. 아이에게 잔소리하지 않으면서 아이를 지켜보며 유의되는 사항을 점검하는 것이다.

특히 아이가 태블릿을 잘 작동할 수 있는 정도가 되면 마음 대로 눌러서 보고 싶은 걸 보게 된다. 그러다 보면 아직 볼 시기가 아닌 유해한 미디어에 노출이 되기도 한다. 꼭 옆에서 보면서 체크해야 한다.

"엄마! 오늘 쉬는 날이에요??"

쉬는 날엔 한 번에 길게 볼 수 있는 영화를 보는 날인 것을 아는 아이는 영화를 보고 싶을 때마다 이렇게 물어봤다. 오늘은 유치원 가는 날이라고 하면 못내 아쉬움을 표현했다. 사실 아이가 이렇게 물어볼 때마다 내 마음속에서는 아이가 미디어에 자꾸 집착하는 마음을 갖게 한 것은 아닐지 걱정이 되기도 했었다. 하지만, 그것도 잠시 뿐이었다. 보던 프로그램이 끝나고 다른 것을 접하게 되면 그 프로그램으로 금세 전환이 되었다. 그리고, 본인이 생각하기에 재미없다고 느끼는 것은 그날만 보고 다음엔 찾지 않았다.

미디어 프로그램을 못 보게 부모가 너무 제한하는 것도 아이에게는 궁금증만 커지게 하는 요인이 될 수 있다. 아이에게 적절한 프로그램을 변별하여 제공하는 것도 중요하다. 아이의 수준에 적절하지 않은 프로그램은 오히려 독이 될 수 있기 때문이다.

미디어를 통해 아이의 사고를 확장하면서 즐거움의 시간을 주고, 적절한 조절 능력을 키워주는 것은 앞으로 미디어 시대를 살아갈 우리 아이들에게 길러줄 능력이 아닐까.

 정은쌤의 육아팁

'아이가 미디어를 보는 것을 조절하는 능력'을 키우려면 이렇게 해보세요!

우리 주변 환경에는 미디어가 늘 존재합니다. 엘리베이터를 타도, 버스를 타도, 지하철을 타도, 길가를 가도 광고판이 미디어로 움직입니다. 그러니, 미디어를 완전히 차단한다는 것은 사회와 단절한다는 말밖에 되지 않습니다. 아이가 앞으로 살아갈 세상에서는 지금보다도 미디어가 생활 그 자체일 것입니다.

요즘 전문가들은 미디어 리터러시 능력을 키워야 한다고들 말합니다. '미디어 리터러시' 능력이란, 미디어를 보고 해석하는 능력, 미디어를 활용하는 능력 모두를 포함하는 능력입니다.

그런데, 유아기는 아이들이 미디어를 스스로 제한하여 보는 것이 쉽지 않습니다. 유튜브. 넷플릭스 등등 아이들이 접할 수 있는 미디어 프로그램들이 유혹이 많기 때문이지요. 아이들의 관심을 끌만한 요소들을 듬뿍 담아 만들기 때문에 재미가 없을 수가 없습니다. 그렇기 때문에 부모님께서 미디어를 볼 때에 활용방법을 알려주고 지속적이고 반복적으로 알려주는 것이 필요합니다.

첫째, 시간과 횟수를 제한하세요.

이때, 일관성을 지키고 반복해 주세요. 부모님이 바쁠 때는 1시간 이상도 보면서 어느 날은 10분만 봐야 한다면 아이도 혼란스럽습니다. 미디어를 보게 될 때는 일관적인 약속이 반복되는 것이 아이에게도 안정적인 습관 형성에 도움이 됩니다.

둘째, 어떤 정보를 얻기 위한 미디어 시청을 한다면 부모님과 함께 지식 정보를 찾아보며 시청하는 것이 필요합니다.

인터넷 세상의 정보들은 가짜 정보들도 많고 필터링이 필요한 정보들도 많습니다. 부모님과 함께 찾아보면서 검색하는 방법도 익히면서, 정보를 비판적으로 보는 시각을 기를 수 있답니다.

육아, 처음이라 어렵지만 괜찮아

제4부

기본생활습관은 건강하고 행복한
성장을 위한 밑거름

1장

기본생활습관 기르기

1

배변훈련, 어떻게 해야 할까?

배변훈련! 아마도 100일의 기적 다음으로 가장 많은 엄마들의 관심사이자 도전과제일 것이다.

빠른 아이들은 18개월부터 배변훈련 하면 금방 뗀다고 하는데, 우리 아이는 아직 준비가 안 된 것 같았다. 25개월 차가 되던 12월에서야 배변훈련을 시작할 수 있었다. 내가 방학을 하는 시점과도 맞물려, 2~3개월이면 충분히 해결할 수 있을 거라 생각했다. 어린이집에서도 아이가 팬티를 입는 것에 대해 거부감을 갖지 않고, 배변 훈련 과정에 적응을 잘한다고 하여 생각보다 수월하게 넘어간다고 생각했다. 그런데, 그게 실수였다.

주중에는 어린이집에서 잘 훈련이 되다가 주말이 되면, 외출을 할 때 혹시나 싶어 기저귀를 채우다 보니 원점으로 돌아가는 것이었다. 그렇게 겨울 방학 시간이 지나갔고, 아이는 결국 그 기간 내에 기저귀를 떼지 못했다.

3월이 되자, 불안해졌다. '아이가 기저귀를 떼지 못하면 어쩌지' 하는 걱정에서부터 주말에 자꾸 기저귀를 채우게 되는 나의 불안감을 잘 해소할 수 있을지 여러 걱정이 겹쳐졌다. 3월이 되기 전, 어린이집 원장님은 내게 단호하게 말했다.

"어머님, 이제 낮잠시간에 기저귀를 하지 않을 거예요."

이 말은 사실 나에게는 두려운 말이었다. 아이가 낮잠 이불에 실수를 할 때마다, 매일 이불을 빨아야 하는 불편함을 감수해야 하기 때문이었다. 해낼 수 있을지 앞선 걱정에 마음이 힘들었다.

아이가 기저귀보다는 팬티에 적응할 수 있도록 어린이집 선생님께서는 '방수 바지'를 입히는 것을 권유했다. 잠을 잘 때에도 기저귀를 벗어날 수 있도록 하고, 아이도 실수를 했을 때 불편함을 느껴야 기저귀를 떼는 데에 도움이 된다고 했다. 나는 마음을 단단히 먹었다. 내 걱정대로 아이는 매일 낮잠이불에 소변을 봤고, 매일 빨래를 해야 했다. 일하면서 빨래까지 하기란 쉽지 않았지만, 이 시간은 금세 지나가리라 믿었다.

집에서도 아이가 기저귀를 차지 않고 생활할 수 있도록 했다.

계속 아이가 실수하는 옷들이 쌓여갔지만, 그렇게 그 기간을 버텨내야 했다. 실수하지 않는 날보다 실수하는 날이 훨씬 많았지만 실수하지 않고 온 날은 참 감사했다. '다음 날엔 실수하지 않겠지' 하는 기대도 했다.

기대가 좌절이 되고, 좌절이 기대가 되는 날이 반복이었다. 일이 많아 아이의 실수한 옷 빨랫감이 세탁실에서 며칠 동안 방치된 날도 있었다. 이불을 가져와 빨아야 하는 날에는 한숨부터 나오기도 했다. 이 과정을 거쳐야 아이가 기저귀를 떼고 어린이로 성장하는 시간인데, 그 과정을 견뎌야 하는 입장에서 그저 힘들기만 했다.

그렇게 매일 빨랫감과 씨름하며 지켜가고 있던 어느 날 문득, '그래, 36개월 전까지만 기저귀 떼면 되지. 유치원 가기 전까지만 잘 떼면 되지. 다 때가 되면 할 수 있을 거야.'라고 생각을 전환했다. 그동안 내 불안이 아이에게 전가되는 것만 같았다. 내가 불안해하지 않으면 아이도 편안하게 이 시간을 잘 견디고 해내리라 믿었다.

그러던 5월 어느 날, 아이가 31개월쯤 되던 때에 갑자기 하루 아침에 아이가 기저귀를 뗐다. 그동안 배변 훈련과정을 뛰어넘은 것만 같은 기분이 들었다. 이때 깨달은 것은 역시 모든 발달과업은 때가 있어 기다림이 필요하다는 것이었다. 부모가 아무리 아이를 재촉하고, 물심양면 지원한들 아직 기저귀를 뗄 타이밍이 아니면 뗄 수 없는 것이다.

육아가 내 마음대로 되고 이론서에 나와 있는 발달 시기대로 착착 진행되면 얼마나 좋을까. 다른 육아 동지들은 제 때에 발달 과업을 수행하는 것 같은데 우리 아이만 늦는 것 같으면 불안함이 이루 말할 수 없다.

배변훈련뿐만 아니라 아이가 말을 트는 순간에도 그 걱정과 불안이 함께 했다. 우리 아이만 말을 늦게 하는 것 같았다. 어른들의 말을 다 알아듣는데, 말을 떼기가 왜 이리 어려울까 걱정되었다.

대체적으로 남자아이들이 조금 늦게 말을 하는 경향이 있기에 24개월이 될 때까지는 기다려보기로 했다. 역시 때가 있다는 말은 사실이었다. "엄마, 아빠"만 하다가 한 단어만 겨우 말하던 시기를 지나 24개월을 기점으로 어느 날 갑자기 말을 하기 시작했다. 아이의 발달 과정에는 개별적인 아이들마다의 속도가 다 다르기에 그 속도에 맞춰 아이의 때가 되면 그에 맞게 잘 자라난다. 부모는 개별 아이의 특성과 발달속도, 발달 수준을 관찰하면서, 기관에 다닌다면, 기관 전문가들의 조언을 들으면서 아이를 믿고 부모의 인내심을 장착해 기다리는 노력이 필요하다.

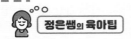

'모든 성장에는 때가 있다'라는 것을 기억해 주세요.

참 신기하게도 계절마다 때가 되면 각 계절에 맞는 꽃이 피고, 열매가 열립니다. 이러한 자연의 섭리와 마찬가지로 우리 아이들도 각자의 '때' 가 있습니다. 그 '때'가 되면 피어난다는 것을 알고 나면 기다림이 지침 으로만 가득 차진 않을 것입니다.

비록 기다리는 과정이 고난과 역경이라고 느낄 만큼 힘들더라도 막상 지나고 나면 별것 아니라고 생각이 들 것입니다.

아이가 태어나고 '100일의 기적'을 기다려보셨지요? 저 또한 간절히 기 다렸던 기억이 납니다. 아이가 연달아 통잠을 자기만 해도 살 것 같았던 그 시절도 금세 지나갔잖아요. 배변 훈련 과정을 겪고 있는 부모님들도 이 과정 또한 지나가고, 별 것 아니었다는 듯 되돌아보는 추억이 될 거 라고 생각합니다.

그렇기에 이 시기를 누구보다 열심히 누리고 성장하고 있는 우리 아이 가 잘 클 수 있도록 격려하는 한마디와 꼭 안아주며 사랑 고백하기를 오 늘 한 번 더 해보는 것은 어떨까요?

아이는 오늘도 성장하고 있습니다.

육아, 처음이라 어렵지만 괜찮아

2

자기 물건 스스로 정리하는 습관 기르기

아이가 만 2세 반 어린이집을 다니던 시절, 나는 하원을 하러 이른 퇴근을 하고 아이를 데리러 갔다. 아이는 현관에서 신발을 스스로 신고 있었다. 집에서는 신겨줘야 겨우 신고 나가는데, 어린이집에서는 신발을 스스로 신다니. 나름대로의 충격이었다.

나는 현재 유치원 교사다. 보통 아이가 만 3세가 되면, 영유아 어린이집에서 더 큰 어린이집으로 옮기거나 유치원으로 옮기는데 이때 잘 적응할 수 있도록 적응기를 가진다. 만 3세 아이가 유치원에 입학하면 혼자서 신발을 신지 못하는 경우가 더러 있다. 유치원에서는 스스로 신발을 신어야 한다. 물론 신을 때까지 기다려준다. 신발을 신고 바깥놀이를 갈 때 가장 먼저 신은 아이가 먼저 줄을 서고, 활동을 하게 된다. 그런 일이 반복되면, 빨리 신발을 신고 줄을 서고 싶어 스스로 신발을 신게 된다. 기회가 주어지고, 내가 해야 한다는 마음과 동기가 있다면 만 2세 이후의 아이들은 스스로 할 수 있다.

아이가 연령과 개월 수에 맞게 신체발달이 이루어지고 있다면 스스로 신발을 신고 벗을 수가 있다. 만약, 아이가 안 하려고 하거나 못한다면 부모가 아이를 어떻게 대하고 있는지 되돌아볼 필요가 있다. 고백하자면, 나는 기관에서 유아기 아동들을 만나고 지도해 온 전문가임에도 우리 아이를 아기처럼 키우고 있었다.

아이의 등하원은 거의 친정엄마가 도맡아 해 주셨다. 그러다 보니 사실상 아이가 어린이집을 다니는 동안에 등원 준비와 하원하고 나서 정리하는 것에 대해 신경을 쓰지 못했다. 외출할 때도 아이가 스스로 할 수 있도록 기회를 주고, 시간을 넉넉히 가지면서 아이를 도왔어야 했는데 그 과정을 하지 못했다. 빨리 준비해서 가야 했기에 그저 부모가 편한 대로 아이 신발을 신겨주고, 옷을 입혀주었다. 아이도 그게 당연한 듯이 가만히 있었다. 주말이라도 그 기회를 마련하고 할 수 있도록 했어야 했는데, 신경을 쓰지 못했다.

육아, 처음이라 어렵지만 괜찮아

다행일까. 어느 순간, 아이는 자기가 주도적으로 하려고 하는 것에 어른이 개입하는 것을 거부하며 스스로 하려고 했다. 덕분에 등원하거나 외출할 때 어떤 옷을 입을지 직접 고르고, 그 개월 수에 맞게 성장해 주었다. 문제는 옷을 스스로 입지 않는다는 것이었다. 아마도 어른들이 옷을 입혀주는 게 편했던 것이리라. 뒤늦게야 스스로 입을 수 있도록 했더니 쉽지 않았다. 아이는 그동안 잘 입혀주다가 안 해주니 불만과 불편함을 표현했다. 입혀달라며 떼를 쓰기도 했다.

혹시 아이가 유치원을 다니는 시기임에도 스스로 하는 습관을 기르지 못했다면, 걱정하지 말자. 아직 늦지 않았다. 물론 시간이 좀 더 걸릴 수 있다. 부모의 인내심 또한 필요하다. 그동안 신경 쓰지 않고 있다가 이제라도 습관을 들이기 위해 개입을 한다면, 아이와의 트러블은 당연한 수순이다. 갑자기 확 바꾸지 말고, 점진적으로 습관을 만들어가 보자. 아이가 변화할 수 있는 것은 엄마의 마음먹기에 달려있다. 당장 아이가 힘들다고 하기 싫다고 할 수도 있다. 또는 엄마, 아빠는 하지 않으면서 왜 나는 그래야 하냐며 반문할 수도 있다. 그럴 땐, 이렇게 해야 하는 본질을 이야기해 주면 된다.

예를 들어 자신이 가지고 논 장난감을 정리해야 한다고 하자. 아이는 "엄마가 정리해. 나는 어려서 못해."라고 말한다면 설명을 해야 한다. 아이가 자기 물건을 챙기고 정리정돈을 해야 하는 것은 아이 자신의 물건이기 때문이다. 그동안 엄마, 아빠가 도와주고 해 주었던 것은 엄마, 아빠의 일은 아니지만 도움이 필요했기 때문에 도와준 것이었다. 하지만, 아이는 이제 스스로 물건을 챙기고 정리정돈을 할 수 있는 나이이다. 만일 시기를 나처럼 조금 놓쳤다면, 아이에게 솔직히 이야기하는 것이 좋다.

"시우야, 이 물건들은 누구의 것이지? 맞아. 시우의 물건이야. 그동안 시우를 도와줬던 것은 엄마가 해야 할 일이어서가 아니라, 시우가 혼자서 하기 어렵다고 생각해서 도와준 것이었어. 시우가 할 수 있는데 못한다고 생각한 건 미안해. 이제부터라도 시우가 할 수 있도록 조금씩 도와줄게. 시우도 노력해 보자."

무엇보다 아이는 내적 동기가 생겨야 자신의 일을 스스로 할 수 있는 마음이 생긴다. 아이가 자신의 물건을 챙기고 정리 정돈하는 것이 아이입장에서는 상당히 귀찮은 일일 수 있다. 그동안 안 하고 편하게 어른이 다해주었는데 내가 하려고 하면 힘들 수 있기 때문이다. 이때 해야 하는 이유와 왜 스스로 해야 하는지 그에 대해 중요한 이유를 알려주어야 한다.

"시우야, 이 물건들을 시우가 정리하는 것은 시우의 물건이기 때문에 시우가 해야 하는 일이야. 이렇게 시우의 몫을 우리 집에서 함께 한다면 우리 집의 보탬이 되는 일이기도 해. 시우가 스스로 물건을 챙길 줄 알게 되니 엄마는 시우가 벌써 이만큼 컸구나 하고 대견한 마음도 들어. 한꺼번에 하는 것이 어렵다면 시우가 혼자 할 수 있을 때까지 조금씩 도와줄 수 있어."

아이의 몫이고 책임이라는 것, 그리고 우리 집의 보탬이 되는 일이라는 점을 알려주면 아이는 내가 하는 행동이 우리 집에 기여하는 행동이라는 것을 느끼고 하려는 마음을 가질 수 있다. 엄마, 아빠가 시킨다고 생각하면 하기 싫은 일이 된다. 아이가 하고 싶어서 스스로 마음에서 우러나 책임을 다할 수 있도록 돕자. 그리고, 부모도 자신의 물건을 잘 챙기고 정리 정돈하는 모습을 보여주자.

아이가 스스로 자기 물건을 챙기고, 정리하는 기회를 주세요.

아이가 자신의 물건을 스스로 정리하고, 챙기려면 부모가 먼저 챙기기보다 아이가 먼저 챙길 수 있도록 기회를 먼저 주는 것이 중요합니다. 이때, 아이가 스스로 할 수 있는 환경을 마련해 주는 것이 효과적입니다. 신발, 옷, 가방을 정리할 수 있는 공간 또는 영역을 마련해 준다면 아이는 보다 그곳에 정리하고 챙기는 것이 쉬울 것입니다.

아직 아이가 어려서 부모가 많은 것을 챙기고 해주어야 할 시기가 지나면 아이에게 하나씩, 하나씩 그 주도권을 점차 넘겨주어야 합니다. 하지만, 대부분의 부모님들은 아이가 유치원에 가기 전까지도, 심지어 유치원에 다니고 있어도 어리다고 생각해서 많은 것을 대신해 줍니다. 아이들 개별적인 성향과 특성, 발달 정도에 따라 그 시기는 다 다르지만, 배변 훈련을 하고, 신발을 신고 나가는 시점이 된다면 하나씩 도전해 볼 수 있는 기회를 주는 것이 좋습니다.

아이는 언제까지나 부모가 해주는 대로 살아갈 수 없습니다. 아이가 자신의 물건을 챙기고, 정리정돈을 스스로 하는 기본생활습관을 기른다는 것은 자신의 인생을 주체적으로 살아가는 태도를 기르는 것과 같아요. 내가 할 일에 대한 책임감을 갖게 되는 일이거든요. 아이가 책임감 있게 자신의 일을 수행할 수 있게 되면, 학령기가 되어도 스스로 준비물을 챙기고 숙제를 챙기는 아이가 될 수 있습니다. 아이의 자율성을 믿고 스스로 할 수 있도록 도와주세요.

* '장난감 정리하기'도 놀이로 게임처럼 즐겁게 하면 즐거운 시간이 될 수 있어요.

장난감으로 놀이하고 나면 온 방안이 장난감으로 가득하지요. 장난감 정리를 하라고 말해도 아이는 듣는 둥 마는 둥 할 거예요. 제아무리 기관에서는 정리정돈을 잘하는 아이라고 하더라도 말입니다. 집에서 엄마의 잔소리는 줄이고 아이가 즐겁게 정리정돈을 하는 방법은 없을까요? 아이와 정리도 놀이처럼 하는 방법이 있습니다. 타이머를 맞추고 그 시간 동안 부모와 나누어 누가, 누가 많이 정리했는지 해볼 수도 있고, 장난감 집에 데려다 주기 게임도 해볼 수도 있답니다. 장난감들도 집(제자리)에 돌아가 쉬어야 한다고 말입니다. 정리정돈도 즐거워야 아이도 정리 시간을 힘든 시간이 아닌 즐거운 시간으로 느끼고 즐길 수 있습니다.

3

손 씻기 싫어요! 이 닦기 싫어요!

"나 이것만 하고 닦을게요."

"나 이 책만 읽으면 이 닦을게요. 진짜예요!"

왜 아이는 잠잘 시간만 되면, 이 닦거나 씻을 시간이라고만 하면, 무언가 먹고 싶고, 무언가 다른 할 일이 생각나는 걸까? 하기 싫어서 자꾸만 다른 핑계를 찾으려고 하는 게 분명하다.

어떤 날은 인내심을 가지고 잘 기다려주지만, 밤 잠 시간이 늦어지면 화가 났다. 결국 아이에게 다그치며 빨리 씻으라고 재촉했고, 아이의 울음으로 끝나버렸다.

하루, 이틀 씻는 것도 아니고, 매일매일 해야 하는 일과인데, 이렇게 울고 혼나고 화내고 마무리되어서는 안 될 것 같았다. 어떻게든 방법을 찾아야 했다. 어떻게 하면 아이를 움직일 수 있을까. 늘 고민이 되었다.

그러다 그림책을 활용해야겠다는 아이디어가 떠올랐다. 아이와 나는 늘 그림책을 보며 지내기에 관련 그림책을 함께 보며 공감대를 형성하고, 아이도 스스로 필요한 이유를 느낄 수 있도록 해야겠다고 생각했다.

씻는 것과 관련해 아이가 만들어가야 할 기본생활습관으로는 손 씻기, 이 닦기, 샤워하기가 있다. 손 씻기는 하루 동안 수시로 해야 한다. 화장실을 다녀와서, 식사를 하기 전, 바깥에 다녀와서 등 손을 씻어야 하는 일은 정말 많이 있다. 문제는 외출하고 왔을 때는 자연스럽게 욕실로 가서 씻는데, 집에만 있을 때는 손 씻는 것을 귀찮아할 때가 있었다.

나는 바로 그림책을 꺼냈다. 우에타니 부부작가의 그림책 《최강 청결 히어로 비누맨》은 손바닥 마을이 더럽혀져서 비누맨이 때 괴물을 물리치고 다시 깨끗한 마을로 평화를 되찾는 이야기이다. 이 책을 읽고 나서 나와 아이는 '손바닥 마을' 이야기로 공감대를 형성했다. 손바닥 마을을 지키기 위해서 손을 씻어야 하는 이유가 생긴 것이다. 스스로 손에 무언가 묻어서 불편할 때, 물감이 묻은 손을 씻어야 할 때, 놀이를 하다가 간식을 먹어야 할 때 등 손바닥 마을을 지키기 위해 아이는 손을 씻었다. 아

육아, 처음이라 어렵지만 괜찮아

이는 자연스럽게 손 씻기 습관을 형성해 나갔다.

손 씻기는 그나마 양반이다. 기관에서도 코로나19의 영향으로 자주 손 씻기를 하도록 지도해 왔고, '손 씻기' 그 자체는 거의 생활 속 일부가 되었기에 어렵지 않다. 하지만, 이 닦기와 샤워하기는 늘 실랑이를 해야 했다. 특히 양치질은 왜 해야 하는지 이유를 알고 있으면서도 하기 싫어했다. 추측컨대, 이를 닦으면서 즐겁다기보다 칫솔을 입에 넣고 닦는 행위 그 자체가 불편했던 것 같다. 누군가는 이러한 불편함을 표현하길, 오랜 시간을 입을 벌리고 치과치료를 받는 불편함과 비슷하다고 한다. 그렇게 이해해 보았을 때, 충분히 불편할 수 있겠다고 생각이 들었다.

그렇다면, 양치하는 시간을 즐거운 시간으로 만들면 되는 것 아닐까? 이를 닦는 이유를 백 날 이야기 해줘 봐야 내 입만 아프고 움직이지 않는 아이를 보면서 답답할 뿐이다. 이가 썩을 수 있다는 협박 아닌 협박은 이제 통하지 않고, 그런 사실보다 아이는 당장 이를 닦으며 겪는 입 속 불편함이 크다.

가장 먼저 불편한 환경을 제거했다. 부모가 도와주는 칫솔질 마무리와 화장실에 들어가는 그 자체가 불편할 것이라는 예상 하에 가장 좋은 방법을 찾았다.

아이가 세면대 앞으로 스스로 신나서 가려면 그곳이 적어도 불편하지 않은 장소여야 한다. 나는 '브러쉬 몬스터' 앱을 이용해

보기로 했다. 이전에도 사용해 보았지만, 그 당시 아이는 스스로 이를 닦는 것보다 화면을 보는 것과 그 안에 콘텐츠에 관심을 가지는 것 같아 잠시 중단했었다. 이젠 아이가 화면의 칫솔 움직임을 보고 따라 할 수 있다고 판단해 시도해 보기로 했다.

내 생각은 적중했다. 아이는 자신의 얼굴을 보면서 이를 닦는 것, 이를 닦고 난 후에 나온 스티커로 셀카를 재미있게 찍을 수 있다는 점에 즐거움을 느끼기 시작했다. 그것만으로도 조금은 성공이었다. 그렇게 조금씩 이 닦는 시간을 즐거운 시간으로 바꾸어 나갔다.

이제 부모의 양치 마무리 시간을 해결해야 했다. 아직은 아이가 어리기에 온전히 아이에게만 양치질을 맡길 수는 없었다. 그래서 택한 방법은 낮 시간에는 아이에게 주도권을 많이 주고, 자기 전 이 닦기만 해 주기로 했다. 처음엔 아이도 엄마가 개입하지 않으니, 그 시간을 조금은 편안해하는 것 같았다. 조심할 점은 엄마가 개입하지 않기로 했으니 그 시간은 온전히 아이에게 주는 것이다. 잔소리도 하지 않아야 한다. 아무리 엉터리로 닦고 대충 닦더라도 지켜봐야만 했다. 나는 이 닦는 것을 혼자 했다는 것에 의의를 가지기로 했다.

그렇게 하루, 이틀이 쌓여가자 아이는 이 시간을 두려워하거나 거부하지 않기 시작했다. 그리고 오히려 주도권을 주었던 낮에도 마무리를 도와달라고 먼저 요청했다.

아이와 이를 닦아야 하는 이유에 대해서도 굳이 설명하지 않았다. 그저 그림책을 함께 읽기만 했다. 최병대 작가의 그림책 《그래! 이 닦지 말자》라는 그림책은 정말 유쾌한 스토리였다. 아이가 이를 닦기 싫다고 하자, 신체의 다른 부위를 가리키며 "(칫솔로) ○○를 닦을까?"라고 한다. 칫솔로 다른 곳을 닦는다는 것은 생각지 못한 반전이다. 아이도 "이를 닦는 칫솔로 머리를 어떻게 닦아?"라며 깔깔대고 웃었다. 아이는 이를 닦아야 하는 이유를 모르지 않는다. 알지만 불편하니 하기 싫을 뿐이다.

이 책을 읽으면서 아이는 마음속 불편함을 조금은 해소한 듯 보였다. 실제로 이 닦기 싫어할 때에 칫솔을 들고 여기저기 가리키며 "○○ 닦을까?' 하며 장난치니 웃으면서 "이 닦아야지~"한다. 그림책 속 주인공이 되어 이를 닦지 말자고 하니 그저 재미있었던 것 같다. 그림책에서도 마지막엔 아이가 스스로 이를 닦자고 말한다. 결국, 스스로 이를 닦으려는 의지가 있어야 불편해도 감내할 수 있는 것이다. 우리 아이도 조금씩 나아졌다.

씻는 것이 싫은 아이들을 도와주려면 이렇게 해보세요!

아이들을 씻기고 재우는 것만큼 힘든 일도 없습니다. 육아는 쉽지 않은 일입니다. 매일 하라는 대로 하면 얼마나 좋을까요. 아이들은 싫은 건 싫다고, 힘든 건 힘들다고 필터링 없이 이야기합니다.

어른들도 씻는 것이 귀찮을 때가 있습니다. 아이들도 마찬가지 일 것입니다. 어른들은 치과에 가서 충치치료도 해보고 불편한 일을 겪어봐서 그 불편한 일을 다시 겪느니 차라리 매일 귀찮은 일을 하자고 마음먹었을 것입니다. 아이들은 아직 충치치료의 불편함을 모릅니다. 그러니 당장 칫솔이 입속에 들어와 왔다, 갔다 하는 것만으로 충분히 불편한 것입니다. 이러한 불편함을 먼저 이해하면 아이가 왜 이렇게 이 닦는 시간만 되면 온몸으로 거부하려고 하는지 조금이나마 이해해 줄 수 있습니다.

마음은 충분히 공감이 가지만 충치가 생기지 않으려면 꼭 해야 하는 일과 중 하나입니다. 그렇기 때문에 아이의 마음을 먼저 공감해 주는 시간도 필요합니다. 아이의 마음이 움직여야 일과를 수행하기가 보다 수월해지니까요. 그림책을 활용해도 좋고, 부모님의 과거 이야기를 꺼내어보는 것도 도움이 됩니다.

"엄마도 어렸을 때, 이 닦는 거 진짜 싫어했다. 이 닦는 게 너무 싫어서 숨어있기도 했어. 칫솔로 이 닦는 게 왜 이렇게 불편한지 모르겠더라. 그런데, 그렇게 대충 닦다 보니까 어느 날, 충치가 생겼어. 치과 가서 충치치료를 하는데 너무 무섭고, 싫은 느낌에 힘이 많이 들었어. 충치가 생기지 않게 하려고 그다음부터는 하기 싫어도 이를 더 열심히 닦게 된 것 같아. 그런데 ○○ 이도 엄마처럼 닦기 싫다고 이를 제대로 안 닦다가 충치가 생겨서 힘들까 봐 걱정이 된단다. 우리 충치군단을 물리치러 용기 내서 가볼까?"

이렇게 부모님의 경험에 조금 보태서 이야기를 아이에게 해준다면, 우리 엄마 아빠도 어렸을 때 그랬구나. 나랑 똑같았구나. 하면서 마음의 위안이 됩니다. 그리고 걱정하는 부모님의 마음도 전해질 거예요. 아이가 스스로 해낼 수 있게 마음을 움직여보는 노력을 해보면 어떨까요.

내 옷은 내가 스스로 입어요

"우리 유치원 갈 때 입을 옷 골라놓자!"

아이는 아침에 일어나 오늘 입을 옷을 고른다. 입고 싶은 위 아래 옷, 양말을 골라 스스로 입는다. 우리 아이가 처음부터 잘 했던 것은 아니다. 아이의 기본생활습관을 기르기 위해 부모의 마음 준비와 의지가 먼저 선행되어야 했다.

아이는 늘 양육자가 골라주는 옷을 입혀주는 것에 익숙해 있 었다. 그러다 보니 아이에게 스스로 입도록 제안했을 때에 입혀 달라고 떼를 부리는 경우도 있었다. 처음부터 모든 것이 완벽할 수는 없는 법. 점차 아이가 스스로 입을 수 있도록 돕기로 했다.

"내가 할 거야. 내가 고르려고 했는데!"

아이 아빠가 평소처럼 아이 옷을 골라주려고 하자 울음이 터졌다. 겨우 진정하고 나서 옷을 스스로 고르니 만족스러운 표정이었다. 뭐든 자기가 나서서 하려는 경향이 있다 보니 때때로 마음 급한 어른들이 골라버리면서 벌어지는 일이 생겼다. 아침에 시간 맞춰 등원을 해야 하는데, 이런 일들로 아이의 기분이 상하고 시간은 늦어지고 하는 일로 변화가 필요했다.

당분간은 전 날 저녁에 아이에게 유치원에 갈 때 입을 옷을 골라달라고 부탁했다. 미리 찾아놓으면, 아이 본인이 스스로 선택한 것이기에 다음 날 급하게 준비할 일이 생기더라도 특별히 어려움이 없었다. 옷을 고르는 것은 어떤 일이 생겨도 자기 자신이 고른다는 아이가 옷을 입는 것은 다른 문제인지 이것만큼은 스스로 하려고 들지 않았다.

"엄마가 입혀줘."

"나 이것만 도와줘."

"오늘만 도와주면 내가 내일은 혼자 해볼게. 응?"

스스로 옷을 입는 것은 아이에게 쉬운 일이 아니었던 것이다. 하나씩 하나씩 점진적으로 해보기로 했다. 아이가 할 수 있는 것을 먼저 물었다.

"시우야, 위아래 옷 중에 어떤 걸 혼자 입어볼 수 있겠어?"

"나 바지는 혼자 입을 수 있어. 봐봐. 나 잘 입지?"

아이는 속옷과 바지만큼은 혼자서 스스로 입을 수 있었다. 아무래도 화장실에 오고 가면서 바지를 내리고 입고하는 것이 더 익숙해서 일거라는 생각이 들었다. 그리고 옷 입는 순서에 있어서도 바지는 두 다리를 바지 구멍에 넣고 허리춤까지 끌어올리면 되는 일이기에 아이 입장에서 윗 옷보다는 상대적으로 쉽게 느낄 수 있었다.

아이에게 바지먼저 입어보라고 하면서 시작했다. 윗옷이 어려운 점은 무엇일지 살펴보니 아이가 머리를 넣는 부분을 어려워했다. 머리를 넣어주면 그다음 팔을 넣는 것은 아이가 스스로 해보며 점차 옷을 혼자 입기 시작했다.

처음엔 혼자서 해 내는 시간이 많이 필요하다. 아침 등원 시간이 촉박하다면 아이를 기다리기가 쉽지 않다. 하지만, 이 시간을 확보해서라도 아이는 혼자 해보는 시간을 꼭 경험해야 한다. 그래야 아이가 스스로 해낼 수 있다. 그리고, 혼자 옷을 입는 것을 할 수 있다. 언제까지 부모가 옷을 입혀줄 수는 없는 법.

아이가 혼자서 해보려는 시도를 할 때가 기회다. 그 기회를 놓치지 말고 아이에게 시간을 충분히 줘보면 좋겠다. 그러면 시기를 놓쳐 더 많은 시간과 애씀을 들이는 수고로움을 덜 수 있다. 아이는 혼자서 충분히 할 수 있다. 혼자서 할 수 있는 환경을 마련해 주자. 그 환경은 특별할 것이 없다. 아이가 고른 옷을 스

육아, 처음이라 어렵지만 괜찮아

스로 입을 수 있도록 펼쳐놓아 주는 것이다. 그러면 아이는 그 옷을 집어 들고 차례차례 스텝을 밟아가며 옷을 입을 수 있다. 아이가 도움을 요청한다면 도움을 주자. 그리고 점진적으로 도움을 줄여나가면서 마지막 종착지는 아이가 혼자서 옷을 입는 과정을 모두 수행하는 것이다.

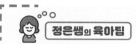

아이가 혼자서 옷을 입고, 신발을 신는 자조 능력을 키우려면 이렇게 해보세요!

아이가 태어나 아기일 때는 혼자서 할 수 없기 때문에 양육자의 도움을 전적으로 받으며 자라납니다. 하지만, 점차 아이가 성장하면서 혼자서 해낼 수 있는 것들이 생기기 시작합니다. 혼자서 해내는 경험은 아이에게 매우 중요한 경험입니다. 아이는 자신이 해냈다는 것만으로도 '나' 자신을 대단한 존재로 여기는 마음이 생깁니다. 그리고 다음에도 내가 해보겠다는 마음으로 도전해 보지요.

아이는 옷을 입고 벗고, 신발을 신고 벗고, 밥을 스스로 먹는 등의 '자조 능력'은 일상생활에서 부모의 모습을 모방하면서 시작됩니다. 하지만, 아직까지는 스스로 해낼 수는 없는 수준이지요. 그러다 만 2세가 지나고 유아기가 되면 아이는 스스로 해낼 수 있는 것들이 점차 많아지게 됩니다.

자조 능력이 발달하는 과정에서는 아이들이 시도하는 과정을 반드시 거칩니다. 밥을 스스로 숟가락으로 떠먹으면서 처음엔 흘리기도 하지만, 점차 조절해 흘리지 않고 밥을 떠먹게 됩니다. 옷을 입을 때에도 처음엔 옷의 구멍에 신체부위를 넣는다는 것을 알고 있기에 구멍에 밀어 넣어보지만 엉뚱한 곳에 들어가 있었다면, 점차 이러한 과정이 수정되면서 제대로 입게 됩니다.

아이가 어리다고 아기로만 보아서는 안됩니다. 아이가 스스로 하겠다는 신호를 보낸다면 그 신호를 알아채야 합니다. 만일 신호를 보내지 않는다면, 아이가 시도해 볼 수 있는 기회를 주세요. 아이의 성향이나 기질에 따라서 그 방법과 시간이 다 다를 수 있습니다. 부모는 아이가 스스로 하는 과정을 격려하고, 작은 성취도 칭찬해 주는 것이 도움이 됩니다. 그리고 지지해 주세요.

육아, 처음이라 어렵지만 괜찮아

혼자서도 잘 자요

아마도 많은 엄마들이 아이 수면교육에 관심이 많을 것이다. 나 또한 수면교육을 잘해보고자 노력했지만 실패했다.

조리원에서부터 《똑게육아》 책을 열심히 읽고 '먹놀잠', '놀먹잠' 시간 다 지키면서 열심히 아이 수면과 먹는 것 일상에 공을 들였다. 하지만, 책의 내용과 현실은 달랐다. 나는 아이를 스스로 잠이 들게 하는 것에는 결국 성공하지 못했다. 아이가 우는 소리가 너무 서글펐고, 이대로 두었다가 아이한테 큰일을 저지르는 것만 같았다. 그 순간을 잘 이겨냈어야 했나 싶은데, 결국 아이와 함께 자는 것을 선택했다. 다만, 침실이라는 공간에 아이의 침대를 따로 만들어주었다. 이것이 내가 아이 수면을 위해 잘

한 선택이라면 잘한 선택 같다.

수면교육을 실패한 요인을 꼼꼼히 분석해 본 결과, '공간 분리를 하지 못한 것'이라는 것을 알 수 있었다. 아이가 태어나면서부터 지낸 곳은 아이를 분리수면을 시킬 수 있는 공간이 없어 침실 공간을 함께 공유해야 했다. 그러다 보니, 아이보고 혼자서 잘 자라고 해 놓고 나오는 것 자체가 이상한 모습이었다. 아마 아이도 그렇게 느끼지 않았을까 싶다.

어느 날, 수면교육을 하려고 혼자 재우고 나왔다. 아이는 울다가 잠시 뒤 그쳤다. 잠이 들었나 궁금한데 수면캠을 켜놓고 나오지 못해 베란다에서 슬쩍 훔쳐보았다. 그때 하필 그 작은 구멍 틈으로 아이와 내가 눈이 마주쳐버렸다. 말도 못 하는 아이가 "악!"이라고 소리쳤다. 순간 너무 미안했다. "엄마야 엄마, 미안해 놀랐지?" 나는 그날 이후 베란다에서 훔쳐보는 행동은 결코 하지 않았다.

그날 이후, 다시 함께 자야만 했다. 절망스러웠다. 영원히 분리수면은 할 수 없을 것만 같았다. 아이가 48개월을 앞둔 해에 이사할 시점이 되어 방 3개가 있는 곳을 선택했다. 하나 더 늘어난 방에 아이 방을 만들어주었다. 아무리 아이 방이 있다고 해도 혼자 잠들까 걱정되었는데 이사를 하자 아이가 변화했다. 자기 방이 생긴 데다 침대가 새로 들어오니 그 방에서 혼자 자겠다

육아, 처음이라 어렵지만 괜찮아

는 것이다.

　원래 분리수면을 하던 아이도 이사를 하면서 환경이 바뀌면 어려움을 느낀다고 해서 우리는 아이가 사용하던 범퍼침대를 이전처럼 같은 공간에서 사용했다. 마침 아이 침대도 배송이 늦어져 아이 방에서 따로 아이가 잠을 자기가 어려운 상황이었다. 그런데 우연히 안방을 정리하면서 아이 방으로 범퍼침대를 옮겨놓았는데, 한번 물어나 볼까 해서 한 말이 아이를 움직였다.

　"시우야, 혹시 오늘부터 시우방에서 혼자 잘 수 있겠어?"

　"응"

　"정말이야? 안 무섭겠어?"

　"응 나 여기서 혼자 잘 거야."

　세상에 기적 같은 일이 일어났다. 그동안 분리수면을 고민하던 나는 무엇인가. 환경이 바뀐 것만으로 아이가 변화할 수 있음에 새삼 놀랐다. 그 뒤, 아이의 새로운 침대가 배송되어 왔고, 아이는 자연스럽게 혼자 자게 되었다.

　그런데, 이런 기쁨과 감동도 잠시, 아이는 혼자 자다가 엄마를 찾기를 반복했다. 어떤 날은 혼자서도 잘 자다가, 어떤 날은 엄마가 토닥여달라고 하고, 어떤 날은 엄마가 없이는 절대 못 자겠다고 했다. 그때마다 토닥여주고, 재워주기도 했다. 물론 아이 방에서 혼자 잠들 수 있게 말이다. 다행히 중간에 깨서 엄마가 없다고 울거나 안방으로 뛰쳐나오거나 하는 일은 없었다.

아이가 왜 이럴까 걱정되다가도 또다시 아이의 잠을 재우느라 저녁에 남은 내 할 일을 못하게 되는 상황이 힘들기도 했다.

그러던 어느 날, 아이가 이렇게 말을 했다.

"엄마, 나 무서워. 갑자기 괴물이 나타나서 엄마를 잡아먹으면 어떻게 해?"

그때 알았다. 상상력이 풍부해지면서 혼자 밤에 무섭다고 느끼게 된 것이라는 것을. 아이가 불안하지 않게 하는 것이 우선이라는 판단이 섰다. 무서워하는 날은 옆에서 함께 있어주었다. 토닥여주면 금방 잠이 들거나, 아이의 요청에 따라 주말에는 엄마가 함께 자는 날도 정했다. 그렇게 조금씩 아이의 불안은 줄어들어갔다.

아직 완전한 분리수면은 아니지만, 때에 따라 혼자 자는 날이 많아졌다. 엄마가 필요하다고 말을 하는 날도 많지만, 스스로 자려고 노력한다. 그렇게 지내다 보면 언젠가는 온전히 혼자 잠을 자게 되는 날이 오리라 믿는다.

육아, 처음이라 어렵지만 괜찮아

아이의 수면습관을 도와주려면 이렇게 해보세요!

아이의 잠은 뇌발달에도 중요한 역할을 합니다. 우리도 잠을 잘 자고 나면 개운하고, 머리도 맑아지고 상쾌한 기분으로 일어나지요. 아이들도 마찬가지입니다. 밤에 자기 전에 기분 좋게 잠들면, 아침에 일어났을 때에도 기분 좋은 아침을 맞이할 수 있습니다.

아이가 잘 자려고 하지 않을 때에는 부모의 잔소리만 많아집니다. 그러다 보니, 아이와 밤잠을 자기 전 실랑이를 하다가 결국 울며 잠드는 일들도 허다하지요. 아이가 좀 더 편안하게 잘 수 있는 방법은 없을까요?

아이가 자는 잠은 부모가 재워주는 것이 아닌 스스로 잠이 드는 것입니다. 스스로 잘 자려면 잘 잘 수 있는 환경을 마련해 주는 것이 중요합니다. 이를 테면, 아이가 계속 이야기를 나눌 상대가 있다면 잠을 잘 수 없듯, 소음이 들려서 잠을 잘 수 없듯, 밤에 불빛이 너무 많이 들어오면 잠자기 어렵듯 잠을 잘 때 방해가 되는 요소를 살피고 환경을 마련해 주는 것입니다.

어른도 휴식하기 편안한 환경에서 잠이 잘 오듯 아이들도 마찬가지입니다. 혼자서 휴식을 하며 잠들 수 있도록 도와주세요. 잠이 드는 것은 아이의 몫이 될 수 있도록 말입니다.

저희 아이도 52개월인 현재까지도 아직 수면에 집중하는 습관이 완전히 들여지지 않았습니다. 차차 습관을 들이도록 시간의 도움이 필요합니다. 당장 하루아침에 바꿀 수는 없습니다.

수면교육을 하는 가정에서 아이에 따라서는 돌 전부터도 스스로 잠에 드는 것으로 시작해 독립수면과 분리수면이 가능하기도 합니다. 부모의 의지와 아이의 성향도 고려해 수면교육을 점진적으로 시도해 볼 수 있습니다.

저 또한 우리 아이의 독립적인 수면을 할 수 있도록 계속 노력해 나갈 것입니다. 아이가 자야 하는 시간에 스스로 들어가 휴식을 하면서 편안하게 잠을 잘 수 있도록 말입니다. 아직 아이의 수면습관이 길러지지 않은 아이라면, 점진적으로 독립수면으로 갈 수 있도록 도와주는 것도 방법입니다.

〈독립 수면을 돕기 위한 방법〉

1. 아이가 스스로 잠들 수 있게 옆에 있어준다.
2. 아이와 부모와의 거리를 점진적으로 넓혀간다.
   (아이 옆 → 침대 옆 → 방 문 앞 → 거실 소파)
3. 아이가 휴식하는 시간임을 알려주고 편안한 휴식을 위한 환경을 마련해 준다.

육아, 처음이라 어렵지만 괜찮아

제5부

엄마도 함께 성장하는 육아

1장

엄마도
엄마가 처음인지라

1

엄마도 엄마가 처음인지라

2019년, 첫 아이가 태어나고, 3주간 조리원 생활을 한 후 집으로 왔다. 근처에 친정엄마가 살고 있어서 매일 낮 12시만 되면 집에 와서 점심을 챙겨주시고, 집안 정리를 도와주셨다. 오실 때마다 엄마는 아이를 돌보는 동안 모자란 잠을 좀 자라고 재촉했다. 엄마 덕분에 푹 쉴 수 있었다.

조리원이 천국이라는 말을 새삼 현실에서 느낀 건 조리원을 나온 바로 그날부터였다. 나는 조리원이 참 지루했다. 나름대로 그 안에서 프로그램이 많았지만 그럼에도 바깥공기가 그립고, 빨리 집에 가고 싶었다. 조리원에서 수유콜이 와서 내려가면 아이는 늘 잠만 잤기에 이 정도면 육아 그까짓것 별거 아니겠다는

　　　　　　　　　　　　육아, 처음이라 어렵지만 괜찮아

생각이 들었다. 하지만 그것이 오만한 생각이었다는 것을 깨닫는 건 그리 오래가지 않았다.

밤마다 아이는 왜 이리 자주 깨는지, 젖병은 왜 닦아도, 닦아도 그대로인 것 같은지 빠져나갈 수 없는 소용돌이 속에 갇혀버린 느낌이었다. 신기한 건 나는 정말 잠이 많은 사람인데, 새벽에 아이가 뒤척이는 소리에도 벌떡 일어나 수유준비를 하고 있다는 것이었다. 그렇게 밤새 거의 뜬 눈으로 수유를 해대니 낮엔 피곤할 수밖에 없었다. 이미 이 길을 여러 차례 지나왔던 우리 엄마는 그걸 알고 나를 도와주셨던 것이다. 그저 내가 힘들까 봐 온 것이라 생각했는데 엄마의 여러 배려 속에 많은 걸 배웠다.

먼저 아이를 낳은 친구들은 "정은아, 백일만 잘 참아봐. 기적이 올 거야. 딱 백일이 안 되더라도 백 이십 일이면 그래도 기적이 오더라."라며 위로해 주었다. 나는 그 말만 믿으며 100일만 이제나 저제나 기다렸다.

드디어 안 올 것 같던 100일이 되었다. 그러자 정말 기적 같은 일이 찾아왔다. 바로, '통잠의 시간'. 아이가 5시간 이상 통잠을 자니 살 것 같았다. 이렇게만 하면 나는 정말 육아를 잘할 것 같았다. 자신감이 어깨까지 차올랐다.

육아는 게임 스테이지와 같다고 왜 아무도 말해주지 않았던가. 통잠은 그저 1단계 스테이지를 통과한 것뿐이었다. 그 뒤로 이어진 원더윅스(아이가 정신적, 신체적으로 급 성장하는 시기), 아이의 신체 발달로 인해 뒤집기를 하면서 잠이 깨는 일 등. 또다시 시작이었다. 육아는 한 단계 적응하고 나면 또 다른 적응을 요했다. 이런 적응 단계와 마주할 때마다 적잖은 고통이 있다가 적응되면 편안함을 느끼고, 이런 과정이 반복되었다.

2020년, 육아휴직을 하면서 온전히 아이와의 시간을 보냈다. 선배님은 "난, 1년 휴직기간이 힘들긴 했지만, 그럼에도 참 행복한 시간이었어. 그 시간 즐기다와!"라고 말씀해 주셨다. 이 시간이 '행복한 시간'이구나. 그래 한번 즐겨보자. 그렇게 시작된 육아휴직이었다. 그런데, 나 스스로 아이를 돌보며 '내가 전문가가 맞나?' 하는 마음에 충돌이 일어났다.

나는 분명 유아교육을 전공했고, 현직 교사인데, 말을 못 하는 이 조그마한 신생아와 대화 한 번 나누지 않고 있다는 것을 발견한 것이다. 아이와 있는 시간이 참 고요했다. 아침 인사를 나누거나, 바깥 구경을 하면서 나누는 대화 정도가 전부였다. 나는 유아교육 전문가였지만 내 아이와 대화하는 법을 몰랐다.

휴직을 하고 있는 동안에도 친정 엄마는 매일 낮 12시면 어김없이 우리 집에 오셨다. 그때부터 나는 입이 풀려서 수다쟁이가 되었다. 친정 엄마에게 이런저런 대화를 하는 내 모습을 보며 아이는 눈이 동그래졌다. 아마도 '우리 엄마가 이렇게 수다쟁

육아, 처음이라 어렵지만 괜찮아

이였나?', '그런데 왜 나랑은 별로 말을 안 하지?'라고 생각했으리라.

친정엄마는 집에 오면 바로 아이에게 말을 걸었다. "우리 시우, 잘 잤어? 엄마랑 잘 놀고 있었어? 오늘 어땠어?"라며 안부를 물었다. 아이는 말을 하지 않지만 끊임없이 말을 걸고 눈을 마주쳤다. 정말 특별한 이야기도 아닌 평범한 일상 대화였다. 그때 깨달았다. '아, 신생아에게도 저렇게 말을 하면 되는 거구나.' 당연히 언어적 상호작용이 안 되는 아이에게 내가 언어 자극을 주어야 하는 것인데 그걸 몰랐다는 게 한편 부끄러웠다. 나도 전문가이기 이전에 그저 처음 엄마였던 셈이다.

2021년, 복직을 하면서 진정한 워킹맘의 세계로 들어갔다. 일과 육아의 균형을 잡는 것은 생각보다 쉽지 않았다. 고작 1년밖에 쉬지 않았는데, 내 일을 다 잊어버린 것 같았다. 그게 너무 두려웠다. 익숙하게 잘 해내던 일을 제대로 하지 못할까 봐. 내 정체성을 잃어버릴까 봐.

아이를 케어하면서 일을 하는 것은 뇌 2개를 돌려야 하는 멀티플레이어의 연속이었다. 아이 식사를 준비하면서 내일 할 일을 머릿속으로 정리하고, 아침에 출근준비하면서 어린이집 준비물도 함께 챙겨야 했다. 가끔 일에 치여서 정신을 놓으면 어김없이 아이 준비물을 빼먹거나, 어제의 수저통을 빼지 않고 그대로 보내는 일도 있었다. 아이의 등하원 등 케어하는 것은 엄마의 도움을 받을 수 있었지만, 이후에는 모두 내 몫이었다. 분명 나는 일을 마치고 집에 돌아왔는데 또 다른 일이 기다리고 있었다. 매일 하루 24시간을 끊임없이 일만 하고 있는 느낌이었다. 그렇게 쉼 없이 주말을 맞이하면 소진된 에너지를 보충해주어야 했다. 주말 나들이는 감히 생각하기도 어려웠다. 우리 부부는 나누어 쉬면서 전략적으로 육아를 해야 했다.

분명 나는 그대로인데 나를 둘러싼 환경이 모두 바뀌어버리니 바보가 된 기분이었다. 아이가 생기기 전에 내가 일했던 패턴대로 하려고 할수록 자꾸만 벽에 부딪혔다. 둘 다 완벽하게 할 수가 없는데 그게 용납이 안 됐다. 내 능력이 떨어진다는 생각을 하니 한없이 자존감이 바닥을 쳤다. 이 벽을 깨려면 시간이 필요했다.

일을 하면서 아이를 케어하는 모든 엄마들이 이런 과정을 거쳤으리라. 내가 일을 하다 보니 아이를 제대로 돌보지 못한 것 같은 죄책감과 내 커리어를 쌓아가는 데 이런 현실이 걸림돌이 되는 것 같은 생각에 온갖 감정들이 물밀 듯이 밀려왔다.

아이가 잠을 자야 할 시간에 자지 않으면 점점 더 예민해졌다. 육퇴 후에 나는 해야 할 일들이 남아있는데, 아이가 도와주지 않는 것 같아 화도 나고 짜증도 났다. 그러다 아이를 재우면서 함께 잠들면 허탈함과 함께 화가 밀려왔다. 나 스스로 능력이 없는 사람 같았다. 내 아이도 이렇게 힘들면서 내가 무슨 유아교육 전문가인가 하는 생각에 자괴감도 들었다.

나도 엄마가 처음인지라 모든 것이 서툴고 어려웠다. 그렇게 하나, 둘 배워가며 엄마가 되어갔다.

2

'좌절'은 엄마의 성장 영양분이 된다

"어디야!! 언제 와??"

다짜고짜 남편에게 전화를 해서 퇴근시간도 전에 언제 오는지 물으며 빨리 오라고 다그쳤다. 통화선 너머로 남편의 당황스러움이 느껴졌다. 남편은 일찍 간다고 말하며 통화를 마쳤다.

전화를 끊고 잠시 숨을 돌리는데 쌓여있는 설거지, 정리해야 하는 빨랫감, 너저분한 방, 아이의 칭얼거림이 눈에 들어왔다. 그 순간 '여긴 어디? 나는 누구?'하며 그저 이 상황에서 빨리 벗어나고만 싶었다.

일을 하면서 육아를 하는 것은 상당한 에너지가 소모된다. 아이가 어릴수록 안전하지 못한 환경에서도 민감해지고, 아이가

육아, 처음이라 어렵지만 괜찮아

자기 고집이 생길 무렵이면 아이와의 실랑이를 하며 난리통을 견뎌내어야 한다. 나는 분명 현장교사로 10년 이상을 일한 전문 가임에도 내 아이 앞에서는 한없이 비전문가가 되어있는 것 같은 느낌에 괴리감을 느꼈다.

내 아이를 파악하는 것은 더더욱이 어려웠다. 아이의 기질이 순한 것 같다가도 감각에 예민한 부분이 많은 것이 느껴지면 예민한 기질 같았다. 왔다 갔다 도저히 알 수 없어, 아이에게 어떻게 지원해 주는 것이 올바른 방법인지 찾기가 쉽지 않았다. 심지어, 나의 육아 고민을 지인에게 털어놓아도 딱히 어떤 뾰족한 해결책이 나오지 않았다. 그저 나의 힘듦을 위로받는 것 밖에.

아이가 생기면서 나는 다양한 감정을 마주하게 되었다. 마주하는 감정 중에서 그다지 반갑지 않은 감정들도 많았다. 심지어 남편 앞에서 보이고 싶지 않은 최악의 모습도 드러나고 말았다. 나의 밑바닥까지 보이는 이런 육아가 정말이지 너무 싫었다. 나는 왜 내 아이를 잘 가르치지 못하는지, 편하게 육아를 하지 못하는지, 욕심을 버리지 못하는지 자꾸만 어떤 구멍 속으로 빠져들어가 끝없이 바닥으로 떨어져 헤어 나오지 못하는 것처럼 느껴졌다.

내 하루 동안의 시간 관리도 너무나 어려웠다. 일터에서 마치지 못한 일들을 집으로 가져오면 그때부턴 엄청난 스트레스에 시달려야 했다. 내 머릿속에서는 그 일들이 맴돌고, 아이와의 시간은 엉망이 되었다. 심지어 직장에서 생긴 어떤 스트레스가 집까지 오면 나도 모르게 아이에게 내 스트레스를 풀고 있었다. 정말 최악이었다.

최악의 나를 마주하면서 알아차리게 되면, 즉각 반성모드로 들어갔다. 내가 나은 나로, 엄마로 나아가기 위한 방법을 찾기 위해 육아서도 뒤적였다. 하나같이 육아서에서는 내가 잘해야 한다는 이야기만 보였다. 그런 글을 보면 더더욱 죄책감이 밀려왔다. '내가 부족해서 그렇구나. 내가 잘못해서 그렇구나.'하며 나를 자책했다.

내가 잘 못 한 것이고, 나는 엄마이니 모든 것을 감내하고 참아야만 하는 걸까? 아이의 성장을 위해서는 무조건 육아휴직을 내고 아이와의 시간을 충분히 누려야 하는 걸까? 일하는 엄마는 나쁜 것일까? 복합적인 생각과 감정들로 혼란스러웠다.

한편으로는 일하지 않고, 아이를 돌보며 훌륭히 육아를 하고 있는 사람들을 엿보며 부러움과 시기의 마음이 오갔다. '나도 잘할 수 있는데. 내가 일만 안 해봐. 난 더 잘할 수 있어!'라며 나도 저 사람들처럼 되면, 더 잘할 거라는 착각도 함께 커져갔다.

그런 착각은 점점 더 비합리적 사고로 흘러갔다. 직장에서 조금만 힘든 일이 생기면 쉬고 싶다는 생각이 들었다. 힘드니까 아

육아, 처음이라 어렵지만 괜찮아

이에게도 화를 내게 되고, 아이에게 화를 내니까 내가 부족한 엄마인 것 같고, 그러니까 자존감은 더 바닥을 치고, 그래서 일을 더 못하는 악순환의 연속인 것 같았다. 모든 것이 핑계의 연속이었다. '내 경제적 수준이 이 정도밖에 안 돼서 그래.', '나도 일 안 하고 집에서 애만 보면 더 잘할 수 있어.', '육아서에 나오는 완벽한 가정에서 자라지 못해서 못하는 거야.'라면서 말이다. 나는 계속해서 인터넷 세상의 엄마들과 나를 비교하면서 나를 아래로, 아래로 내리고 있었다. 전부 부질없는 생각이었다.

이런 말도 안 되는 생각으로 빠지는 것이 내 에너지를 빼앗아 간다는 것을 전혀 몰랐다. '엄마'라는 역할이 내 인생에 하나 더 생겨 그에 대한 적응이 필요했던 것이다. 이 역할 수행을 하기 위해 어떤 인생의 목표를 가지고 살아가야 하는지에 대해서는 아무도 알려주지 않았다. 일부 어른들, 선배들은 아이를 낳으라고는 말 하지만, 아이가 생기면 어떤 인생의 변화가 있는지 알려주지 않았다.

때론, 아이를 낳아 생긴 변화는 당연한 거라고, 원래 힘든 거라고 내가 견뎌야 하는 거라고만 했다. 그건 나에게 어떤 위로도, 어떤 성장도 가져다주지 못했다. 오히려 그렇게 반응하는 어른들과 선배들이 미웠다. 육아의 책임이 나에게만, 아이의 엄마에게만 있는 것처럼 세팅된 환경이 정말 마음에 안 들고 힘들었다. 엄마가 되어 느끼는 좌절감이 크고 힘들었다. 좌절감에 부딪힌 나는 세상에서 한없이 작은 존재가 되는 것만 같았다. 핑계도 많아지고, 나의 힘듦을 누군가의 탓으로 돌리고 있었다.

그러다 문득 내가 엄마가 되어 좌절을 느끼고 힘들어하고 있다는 걸 알아차렸다. 그때, 나는 나를 찾기 위해 좌절감을 이용하기로 마음먹었다. 엄마가 되어 느낀 좌절은 충분히 느낄 수 있는 감정이었다. 내가 이상한 엄마가 아니었다. 좌절이라는 터널에서 나올 때가 되었다.

내가 엄마라서 그럴 수 있음을 알고 나니 내가 좋은 엄마로, 더 나은 나로 성장해 가는 힘이 되었다. 좌절은 내가 엄마로서 성장하는데 큰 영양분이 되었다. 나는 그 영양분을 먹고 조금씩 일어설 수 있었다.

육아, 처음이라 어렵지만 괜찮아

3

위킹맘의 불안함, 어떻게 잠재울까?

'나는 아이를 잘 키우고 있는 걸까?'

'나는 잘하고 있는 걸까?'

일을 하면서 아이를 케어하는 것이 참 쉽지 않음을 느낀다. 일에 조금만 집중하면 아이에게 소홀해지고, 아이에게 조금만 집중하면 일에 소홀해지는 것 같다. 어쩌면 일과 육아의 균형을 잘 잡는다는 것은 불가능한 일인지도 모르겠다.

육아는 나 홀로 온전히 할 수 없음에 놓여있을 때에 불안감이 커진다. 특히 아이가 열이 나서 가정에서 돌봄이 필요할 때, 아이의 컨디션 난조로 도저히 기관에 갈 수 없을 때, 아침마다 등원 전쟁을 벌여야 할 때, 직장에서 야근을 해야 할 때가 그렇다. 누군가의 도움이 절실해진다. 친정엄마의 도움을 받든, 신랑의 도움을 받든, 기관의 도움을 받든 도움이 필요하다. 혼자서는 일도 육아도 온전히 감당하는 것은 불가능하다.

아이는 기관에 가서 무사히 하루를 보내고, 나는 일터에서 별 일없이 하루를 보내고 오는 이런 평범한 하루만 지속된다면 문제 될 게 없다. 하지만 육아일상은 결코 평안하지만은 않다. 아이도 기관에서 받는 어떤 스트레스가 있을 테고, 나 또한 일터에서 받는 스트레스가 있다. 아이는 구구절절 이야기하며 힘들었다고 하지 않지만, 나를 만나 짜증을 낸다든지, 평소와 다르게 칭얼거린다든지, 별 일 아닌 것에 투정을 부리며 집에 돌아와 보내는 시간 내내 힘듦을 표현하기도 한다. 내가 별일 없는 하루였다면 아이의 이런 모습을 온전히 받아들이는 데 어렵지 않을 텐데, 나 또한 힘든 하루를 보냈다면 마음의 여유가 없어 너덜너덜해지는 기분이 든다.

아이가 문제 행동을 보일 때, 육아가 힘들어질 때 다 내 탓인 것만 같다. 내가 너무 일만 하고 있어서 아이에게 부정적 영향을 준 것은 아닌지, 그 때문에 아이가 삐뚤어지는 건 아닌지 걱정된다. 아이의 기관 생활에 무심했던 건 아닌지, 그저 잘 지낸다는 말에 '그런가 보다'하고 흘려보낸 건 아닌지 괜스레 다시 돌아보게 된다. 모든 게 다 내가 '일을 하고 있기 때문'인 것만 같았

육아, 처음이라 어렵지만 괜찮아

다. 일을 해서 시간이 부족하니까, 일을 해서 나도 힘드니까, 일을 해서 더 집중할 수 없으니까. 이런저런 핑계들로 혹시나 아이가 엇나가지는 않을까 조바심도 났다. 어쩌면 내가 못해주고 있는 것만 생각하다 보니 불안감이 점점 커지고 있었으리라.

《본질육아》의 저자인 존스홉킨스 소아과 의사 지나영은 "아이는 잘 키우려고 낳는 게 아니다. 아이는 사랑하려고 낳는 거다."라고 말한다. 나는 아이를 사랑하고 있을까? 잘 키우려고 노력하고 있을까?

《충분히 좋은 엄마》의 저자인 영국 소아과 의사이자 정신분석학자 도널드 위니코트는 아이에게 필요한 엄마는 '완벽한 엄마'가 아닌 '아이에게 편안함과 위안을 주는 환경을 제공하는 엄마'라고 말한다. 즉, 슈퍼우먼 같은 완벽한 엄마가 아닌 아이와 엄마 모두가 행복한 충분히 좋은 엄마라는 의미이다.

어쩌면 내가 너무 완벽하려고 했던 걸지도 모른다. 직장에서 일을 잘 해내야 하고, 아이와의 육아 시간도 완벽해야 나의 하루가 완벽하다고 생각했던 것은 아닐까. 내가 아이에게 최선을 다하지 못했다는 자책감에 불안감은 커지고, 내 기준이 너무 높았던 것은 아닐까.

유아교육 전문가라서 아이의 발달 정도나, 이 시기의 특성을 알고 있음에도 아이의 성장에 내가 적절한 개입을 하고 있는 것인지, 나의 훈육은 적절하게 이루어지는 것인지 늘 고민과 걱정이 되었다. 조금은 편하게 내려놓고 쉽게 생각해도 될 법도 한데, 내가 전문가이기 때문에 '이렇게 해야 한다'라는 내가 벗지 못하는 틀 속에 나를 가두고 있는 것 같았다.

아마도 일을 하면서 아이 양육을 하는 엄마들은 비슷한 감정을 가지고 있을 것이다. 나 또한 전문가 이전에 내 아이 앞에서 만큼은 다른 엄마들과 다를 바 없는 초보 엄마이자, 걱정과 불안함 많은 엄마이다.

4

오늘도 아이에게 화를 냈다

"너 이리 안 와??? 도대체 왜 그러는 거야!!!"

아이에게 또 화를 냈다. 아이는 오늘도 양치질을 안 하겠다고, 씻는 건 안 하고 싶다고 이런저런 핑계를 찾으며 미꾸라지처럼 도망 다닌다.

힘들어서 쉬고 싶은데 저렇게 도망가면 화가 머리끝까지 치솟아 오른다. 빨리 씻고, 이 닦아야 나도 내 할 일을 할 텐데 이럴 때마다 내 계획이 망가지는 것 같아 더 화가 났다.

특히나 아이가 어릴수록 안전에 민감해지는데 아이는 위험한 행동을 서슴지 않는다. 아무것도 모르기에 가능한 일인데 엄마인 나는 안절부절 혹시나 큰일이 생길까 봐 얼른 내려오라고 다그치게 된다.

할 일은 많고, 잠들기 전에 해야 할 리스트가 잔뜩 쌓여있는데, 아이는 잠들지 않고, 자꾸만 엄마를 찾으면 마음속이 복잡해진다. 이것을 뿌리치고 나와 아이를 울릴 것인가, 내 할 일을 미루고 아이를 안정적으로 잠들게 할 것인가.

결국 할 일을 미루고 아이를 재운 다음 늦게까지 일을 한다. 그렇게 늦게 잠이 든 날은 다음 날 어김없이 피곤이 찾아왔다. 피곤함이 쌓이고, 지쳐 있는 날엔 아이의 행동이 받아들여지기 어려운 날도 많았다. 자꾸만 아이에게 화를 내고 있는 나를 들여다보며 나는 왜 이렇게 화가 많은지, 아이의 행동에 자꾸 큰 소리를 내고 있는지 스스로 반성하고 좌절하며 그 이유를 찾아내려고 노력했다.

그 이유는 별 거 없었다. 나의 피곤함, 내 잠 부족 탓이었다. 내가 피곤하면 아이가 어떤 행동을 할 때 인내심이 발휘되기가 어려웠다. 참아내는 그릇이 작아져 있는 것 같다. 하지만, 시간의 여유가 있고 나의 피곤함이 조금이라도 해결된 날이면 아이가 떼를 부리더라도 참아내고 기다리는 데 조금의 여유가 생겼다.

나도 엄마이기 전에 사람이기에 화가 나는 감정은 자연스러운 현상이다. 중요한 건 화가 났을 때 어떻게 처리하느냐다. 내가 화가 난 표정, 말투, 목소리 톤이 모두 달라졌을 때 아이는 그 모습을 온전히 보고 있다. 아이에게 나는 어떤 모습을 보여주어야 할까.

2022년 상반기, 나는 학위취득을 위해 석사학위 논문을 작성하고 있었다. 논문을 마무리 지으려면 논문을 작성할 시간이 필요했다. 하지만, 아이를 양육하며 시간을 내는 것은 쉽지 않았다. 논문을 쓰기 위해 신랑의 도움을 전적으로 받아야만 했다.

시간을 쪼개가며 작성하던 어느 날, 나는 아이와 밤잠에 들기 전 실랑이를 벌이다 급기야 소리를 질렀다. 아이가 울고 소리치는 상황이 너무 견디기가 어려웠다. 내 말을 안 따라주는 아이가 미웠다. 치카 전쟁, 씻기 전쟁은 매일 밤 나를 지치게 했다. 이 전쟁을 마치고 나면 밤에 잠들기 전까지 아이 옆에서 보초를 서다가 잠들기 일쑤였다. 그때마다 스스로에게 화가 나고 좌절스러웠다. 내가 왜 논문을 쓴다고 해서 이 고생을 자처하고 있는지 내 욕심을 탓하기도 했다. 해결점이 보이지가 않았다. '나는 무엇을 위해 이러고 있는 걸까?' 문득 물음표가 나를 스쳐 지나갔다.

내가 석사학위를 취득하는 것도, 아이의 일상생활 습관을 기르는 것도 본질적인 목표는 아이와 내가 성장하기 위함이다. 이것을 깨닫는 것은 꽤 시간이 걸렸다. 매일 아이와 전쟁하는 난리통을 겪으면 늘 몸과 마음이 지쳤기 때문이다. 내 안에서 어려움이 있다는 것을 알아차리지 못했기 때문에 자꾸만 아이와 벌어지는 상황에 아이 때문이라고 탓하고 있었다.

내가 화를 낸다고 아이는 변화하지 않았다. 아이가 도대체 밤이 되면 왜 이런 문제를 반복하는지도 원인을 찾지 못했다. 아이의 울음과 짜증, 펄쩍펄쩍 뛰며 소리 지르기를 수 분간 참고 견디며 기다리는 것이 너무나도 힘들고 '차라리 매를 드는 게 나을까?'하는 생각까지 들었다. 이렇게 화가 날 때는 아이에게 사랑한다는 말과 표현을 하기가 어려웠다. 점점 블랙홀로 빠져 들어가 다시는 나오지 못할 것만 같았다.

이 구렁텅이 속에서 빠져나와야만 했다. 가장 먼저 한 일은 '인지'하기다. 아이가 펄쩍펄쩍 뛰기 이전에, 내가 활화산처럼 활활 타오르기 이전에 상황의 반복을 인지하자 화내지 않고 표현할 수 있게 되었다.

"시우야, 치카는 꼭 해야 하는 거야. 치카를 하지 않고 그냥 잠들어버리면, 이가 아프게 되거든. 엄마는 시우가 아프게 될까봐 걱정이 많이 되네."

이렇게 친절하게 말해도 바로 듣지는 않았다. 인내심을 가지고 반복해야 했다. 그동안의 나 또한 소리 지르고 난리통으로 훈육했기에 아이도 받아들이는 데 시간이 걸림을 인정해야 했다. 아이와의 신뢰를 형성하고 이 과정을 극복해야 했다.

"시우야, 엄마도 해야 할 일이 있어. 시우를 도와주고 나서 엄마는 이 일을 마무리 지어야 하거든. 시우도 엄마를 조금만 도와주면 엄마가 더 고마울 것 같아."라고 솔직하게 말했다. 내가 불안함을 가지는 것을 아이도 느끼는 것 같았다. 내가 시간이 촉박해지면서 불안함을 느끼면 아이는 더더욱 반항하는 힘이 커지는 것 같았다.

이렇게 하루, 하루가 쌓여가다 보니 이제는 아이도 엄마를 존중하는 마음이 생겨가고 있다. 엄마의 도움이 필요하면 왜 필요한지 이유도 말하게 되었다. 이렇게 평화롭고 지혜롭게 육아를 할 수 있는데 그동안 엄마의 무지가 서로를 힘들게 했다는 사실이 안타까웠다. 이제라도 알게 되어 감사하다.

육아는 부모의 지혜로움을 요한다. 부모의 지혜로움은 육아서를 읽고, 이론공부를 하는 데 있지 않다. 부모 스스로가 '나'를 들여다볼 여유를 가지고 '나'를 아는 것부터 시작된다.

5

내향적인 엄마의 외향적인 육아

　요즘 사람들과 얘기할 때 MBTI를 빼놓을 수 없다. 서로 무슨 유형인 것 같다며 맞춰보기 게임을 한다.

　나는 ISTJ이다. 정말 지극히 내향적이고, 외부활동을 해도 직장 외에는 잘 움직이지 않는다. 새로운 사람들을 만나도 쉽게 친해지기가 쉽지 않고, 생각이 많고, 불안도 많다. 불안이 많다 보니 자연스레 '~하면 어떻게 하지?'하는 걱정이 많다. 다만, 이런 성향 덕분에 신중하고, 계획적이고, 마음의 준비가 되면 곧바로 계획된 일들을 해낸다.

　분명 내향적인 사람임에도 신기하게 아이 앞에서는 개그맨이 된다. 외부에서 나를 아는 사람들이 이런 내 모습을 보면 깜짝 놀랄지도 모르겠다. 한 번도 보여주지 않은 내 모습이기 때문이다. 밖에서는 얌전하지만, 집에서는 엄청난 까불이가 된다. 그냥 아이와 똑같아지는 것 같다.

내 안의 어린아이는 우리 아이와 함께 있을 때 불쑥 튀어나온다. 아이와 함께 할 때면, 마치 타임머신을 탄 듯 어릴 때로 돌아간다. 나도 어린아이가 되어서 아이와 노는 것이다. 그래서 참 행복하다. 물론, 아이와 실랑이를 벌이거나 훈육을 해야 하는 상황을 마주하면 다시 엄마모드로 돌아오지만, 그 순간순간이 너무나도 행복해서 벅차오른다.

아이와는 춤도 추고, 웃기는 사람도 되고, 동물도 된다. 바깥에서는 상상도 못 할 일이다. 다만, 외향적인 사람처럼 현장체험을 여기저기 다니면서 아이와 시간을 보내지는 않는다. 집에서 공연놀이도 하고, 신나게 노래도 부르며 나만의 방식대로 즐긴다. 마치 우리만의 콘서트 장이 된 기분이다. 내향적인 엄마인 나는 아이와의 놀이에서 상대적으로 차분한 편인 것 같다.

헨리 블랙쇼의 그림책 《어른들 안에는 아이가 산대》에서는 어른들 내면에 깊이 숨기고 있는 솔직한 내면 아이를 유쾌하게 표현하고 있다. 이 그림책을 보면서 나는 내 마음속에 살고 있는 아이를 다시금 들여다보게 되었다. 내 속에는 어떤 아이가 살고 있을까? 어른도 분명 아이였을 때가 있는데 자꾸만 그걸 잊는 것 같다.

　내가 성장해 가는 동안 부모님으로부터 들었던 말들, 학교생활을 하며, 직장생활을 하며 경험한 모든 것들이 지금의 나를 만들며 어른이 되었다.

　번스타인의 교류분석이론에 따르면 자아상태에는 부모자아, 성인자아, 아이자아 세 가지가 있다고 설명한다. 자아상태는 일관된 유형의 감정, 경험, 그리고 이와 직접 관련된 일관된 유형의 행동을 의미한다. 부모자아는 과거 나의 부모나 부모와 같은 사람들로부터 모방하게 된 행동, 사고와 감정을 사용하는 것을 말하고, 아이자아는 어린 시절의 행동, 사고, 감정을 재연하는 자아를 말한다. 성인자아는 오직 성인으로서 나의 현재의 모든 자원들을 반영해 상황들에 반응하는 자아다.

　이 이론에 비추어 보면, 아이와 함께 놀이하고 외향적이며 개그맨 같은 아이의 모습을 할 땐 아이자아의 모습이고, 훈육을 하거나 이성적으로 생각할 때에는 부모자아, 성인자아의 모습이 나타난다. 이렇게 우리 안에 있는 자아상태는 사람, 일, 문제, 상황 등에 따라 자유롭게 이동하고 변화한다.

　평소 내향적인 나지만, 우리 아이와 있을 때, 내가 직장에서 아이들과 교육활동을 할 때에는 아이자아가 움직인다. 그래서 아이처럼 신나고, 즐거운 일상을 보낸다. 바깥에서도 호기심 많은 아이의 눈으로 세상을 바라보려고 노력한다. 아이의 시선에서 보이는 세상은 새롭게 보인다.

엄마가 처음이지만, 우리 부모님이 내가 어렸을 때에 존중해 주시고, 즐겁게 놀이하고, 사랑해 주셨던 따뜻함을 떠올리게 된다. 내가 아이와의 갈등이 생길 땐 우리 엄마도 엄마가 처음이라 힘들 때가 많으셨겠다는 생각이 든다. 그럴 때마다 모난 어린 시절의 나를 잘 다독여주셨던 부모님이 정말 많이 감사하다.

우리 아이도 자신의 모난 모습을 알 것이다. 내향적인 나는 말로 잘 표현하지 않지만, 아이에게만큼은 더 많이 표현하려고 노력한다. 엄마의 감정을 표현하는 것, 엄마의 사랑하는 마음을 표현하는 것. 아이와 보내는 이 시간들이 참 소중하고 귀하기에 우리 엄마들이 지금 이 순간에도 노력하는 게 아닐까? 내향적이든, 외향적이든 정답은 없다. 그저 아이와 엄마가 즐겁고 행복하면 그걸로 되었다.

6

화가 날 땐 '알아차리기'

　'어휴, 또 시작이네. 또 시작이야.'

　아이가 뭔가 자기 마음대로 되지 않는다며 짜증 내고 화를 내더니, 급기야 소리를 지르며 운다.

　아이가 울며 소리를 지르면 그걸 견디는 시간이 나는 참 힘들었다. 말이 잘 통하지 않을 땐 더더욱 아이가 진정할 때까지 기다린다는 것이 고통의 연속이었다. 견디다, 견디다 못 견디고 폭발하게 되면, 아이에게 소리를 치며 화를 내기 마련이었다. 화를 내고 나면 후폭풍처럼 후회감이 밀려왔다.

　이 시간이 너무 고통스러웠다. 내 마음에 여유가 있다면 좀 더 받아들일 수 있을 텐데, 직장일로 바쁘고 힘든 날에는 견딜 힘이 남아있지 않아 더욱 힘들었다. 그래도 아이에게 화를 내지 않고 잘 이겨낸 날에는 나 스스로를 위로하고 격려했다.

아이가 조금씩 말이 통하고 커가면서는 아이와 대화를 하며 풀어나갔다. 진정되고 나면 왜 화가 났는지 물어보고, "정말 그랬겠다."하며 공감하는 시간을 충분히 가졌다. 화가 났을 때 적절히 표현하는 방법을 이야기 나누고 실천해 보려고 노력했다.

조금씩 화를 내는 일이 짧아지고 있지만, 내 안에서 일어나는 화를 참아내는 것은 늘 힘든 일인 것 같다. 아이와 마주하면서 직면하는 다양한 감정들을 바라보면 내 안에 이런 감정들이 있었나 싶을 정도로 내 모습에 당황스러울 때도 많다. 세상에서 최악인 엄마 같다는 생각도 들고, 자괴감에 빠질 때도 있다.

아이를 사랑하는 마음은 크지만 내 앞에 나타난 감정들은 내가 좋은 엄마인지에 대해 의문을 가지게 할 때가 많았다. 화가 나는 감정이 올라올 때마다 내가 알아차리고 감정조절을 하며, 적절한 감정 표현을 하는 것을 먼저 훈련해야겠다는 생각이 들었다. 교육 현장에서는 교사로서의 사명감으로 힘든 감정에 직면했을 때 훈련한 대로 잘 실천하고 있다고 생각했는데, 내 아이 앞에서는 무너지는 일이 많았다.

아이를 양육하면서 오히려 나 자신을 알아가고 있다. 그동안 너무 나에 대해 몰랐던 것 같다. 그러니 불쑥불쑥 올라오는 '화'

와 '짜증'에 잠식당하는 것이다.

영국의 정신분석학자 도널드 위니코트는 《충분히 좋은 엄마》에서 이렇게 말한다

"'충분히 좋은 엄마(good enough mother)'의 의미는 '완벽한' 엄마가 될 필요가 없다"는 의미이기도 하다. 완벽하고자 하는 강박으로 인해 엄마의 불안을 일으키고, 오히려 완벽한 엄마는 아이가 엄마로부터 떨어져 나와 자기만의 자아와 세상을 발견해 가는 것을 방해한다."

그는 모든 엄마는 '엄마'로서의 자질을 타고난다고 믿었고, 엄마가 '자기 자신으로 존재하면서' 아이와 생생하게 상호작용한다면 '내 아이'에게 있어서만은 어떤 전문가보다 '충분히 좋은' 엄마가 될 수 있을 거라고 생각했다.

아이를 낳아 키우면서 나도 내 안의 감정을 알아차리고, 감정을 적절히 조절하며, 표현하는 방법을 익혀가고 있다. 어릴 때는 앞만 보고 살다가, 오히려 아이를 낳고 잠시 멈춰 서서 나의 마음을 돌보고 성장하고 있다. 이 과정을 통해 나는 나 자신으로 존재하려고 노력한다. '나 자신'이 없이는 아이를 돌보는 과정에 힘을 낼 수 없기 때문이다.

때론 화가 나는 감정이 생기고, 아이에게 화를 낼 때도 많지만, 엄마보다 아이가 더 힘들 것이다. 아이는 생소한 감정에 몸

육아, 처음이라 어렵지만 괜찮아

둘 바를 모른다. 어떻게 처리해야 할지도 미숙하다. 이때, 같이 화를 내버리면 아이는 커서도 자신의 감정을 다스리는 방법을 알지 못해 힘들어할 것이다. 아이가 무엇 때문에 불편한지 마음속 감정을 '말'로 표현하는 방법을 알려주고, 감정을 가라앉히려고 노력하는 모습을 보일 땐 안아주며 격려하자. 잘하고 있다고 토닥여주는 것이다.

"시우야, 많이 속상했지. 우느라고 많이 힘들었겠다. 진정하느라 애썼어. 엄마는 시우가 어떤 모습이든 다 사랑해. 솔직하게 이야기해 줘서 고마워. 엄마가 많이 많이 사랑해."

아이에게 큰소리를 내어 아이도 상처를 입었다면, 내 감정을 가라앉히고 나서 아이에게 사과를 해보자.

"엄마도 아까 시우가 스스로 젖은 양말을 벗을 수 있는데, 안 벗겠다고 하면서 소리 지르면서 울고, 엄마한테 엄마 필요 없다고 속상한 말을 해서 사실 화가 났었어. 화가 났을 때, 엄마도 큰소리를 내지 않고 말로 잘 표현했어야 했는데 엄마도 서툴러서 실수를 한 것 같아. 정말 미안해. 엄마도 더 노력할게. 엄마한테 먼저 사과해 줘서 고마워. 사랑해."

나는 아이에게 완벽한 엄마는 아니지만, 그럼에도 아이에게 사랑을 충분히 주는 엄마가 될 수 있도록 노력해야겠다고 매일 다짐한다. 자꾸만 부딪히고 올라오는 감정들을 잘 다루기 위해 내가 노력해야 하는 것들을 살핀다.

엄마이기 전에 '나'이기에 '나'는 무엇이 힘들고, 어떤 감정에 어려워하는지를 먼저 알아야 한다. 내 감정을 살피고 나를 보살피다 보면 그런 나의 노력이 아이에게도 스며들 것이라 믿는다.

2장

엄마의 성장이
아이의 성장을 이끈다

1

엄마도 엄마이기 전에 '나'이다

　새벽 4시, 이제 아이가 나오려는지 진진통으로 느껴지는 패턴이 기록되었다. '오늘이 예정일이니 오늘은 꼭 나오겠지.' 왠지 오늘일 것 같다는 느낌에 출산 가방을 챙겼다. 그때, 주르륵 무언가 흐르는 느낌이 들었다. '이게 말로만 듣던 양수가 터지는 일이구나.'라는 생각에 가방을 챙기다 말고 신랑을 깨웠다. 대충 챙긴 가방을 들고 택시를 타고 병원으로 향했다. 가는 길에 나는 기대감에 부풀었다. '이제 금방 아이를 만나겠구나.'

　양수가 터졌고, 진통 패턴도 일정했으니 아이가 숨풍 나올 줄만 알았다. 그게 고통의 시작일 줄이야. 자궁문도 안 열렸고, 유도분만제를 투여하는데 진전이 없었다. 유도분만제가 들어갈 때마다 너무나 힘들었다. 그렇게 오후 2시가 되었다. 아직도 자궁문이 3센티도 열리지 않았다며 앞으로 두 시간을 더 지켜보자고 했다. 나는 그 순간, 두 시간 뒤에 자연분만을 할 수 있다고 해도 내 힘이 다 빠져 아이를 낳을 수 있을지 두려움에 휩싸였다. 무엇보다 두 시간을 견디는 것조차 괴로웠다. 결정을 해야 했다. 나는 그렇게 제왕절개를 선택했다.

아이는 건강하게 잘 만났다. 조금만 더 참고 자연분만 할 걸 그랬나 싶었지만 아이를 보자마자 수술하길 잘했다고 생각했다. 아이는 뱃속에서 튼실하게 잘 자라 3.96kg의 우량아로 태어났다. 자연분만을 했더라면 아이도, 나도 아마 힘들었을 것이다. 수술을 했기 때문에 병실로 올라가 3박 4일을 병원에서 보내야 했다.

회복과정은 평탄치 않았다. 고통을 감수했지만 정말 아팠다. 아이를 열 달 동안 뱃속에 품는 것도 쉬운 과정이 아닌데, 태어나는 것도 쉬운 게 아님을 다시 한번 느꼈다. 첫끼로 미역국이 나온 날, 창밖을 바라보고 있는데 눈물이 났다. 어떤 슬픈 감정을 느낀 것도 아닌데 눈물이 주룩주룩 흘렀다. 그렇게 나는 아이를 낳으며 다른 세계로 넘어왔음을 느꼈다.

3주간의 조리원 생활을 마치고 집에 돌아가니 진정한 육아 현실이 시작되었다. '엄마'가 되었다는 것은 그동안의 삶과는 생판 다른 삶이었다. 엄마역할이라는 새로운 역할 배정에 적응해야 했다. 일어나서 수유하고 젖병 닦고, 잠깐 잠이 들면 아이는 또 배고파 울고, 다시 수유하고 재우고, 나는 그렇게 엄마가 되어가고 있었다.

임신 중 먼저 엄마가 된 선배들이 잠깐의 커피타임조차도 힐링이라는 말을 했을 때, 이해하기 힘들었는데 출산하고 나니 이해가 됐다. 아이를 케어하느라고 지치고 피곤한데도, 그 잠깐 찰나의 따뜻한 차 한 잔은 몇 시간의 카페 이용보다도 꿀 같은 시간이었다.

아이와 보내는 1년간의 육아 휴직 동안 참 많은 생각이 오고 갔다. 아이가 커가는 과정이 신기하고 행복하지만, 반면 나를 잃어가고 있었다. '나'를 찾기 위해 강의도 들으러 다니고, 잠시 휴학했던 대학원도 다녔다. 하지만, 그때뿐이었다. 복직을 하면서 또다시 균형추가 무너졌다.

나는 '나'이면서, '딸'이면서, '엄마'이면서, '교사'였다. 나의 정체성의 균형을 잡아가기 위해 부단히 애를 썼지만, 어느 한쪽의 균형이 깨지면 너무 힘들었다. 내가 각각의 역할을 잘 못하는 것만 같았다. '잘 못한다'라고 생각하는 순간 원래의 나를 잃어가는 것만 같았다. 이렇게 살다 간 죽을 것만 같았다. 진짜 나를 찾아야만 했다. '나'를 면밀히 탐색하고 사랑해야 했다. 내가

육아, 처음이라 어렵지만 괜찮아

하고 싶은 것들을 찾아 나서야 했다. 그래야 내가 살 수 있을 것 같았다.

아이가 있으니 그 시간이 녹록지 않았다. '내 시간' 확보가 제일 우선이었다. '내 심장을 뛰게 하는 일'이 무엇인지 찾아야 했다. 내가 뭘 잘하는지, 뭘 좋아하는지도 희미해지다 보니 자존감도 바닥을 쳤다. 다른 사람들이 나를 긍정적으로 평가했을 때 어떤 말들을 했었는지 생각하고 또 생각했다. 그런 조각들을 모아가다 보니 '나'의 모습이 조금씩 보이기 시작했다.

아이를 낳기 전에 나는 방학이 되면 여행을 계획했다. 여행 자체가 힐링이 되기도 했지만, 삶의 에너지를 얻어오는 시간이기도 했다. 미지의 장소에 가서 무엇을 할지 계획하고 살아보는 것은 그 자체로 경이롭다. 익숙하지 않은 곳의 불편함 또한 경험이 되었다. 모든 과정이 내 심장을 뛰게 하는 일이었다.

엄마도 엄마이기 전에 '나'이다. 내가 무엇을 좋아하는지, 내가 무엇을 하면 행복한지, 내 감정은 어떤지 등 '나'를 돌아보는 시간은 잠시 잠깐이라도 만들어야 한다. 나는 그 중요성을 엄마가 되고 나서 알게 되었다. 그전에도 분명 중요한 시간이었을 텐데, 알지 못했다. 나는 그래서 아이가 생기고 엄마가 되었다는 것이 참 감사하다. 나에 대해 깊이 있게 성찰하게 되었고 나의 소중함을 돌아보고 깨닫는 시간을 가질 수 있었다. 그 과정에서 나를 깊이 사랑하게 되었고, 아이 또한 스스로 자신을 소중히 여기고 사랑하며 자라날 수 있도록 도울 수 있었다.

엄마들은 누구나 아이의 첫 엄마이다. 엄마에게 아이도 첫 아이다. 그리고 엄마이기 전에 '나'이기도 하다.

그동안 아이를 양육하며, 집안일을 하며, 혹은 직장 일을 하며 나는 뒷전일 때가 많았다면 잠시 멈추자. 나를 돌아보고 나를 소중히 하는 잠깐의 시간을 갖자. 이 시간은 엄마인 나에게 매우 중요한 시간이고, 건강한 마음으로 지낼 수 있는 힘이 되는 비타민이 된다.

육아, 처음이라 어렵지만 괜찮아

2

불안이 많은 엄마가
어떻게 유치원 교사가 되었을까?

　나는 기질검사에서도 불안이 높은 사람이다. 불안이 높은 사람이다 보니 자연스레 걱정이 많고 긴장감도 높다. 민감하고 스트레스도 많다. 게다가 내향적인 성향이다 보니 사람들과 어울려 하는 활동보다는 혼자서 생각을 정리하거나 조용히 쉬는 것이 에너지를 충전하는 방법이다.

　이런 내가 어쩌다 유치원 교사가 되었을까. 이유는 간단하다. 나를 위해서였다. 진로를 선택해야 하는 당시 '오은영 박사님'이 [우리 아이가 달라졌어요]라는 프로그램을 하기 시작할 시점이었다. 그 프로그램을 보면서 부모와 아이를 코칭하고 상담하는 과정이 마음이 와닿았다. 어려운 상황에서의 아이를 도와주고 싶은 마음이 샘솟았다.

　중학생까지는 그런 마음을 잘 못 느끼다가 고등학생이 되면서 나의 마음에 관심을 가지게 되었다. 어쩌면 사춘기를 보내며 여러 감정을 마주하는 그 혼란스러움과 맞물린 시간이라 그럴지도 모르겠다. 워낙에 생각이 많다 보니, 그 생각들을 어떻게 처리해야 할지 고민되고, 힘들었다. 입시를 위한 준비를 해야 하는 것은 맞지만, '나'라는 사람이 존중받고 인정받으면서 지내는 것 같지 않았다. 나는 존중과 인정에 갈증을 느꼈다.

　유아교육은 그런 관점에서 참 신선했다. 내가 내 마음을 위로하고, 공부하면서 아이들을 도울 수 있다는 것이 나에게 사명감을 가져다주었다. 그래서일까. 나는 새로운 사람들을 만나면 긴장해서 말도 잘 못하고, 친해지는 데에 시간이 많이 걸리는데, 유치원 현장에서는 그런 불편함을 느끼질 못했다. 오히려 담임을 맡은 학급의 아이들을 만나면 행복했다. 마치 어린아이로 돌아간 기분이었다.

　나는 그렇게 유치원 교사가 되었다. 그 공간이 나에게 안정감을 주었고, 기쁨이었다. 업무가 많아 힘들기도 하고, 때론 문제행동 지도로 지치기도 했지만 그럼에도 유치원 현장은 늘 행복을 가져다주었다. 신랑은 내가 유치원에서 아이들을 지도하면서 보람되었던 이야기를 할 때가 가장 멋있다고 한다. 정말 아이들

　육아, 처음이라 어렵지만 괜찮아

을 사랑하는 교사라는 생각에 이 사람이라면 결혼해도 되겠다고 생각했다고 한다.

유아교육을 전공하고 유치원선생님이 되었지만 아직 아이를 낳아 키우지 않던 시기에는 문제행동 아이들을 만나면 어떻게 도와줘야 할지 막막했다. 그러다 보니 유아발달시기와 특성, 케어방법에 대해서는 열심히 공부했지만, 막상 그 아이들을 키우고 돌보는 엄마의 입장은 많이 고려하지 못했던 것 같다. 지금 돌이켜 생각해 보면 기관에서 적응이 힘든 아이들은 가정에서도 여러 모로 힘든 점이 많았을 텐데 그 당시 학부모님들께 아이의 문제에 대해서만 의논했던 것이 반성이 되었다.

내게 좌우명이 하나 있다. 바로 '나'라는 사람을 만나 '나'의 태도로 인해 아이의 인생에 작은 영향력이 있다면 그것만으로도 나는 최선을 다해야 한다는 것이다. '나'라는 교사의 영향력은 아이의 미래에 어떤 교량역할이 될 수 있다는 것이 교육적 사명감과 의무감을 가져왔다.

이젠 엄마가 되어보니, 내 아이 하나 건사하는 것이 정말 쉬운 일이 아님을 뼈저리게 느꼈다. 우리 반에 나를 믿고 보낸 엄마들은 정말 대단했다는 것을 새삼 다시 한번 느꼈다. 사명감으로 아이들을 열심히 지도해 왔던 나조차도 엄마로서 여러 감정

과 일상의 부딪힘이 있는데 다른 엄마들은 얼마나 힘들까? 이제
는 그런 엄마들을 돕고 싶다.

　유아교육 전문가이기 전에 엄마다. 그리고 엄마이기 이전에
'나'이다. 세상 어느 엄마도 엄마이기 이전에 내 엄마의 딸이고,
'나'이다. '나'가 없이는 '엄마'도 없다. '나'를 돌아보고 '나'를 인
정하며 '나'가 안정되어 있다면 육아는 심적으로 덜 힘들 수 있
다고 생각한다. '나'가 없는 순간 아이의 떼, 울음, 고집을 견디는
과정, 육아를 하는 신체적인 피로감 등등은 견뎌내기가 어렵기
때문이다. 나의 어려움이 누군가의 어려움의 전부가 될 수 없지
만 나의 어려움을 통해 누군가가 위안이 되고, 도움을 받을 수
있다면 좋겠다.

3

10초 감사하기로 삶의 태도를 바꾸자

사람들은 모두 자기중심적이다. 내가 행복하면 온 세상이 행복하게 보이고, 내가 슬프면 온 세상이 슬퍼 보인다. 내가 마음을 어떻게 먹느냐에 따라 같은 상황도 다르게 보이게 마련이다.

나 또한 세상을 나 중심으로 바라본다. 내가 마음이 불편하면 작은 것들에 화가 나기도 했고, 내 마음이 편안하면 모든 것이 좋아 보였다. 어떤 날은 아이가 흘리면서 먹어도 "그럴 수도 있지."라고 했다가 어떤 날은 흘리면 "왜 이렇게 흘리면서 먹어! 똑바로 앉아서 먹어야지!"하며 화를 냈다. 같은 상황에서도 내 마음이 어떠냐에 따라 내 반응은 달라졌다. 그러다 보니 아이를 훈육하고 양육하는 과정에서도 아이의 미소, 웃음, 울음에 이랬다, 저랬다 마음이 요동쳤다. 가끔은 '내가 미친 건가?'라는 생각이 들 때도 있었다.

그러다 우연히 다른 엄마들과 대화를 하면서 알았다. 나뿐 아니라 다른 엄마들도 모두 그런다는 것을. 각자 살아온 환경이 다르다 보니 반응도 천차만별이었다. 어떤 사람은 어떠한 상황에서도 늘 한결같이 아이를 대하는데, 어떤 사람은 감정이 요동을 친다고 한다. 한결같다는 사람도 사실 마음속은 잔물결이 치지만 그에 넘어가지 않고 최대한 평정심을 유지하려고 노력한다고 한다. 이때 가장 도움 되는 게 바로 '내 마음 알아차리기'라고 한다.

'지금 내가 왜 화가 났지?'

'아. 아이가 징징거리거나 우는 소리를 듣기 힘들어하는구나.'

'왜 나는 그런 소리를 듣기 힘들어하지?'

'아. 어릴 때 내가 칭얼대거나 울면 아빠한테 늘 혼이 났었는데 그 경험 때문에 나 또한 그 소리를 듣기 힘들어하는구나.'

이렇게 질문에 답을 하다 보면 내가 왜 그렇게 화가 나고 짜증 나는지 알 수 있다. 이렇게 내 마음을 들여다보는 것만으로도 어느 정도 치유가 된다. '아 내가 그래서 그랬구나.'하면 지금 상황이 그렇게 화가 날 상황이 아니라는 것을 알게 되고, 진정이 된다.

정말 신기하고 놀라운 일은 '감사하기'를 의도적으로 하기 시작하면서였다. 나 혼자 스스로 챌린지를 했다. 매일 아침 하루를 시작하면서 또는 하루를 마무리하면서 하루 동안의 '감사한 일'을 딱 한 가지씩 떠올리는 것이다. 둘도 아니고, 셋도 아닌 딱 한 가지! 사실 이 한 가지를 떠올리는 것도 쉽지 않았다. 무엇을 감사해야할지 어렵기만 했다. 하지만, 매일매일 의도적으로 '감사한 일'을 떠올리자 평상시에도 무엇을 감사할지 사소한 문제에 부딪혀도 전환할 수 있는 힘이 생기기 시작했다.

내가 제일 먼저 '감사하기'를 한 것은 '아침 시간을 활용할 수 있어서 감사하다'였다. 사람은 다양한 욕구가 있는데, 나의 성장을 위한 욕구는 나를 자아실현으로 이끌어준다. 특히, 엄마가 되면 아이에게 집중해 있는 몸과 마음으로 인해 '나'를 돌보고 돌아보는 일은 자꾸만 미루게 된다. 이 때문에 나 또한 많은 스트레스를 경험했다. 엄마가 스트레스를 받으면 바로 아이에게 부정적인 영향을 줄 수 있어 스트레스 관리가 필요하다.

나는 자기 계발을 위한 첫 시작으로 15분 동안 아침 독서를 했다. 남들처럼 새벽 4시, 5시에 일어나지는 못했지만, 아침에 일어나서 오롯이 나만의 15분을 갖는다는 것은 생각보다 기분 좋은 일이었다. 매일 15분은 짧다면 짧고, 길다면 길지만 내게 독서습관을 만들어준 고마운 시간이다. 이젠 독서를 하지 않으면 하루를 마무리하기 어려운 지경에 이르렀다. '감사하기'를 통해 내 습관에도 변화가 생긴 것이다.

하나의 변화는 여러 나비효과를 가져온다. 매일 하나씩 감사한 마음을 가졌더니 아침독서를 할 수 있는 힘을 만들었고, 책을 읽으면서 행복해졌다. 그리고 그 행복한 마음은 고스란히 아이에게 스며들었다. 거기다 행복기운은 신랑에게로 흘러들어 갔고, 가족의 평안함을 가져왔다.

때론, 감사한 일을 찾기 어려운 날도 생긴다. 그날은 이상하게 아이도 짜증을 내고, 나도 직장에서 스트레스를 잔뜩 받은 날이다. 머피의 법칙처럼 그런 날은 정말이지 무엇을 적어야 할지 난감했다. 그러나, 이 또한 시각의 전환을 하면 다시 새롭게 보인다. 힘든 하루를 보냈지만, 이 하루 동안 온전히 내가, 아이가, 우리 가족이 '하루'라는 시간을 보냈다는 것을 감사했다. 그저 흘러가는 '하루' 일지 몰라도 '감사함'으로 보면 '하루'의 시간은 특별해진다.

부정적인 말이나 기분 나쁜 말을 들으면 예전에는 기분이 풀릴 때까지 주변 사람들에게 얘기를 해야 했다. 이제는 스스로 기분을 전환시켜 버리니 속상할 일이 없다. 물론, 그 순간은 기분이 상하지만 금세 '긍정' 스위치를 누른다. 이 또한 감사하다며 인사를 하면 이상하게 기분이 좋아진다. 내가 삶을 바라보는 삶

육아, 처음이라 어렵지만 괜찮아

의 태도 또한 바뀐다.

마음이 바뀌면 행동이 바뀌고, 행동이 바뀌면 인생이 바뀐다. 과거는 과거일 뿐이다. 앞으로 아이와 함께할 시간은 무궁무진하다. 그 시간을 무지갯빛으로 만들려면 지금 어떻게 보내느냐가 중요하다. 감사함으로 무장하며 삶을 대하는 엄마의 태도를 보며 아이 또한 얼마나 많이 배울까? 요즘은 아이와의 5년, 10년, 20년 뒤가 기대된다.

아이와의 관계뿐 아니라 직장 내 관계, 사람들과의 관계에서도 마찬가지다. 뾰족했던 마음이 보다 완만한 마음으로 바뀌고, 완만한 마음은 다른 사람들에게도 편안함으로 느껴지게 할 것이다.

'감사하기'를 생각하는 시간은 5분도 채 걸리지 않는다. 하루에 5분, 아니 10초만 투자한다고 생각해 보자. 10초만 '감사하기'를 하는 것만으로도 내 마음이 달라진다. 다른 사람을 변화시키려고 애쓰는 것보다 나를 바꾸려고 하는 에너지 전환이 훨씬 쉽고 더 성취감을 느낀다.

10초 감사하기 당장 실천해 보자.

4

엄마가 성장하면 아이도 성장한다

'자기 계발'하면, 보통 '미라클 모닝'을 떠올린다. 나 또한 '미라클 모닝'을 해보려고 무던히도 시도했었다. 그때마다 작심삼일로 끝이 났는데, 책을 보고 글을 쓰면서 습관으로 자리 잡혔다.

나는 매일 아침 6시면 나의 시간을 가진다. 6시부터 7시까지 1시간 동안, 글도 쓰고 독서도 한다. 이 시간을 만들기까지 쉽지 않은 과정이 있었다. 워낙 아침잠이 많아 아침 일찍 일어나는 것 자체가 힘들었기 때문이다. 그럼에도 5분, 10분씩 내 시간을 만들기 위한 노력의 결과 매일 아침 6시는 온전히 내 시간이 되었다.

내가 만든 내 시간에 하는 독서는 나를 성장하는 데 영양분이 되고 있다. 그동안 내 시간을 갖고자 하는 갈증이 있었는데,

이 시간은 그 갈증을 해소해 주는 소중한 시간이다. 책의 종류마다 읽을 수 있는 양이 다르지만, 얼마만큼을 읽든 그 시간 동안 해낸 내가 참 뿌듯했다.

내가 나로서 성장하기 위해 마련한 '나의 시간' 동안 인풋뿐만 아니라, 아웃풋을 하는 시간을 가지고자 노력했다. 아웃풋을 하기 위한 준비가 덜 되었더라도 그냥 일단 했다. 뭐라도 했다. 끄적이는 글이라도 써봤고, 별것 아닌 것처럼 보이는 인스타 피드와 릴스도 만들어 올려보았다. 그렇게 무언가 시도해 보는 것 자체만으로 나는 조금씩 성장해 나갔다.

그저 앞만 보고 달리는 게 아닌, 매일 내 하루를 돌아보며 스스로 피드백했다. 한 달을 마무리하면서 한 달 '성장 정산'도 해보았다. 이번 달의 부족한 부분은 다음 달에 다시 목표를 세우며 채워나갔고, 새롭게 성장할 부분을 체크해 목표를 수정해 나갔다.

성장할수록 내 생각이 바뀌고, 행동이 바뀌고, 나아가 내 삶도 바뀌었다. 삶이 바뀐다는 것은 내 삶의 방향이 이전과 달라졌다는 의미였다. 삶의 방향이 달라지니 내 삶의 목표가 달라졌고, 우선순위가 달라졌다. 그렇게 하나씩 하나씩 내가 바뀌어 나갔다.

어느 누구도 나를 바꿀 수 없다. 오직 '나'만이 나를 바꿀 수 있다. 눕고 싶고, 쉬고 싶고, TV 보고 싶은 마음을 통제하고, 내가 성공해야 하는 이유, WHY를 찾아서 목표한 바를 향해 조금씩, 조금씩 발걸음을 뗄 수 있는 것. 오직 내가 결심했기 때문이다. 이러한 노력은 내 안의 꿈을 다시금 싹 틔우고 있었다. 엄마가 되어 잠시 멈추었던 나의 꿈이, 잠시 내 마음속 어딘가에 잠들어있던 나의 꿈이 깨어나고 있었다.

'꿈'하면 고리타분하고, '무슨 또 자기 계발러들이나 하는 말인가?'싶었던 옛날의 나는 사라졌다. '꿈'이란 단어는 나를 설레게 한다. 문득, 유럽여행을 가기 위해 계획을 세우고 설렘 가득했던 때가 떠오른다. 그때의 나는 무엇이든 다 이룰 수 있을 것만 같았다. 내 꿈은 무엇일까. 내가 하고 싶은 버킷리스트는 무엇이었을까. 다시금 나의 버킷리스트들을 하나씩 적어나갔다. 나는 정말 하고 싶은 게 많은 사람이었다. 그리고 꼭 그것들을 이루고 싶었다.

나는 결혼하기 전, 임용공부를 하면서 이런 생각을 했다.

'내가 나중에 엄마가 된다면, 엄마의 인생을 위해서 이렇게 노력해서 하고 싶은 일을 이루어냈다는 걸 보여주고 싶다. 그리고, 아이에게 적어도 부끄럽지 않은 엄마가 되고 싶다.'

이 생각은 내게 큰 힘이 되었고, 임용기간을 준비하는 동안 견딜 수 있었다.

육아, 처음이라 어렵지만 괜찮아

이제는 아이와 함께 꿈을 공유하고 있다. 내 꿈을 아이에게 말하고, 실제로 이루어진 모습을 보여주고 있다. 그때의 내가 꿈을 이루고자 미래의 아이를 생각하며 노력했듯이 분명 아이는 지금의 내가 목표하는 것들을 이루어내는 과정, 성장하는 것을 보며 멋있다고 엄지 척해줄 것이다. 그리고 그런 내 모습이 아이에게 모델링이 될 수 있을 것이다.

당장은 아이가 어떤 것들을 느끼지 못할 수도 있다. 하지만, 엄마가 성장하면서 변화하는 삶의 태도들은 고스란히 아이에게 흘러들어 가리라 믿는다. 말로 무언가를 직접 전하는 것이 아닌, 행동으로 보여주면 아이는 그대로 느낀다. "책 좀 읽어!"가 아닌 엄마가 스스로 책 읽는 모습을 보여주는 것. 엄마의 일하는 곳에 데리고 가서 직접 보여주는 것. 그것만으로 아이는 온몸으로 느낄 것이다.

앞으로도 나는 아이에게 부끄럽지 않은 엄마가 될 것이다. 내 성장은 곧 아이의 성장임을 알기에 오늘도 아이와 내 가족의 성장을 위해 달린다.

엄마표 노가다 말고 진짜 엄마표 육아

요즘 엄마들은 육아만 하지 않는다. 인스타그램, 블로그 등 SNS를 통해 육아하는 모습을 사진과 영상으로 남긴다. 아이를 하나, 둘만 낳다 보니 엄마표 놀이, 엄마표 육아, 엄마표 미술 등 '엄마표'가 붙은 놀이들이 성행한다. 특히 코로나19로 밖을 나가지 못하면서 집콕 놀이, 랜선 놀이가 유행하면서 엄마표 놀이는 왕성해졌다. '스터디', '챌린지'등의 이름을 붙여 삼삼오오 모여서 함께 놀이를 하고 인증을 한다.

문제는 바로 이 엄마표 놀이로 인해 어느 순간 '엄가다' 즉, 엄마표 노가다로 변질되고 있다는 것이다. 아이들 놀이를 위해 미리 프린트하고 자르고 오리고, 교구를 준비하는 것인데 물론 엄마의 정성이 들어가는 건 좋지만 시간과 노력을 갈아 넣어야 한다.

나는 직장을 다니다 보니 엄마표 놀이는 엄두도 내지 못했다. 분명 유아교육을 전공했고, 직장에서도 매일 아이들을 위해 만드는 자료들도 있지만, 내 아이를 위해 무언가를 만들어 놀이한다는 것이 쉽지 않았다. 게다가 일을 하다 보니 아이와 함께 보내는 시간도 짧았다. 차라리 그 시간에 아이와 알차게 시간을 보내는 게 더 낫겠다고 결론을 내렸다.

아이와의 놀이에 내가 무언가를 만드느라 시간을 허비하기보다 쉽게 놀이할 수 있는 방법을 찾아보려고 노력한다. 아이와 다양한 그림책을 함께 보는 시간을 갖거나, 아이와 재료를 사와서 만들기를 하거나, 그림을 함께 그리거나, 게임을 하거나, 춤을 추거나, 아이와 할 수 있는 놀이는 정말 많다.

꼭 무언가를 만들지 않아도 된다. 엄마표 놀이가 반드시 시중에 떠도는 자료를 수집해서 만들어야지만 잘하는 것이 아니다. 그저 엄마와 함께 놀이하는 그 자체가 바로 엄마표 놀이라고 생각한다. 아이는 엄마가 만든 정성스러운 장난감도 물론 정말 좋아하겠지만, 그보다 엄마와 함께하는 시간 그 자체가 더 좋기 때문이다.

아이가 정서적으로 안정감을 갖고 엄마의 사랑을 충분히 느껴야 하는 영아기 시절, 나는 직장에 복직해 석사학위를 받겠다고 공부하며, 직장에서도 보직을 맡아 매우 바쁜 시간을 보냈다. 그로 인해 우리 아이는 나와의 시간을 상대적으로 많이 보내지 못했다. 소위 엄마 껌딱지라 불리는 재접근시기에도 아이는 나를 그렇게 찾지 않았기에 그 많은 것을 해내면서 덜 신경 썼던 것 같다.

그러던 어느 날, 아이가 잘 적응하는 줄만 알았는데 아니었다. 잠시 정체되었을 뿐, 40개월이 지나서야 엄마를 찾기 시작했다. 그전에는 외할머니를 따르고 좋아하며, 할머니 집에서 잠자

육아, 처음이라 어렵지만 괜찮아

고 오기도 했는데, 그 시점부터는 할머니 집에서 잠을 자는 것조차도 거부하기 시작했다. 그렇게 '엄마 껌딱지'가 되어 '엄마 바라기'가 되었다. 발달시기에 제대로 엄마와의 시간을 못 보냈기 때문에 그 시기가 늦게 찾아온 거라는 생각에 아이와의 시간을 알차게 보내기 위해 최선을 다했다.

마침 다음 해에 직장에서는 보직을 맡지 않게 되면서, 그전보다 육아에 전념할 수 있었다. 이전엔 친정엄마의 도움을 받아 아이의 등, 하원을 했다면, 이젠 나와 신랑이 도맡아 아이의 등하원도 책임졌다. 그러다 보니 점점 아이는 엄마와의 시간과 엄마의 존재를 더 많이 느끼게 되었다. 나는 그렇게 진짜 '엄마표 육아'를 실천하게 되었다.

우리 아이는 오감각과 정서적인 면에서 섬세하다. 그러다 보니 감정을 인식하고 조절하는 과정에서 훈육하는 과정이 나도 아이도 힘든 과정이었다. 작은 부분도 아이는 예민하게 반응할 때도 있었고 이를 표현하는 것이 '소리 지르며 우는 것'이다 보니 이를 견디는 과정이 참 힘들었다. 내가 전문가라는 것이 무색할 정도로 나 스스로가 좌절을 느낄 때가 많았다.

한편으로는 아이를 좀 더 객관화해서 보려고 노력하고, 나의 감정을 들여다보는 계기가 되었다. 그렇게 조금씩, 조금씩 노력해 나가는 시간이 쌓여가자, 아이는 점차 안정적으로 바뀌어 갔고, 힘든 시간을 극복해 나갈 수 있었다.

아이가 주도성과 자율성을 가지는 36개월 즈음에 했어야 할 일을 48개월이 지나서야 다듬어 가게 되었다. 스스로 할 수 있게 격려하고 기다려주었어야 했는데 그 시기를 모두 놓치고, 12개월이 지나서야 시작했으니 얼마나 힘들었을까? 그래도 해야만 했다. 지금 형성되는 기본생활습관은 평생의 습관에 영향을 미치기에 정말 중요한 시기라는 것을 몸소 알고 있었기 때문이다. 우리 아이가 조금 늦었다고 생각했지만, 그 덕분에 아이에게 설명하고 기회를 주며 아이도 스스로 해내며 기쁨을 느끼고 노력해 나갈 수 있었다.

엄마표 육아는 엄마가 가지고 있는 삶에 대한 태도, 교육적 방향성이 반영된 육아라고 생각한다. 단순히 아이를 교육하기 위해 무언가를 만들고 자르고 하는 것이 아니다. 엄마가 아이의 존재를 인정하고, 아이에게 무한한 사랑을 주되, 엄마의 교육 방향성을 갖추고 가치 있는 삶을 살아갈 수 있는 힘을 알려주는 것이 나의 진짜 '엄마표 육아'이다.

이 세상의 모든 엄마는 위대하다. 그리고 충분히 좋은 엄마이다. 각각이 노력해야 하는 부분은 다 다를 것이다. 아이는 내 엄마가 최고의 엄마이다.

현직교사 엄마의 4-7세 아이주도 육아법

육아, 처음이라 어렵지만 괜찮아

초판인쇄	2024년 6월 20일
초판발행	2024년 6월 25일

지은이	명정은
발행인	조현수
펴낸곳	도서출판 프로방스
기획	조영재
마케팅	최문섭
편집	문영윤

본사	경기도 파주시 광인사길 68, 201-4호(문발동)
물류센터	경기도 파주시 산남동 693-1
전화	031-942-5366
팩스	031-942-5368
이메일	provence70@naver.com
등록번호	제2016-000126호
등록	2016년 06월 23일

정가 17,800원
ISBN 979-11-6480-360-6 (03810)

파본은 구입처나 본사에서 교환해드립니다.